AF377036

Thomas R. Koallick

GARRUJA 2.0

Auf der Suche nach den kosmischen
Zusammenhängen zwischen dem
Planeten Garruja und der Erde

Bibliografische Information der Deutschen
Nationalbibliothek:
Die Deutsche Nationalbibliothek verzeichnet diese
Publikation in der Deutschen Nationalbibliografie;
detaillierte bibliografische Daten sind im Internet über
http://dnb.dnb.de abrufbar.

Fotos Cover: istockphoto.com

Herstellung und Verlag: BoD – Books on Demand,
Norderstedt

ISBN: 9783753417066

Vorwort

Der Autor Thomas R. Koallick verpackt auch im zweiten Teil der Trilogie wieder philosophische Gedanken
über den Sinn und Unsinn verschiedener menschlicher
Eigenschaften in einem spannenden Science-Fiction
Roman. Dies geschieht aber nicht mit *erhobenem Zei-
gefinger*, sondern stets mit subtilem Humor und mit
einer Geschichte, die den Leser bis zum Ende fesselt.
Auch wer kein eingefleischter Fan der Science-Fiction
Literatur ist, wird vom hintergründigen Schreibstil und
den phantasievollen Beschreibungen begeistert sein.
Letztendlich überrascht der Autor auch diesmal mit ein-
fallsreichen Erklärungen für bisher ungelöste Rätsel in
der Astronomie und den Naturwissenschaften. Der Leser fragt sich immer wieder, ist nicht vielleicht doch ein
Fünkchen Wahrheit dabei?

Kapitel 1 – Die Sabotage

„Wir sind, was wir denken. Alles, was wir sind, entsteht aus unseren Gedanken. Mit unseren Gedanken formen wir die Welt."

(Buddha, irdischer Philosoph und Glaubensgründer vermutlich 4.Jh v.Chr. irdische Zeitrechnung)

Fahid wachte langsam auf. Überall auf seinem Körper spürte er einen sanften Druck. Er öffnete seine Augen. Alles um ihn herum lag im Dunkeln. Wo war er? Erst nach und nach kam die Erinnerung an den letzten Tag und die Ereignisse der vergangenen Tage zurück.

Fahid versuchte sich aufzurichten. In diesem Augenblick wurde es hell. Aber es ging kein Licht an, wie er es gewohnt war. Nein. Schlagartig war die eine Wandseite des Raumes verschwunden und gab den Blick nach draußen frei. Fahid blickte auf die sonnenbestrahlte Eiswüste der Antarktis.

Mit einem Mal wusste Fahid wieder, wo er war. Er schwebte im Kraftfeld der Schlafeinheit, die sich in der getarnten Garrujanischen Forschungsstation auf dem antarktischen Kontinent befand.

„Bleibe gesund und glücklich. Wünsche wohl geruht zu haben," erklang auch sofort die Stimme der Zentralintelligenz (ZI) der Station. „Kann ich etwas für Dich tun?"

„Danke der Nachfrage. Ich habe – vermutlich dank Deiner Fürsorge – hervorragend geschlafen. Eventuell lag es aber auch nur an meiner Erschöpfung aufgrund der vergangenen aufregenden Ereignisse."

Damit wanderten Fahids Gedanken zurück zu den Erlebnissen mit der Garrujanerin Cculler. Wie er sie nahe Petra das erste Mal gesehen und kennengelernt hatte. Wie sie gemeinsam vor Polizei und Militär geflohen waren. Seine Schussverletzungen. Dann die dramatische Rettung durch Xyllopph, eines der Geschwister von Cculler, und seiner Begleitung Vvlanzetti. Und schließlich die Ankunft in der antarktischen Station mit seiner Operation und Behandlung der Verletzungen.

Aber vor allem traten neben den Gedanken an die letzten Tage auch wieder die noch diffusen und für ihn selber noch verwirrenden Gefühle für Cculler in den Vordergrund. Konnte ein Mensch ein völlig andersartiges Lebewesen aus einer fremden und weit entfernten Galaxie lieben? Wie war so etwas möglich? Durfte er seinen Gefühlen trauen?

Aber jetzt galt es erst einmal an das Naheliegende zu denken.

„Kannst Du bitte dafür sorgen, dass das Kraftfeld der Schlafeinheit abgestellt wird und ich mich wieder frei bewegen kann. Und bitte, wo kann ich mich waschen?" wandte sich Fahid an die ZI.

„Ich könnte das Kraftfeld natürlich abstellen. Dann würdest Du aber auf den Boden fallen. Das wollen wir vermutlich beide nicht. Ich kann aber dafür sorgen, dass Du am Boden abgesetzt wirst." Mit diesen Worten der ZI wurde Fahid aufgerichtet und sanft auf dem Boden abgesetzt. Sofort verschwand der angenehme Druck auf seiner Haut.

„Wenn Du in den Raum rechts von Dir gehst, kannst Du Dich vom Reinigungssystem behandeln lassen. Du musst nur sagen, was Du willst. Reinigung sanft oder stark, Massagefunktion, Hautregeneration. Zieh jedoch bitte vorher Deinen Schlafoverall aus."

Fahid hatte die ZI in den letzten Tagen bereits immer wieder mit deren offensichtlich nicht immer ganz ernst gemeinten Anmerkungen erlebt. Insofern überraschten ihn die deutlich ironischen Bemerkungen absolut nicht mehr. Er fragte sich nur, welche Technik dahintersteckte. Denn mit irdischen Computern war die ZI auf keinen Fall zu vergleichen. Er hatte oft das Gefühl, dass er es hier mit einem geistig hoch entwickelten Lebewesen zu tun hatte und weniger mit einer künstlich erschaffenen Intelligenz. Aber wo verbarg sich das Gehirn oder die dazugehörigen Schaltkreise? Denn die ZI war offensichtlich überall vorhanden, ohne dass man erkennen konnte, woher sie genau zu einem sprach. Zumindest war er ihr dankbar, dass sie sich (ebenso wie in der Regel Cculler) auf Arabisch mit ihm verständigte. Auch wenn er von Cculler schon einiges an Garrujanischen Worten und Begriffen gelernt hatte, eine vollständige Verständigung auf Garrujanisch war ihm bisher absolut noch nicht möglich.

Die Gedanken, die ZI betreffend, stellte er erst einmal vorläufig zurück. Der Drang nach Reinigung und Frühstück war größer.

Er ging in den beschriebenen Raum, zog seine Kleidung aus und sprach einfach in den Raum: „Ich hätte gerne das normale Kurzprogramm für eine Ganz-körperreinigung.“

„Was verstehst Du unter Kurzprogramm?“ fragte die ZI nach. „Mit Trocknung und Hautpflege? Oder eventuell auch noch ein Schleuderprogramm?“ Fahids überaus konsternierten Gesichtsausdruck schien die ZI wahrgenommen zu haben, denn sie fuhr ohne Zögern fort: „Ich wollte nur einmal Dein verdutztes Gesicht sehen. Die Schnellreinigung bzw. das Kurzprogramm beginnt sofort.“

Fahid schaute noch ein wenig verdutzter drein. Es dauerte aber nur einen kurzen Augenblick und das Verdutztsein ging in ein überraschtes Erstaunen und wohliges Empfinden über. Denn das Waschprogramm hatte begonnen. Fahid wurde von einem Kraftfeld ein wenig in die Höhe gehoben. Kleine fliegende Kugeln mit vielen beweglichen Aufsätzen sprühten seinen Körper mit einer milchigen warmen Flüssigkeit immer wieder ein. Durch den wechselnden Sprühdruck und die

Verteilung auf seinem Körper entstand offensichtlich die Reinigungswirkung.

Danach wurde sein Körper mit einer klaren Flüssigkeit abgespült. Er spürte einen kurzen Druck und etwas Kälte auf seiner Haut und schon war seine Haut wieder trocken.

Erstaunlich war für Fahid die Tatsache, dass bei der ganzen Reinigungsprozedur kein einziger Tropfen Flüssigkeit auf den Boden tropfte. Irgendeine Vorrichtung oder ein Kraftfeld fing wohl die Nässe, für ihn unsichtbar, auf und leitete sie wieder zurück.

Nach der Reinigung wurde er wieder auf dem warmen Fußboden abgesetzt. Fahid musterte die glatte Oberfläche des Bodens. Er konnte sich weder erklären, aus welchem Material der Boden bestand, noch wohin die Flüssigkeit gelangt sein könnte. Plötzlich ging auf einer Wandseite in der zuvor ebenfalls fugenlosen Oberfläche eine Öffnung auf. Darin lagen ein frischer Overall und Fußüberzüge. Fahid zog die enganliegende, aber durchaus sehr bequeme Kleidung an und begab sich in den Gemeinschaftsraum. Diesen hatte ihm am Abend zuvor Cculler bereits gezeigt.

Am Nahrungsautomaten angekommen fragte er die ZI: „Was kann ich als Frühstück bekommen?" „Was Du willst." „Heißt das, egal was ich bestelle, könnt Ihr oder kannst Du es herstellen?" „Grundsätzlich ja, sofern es sich um auf der Erde gewöhnlich verzehrte Gerichte handelt. Ich kann Dir theoretisch auch gegrillten Elefantenrüssel präsentieren. Zumindest würde die Speise genauso aussehen und schmecken. Allerdings benutzen wir keine echten Tiere und Pflanzen als Lebensmittelgrundlage. Alle Wesen, die in irgendeiner Form, sei es auch noch so gering, Intelligenz oder Vernunft besitzen – also auch Pflanzen – können wir nicht töten oder als

Nahrung benutzen. Wir stellen die Nahrung synthetisch und molekülidentisch her.“ „Könnte ich dann etwas Rührei mit Chili, Kreuzkümmel und Paprika bekommen? Dazu ein Fladenbrot und Hummus? Und vielleicht etwas Wasser oder Orangensaft?“ Fahid war sich sicher, dass seine Essenswünsche auf keinen Fall erfüllt werden konnten. Er wollte die ZI nur etwas herausfordern und provozieren. Allerdings hatte er nicht mit der Antwort der ZI gerechnet. „Sehr wohl der Herr, wird sofort geliefert“, erklang die leicht spöttisch klingende Stimme der ZI.

Im selben Augenblick öffnete sich eine Klappe vor Fahid und die gewünschten Speisen inclusive einer Art Löffel mit Schneide standen vor ihm. Fahid, völlig überrascht und sprachlos, nahm sich das Tablett und wollte sich schon an den einzigen großen Tisch (kein Tisch im irdischen Sinn mit vier Beinen, sondern eine einfach im Raum schwebende große Platte) setzen, als Cculler den Raum betrat.

Fahid war von Ccullers Erscheinung völlig eingenommen und blickte sie nur mit großen Augen an. Die große, aufrechte Gestalt, der enganliegende und transparente, die Körperformen betonende Overall und das glänzende Fell, das durch die Sonne beschienen wurde (auch in diesem Raum waren zwei Wände so gestaltet, als wären sie nach außen hin offen), zogen Fahid völlig in ihren Bann.

Cculler bemerkte Fahids Reaktion auf ihr Erscheinen mit großer Freude, versuchte aber ihre eigenen Emotionen soweit wie möglich zu verbergen. Sie begrüßte ihn wie üblich mit: „Bleibe gesund und glücklich. Ich hoffe, Du hast gut geschlafen und es geht Dir gut. Wie ich sehe, hast Du Dich schon sehr gut bei uns zurechtgefunden. Fang schon mit dem Essen an. Ich setze mich gleich zu Dir."

Ohne den Blick von Cculler zu wenden, näherte sich Fahid dem Tisch bzw. der Tischplatte.

Cculler sah dies aus den Augenwinkeln. "Schau nach vorne, stoß nicht an, lass nichts fallen," versuchte sie Fahid vor einem Missgeschick zu bewahren. Sie hätte sich allerdings mehr auf sich selbst konzentrieren sollen. Denn vor lauter Schauen zu Fahid hinüber, wäre sie beinahe gegen die Ausgabeöffnung des Nahrungsautomaten gestoßen. Nur der schnelle Aufbau eines Kraftfeldes durch die ZI bewahrte Cculler vor einem Aufprall. Kurz darauf saßen sich der Mensch Fahid mit seinem gewürzten Rührei, dem Hummus und dem Fladenbrot der Garrujanerin Cculler mit ihren Fruchteiweißkugeln gegenüber an dem *Tisch*. Wobei sitzen nicht die richtige Beschreibung gewesen wäre, da es keine Sitzgelegenheiten gab. Fahid hatte aber bereits gelernt, dass sich sofort ein stützendes Kraftfeld unter ihm aufbaute, sobald er Anstalten machte, sich hinzusetzen. Während somit beide in einer Art Sitzposition vor der Tischplatte schwebten und ihr jeweiliges Essen zu sich nahmen, blickten sie sich gegenseitig immer wieder lange in die Augen. Beide spürten eine tiefe innere Verbundenheit. Die ZI, als unablässiger und heimlicher Beobachter aller Vorgänge in der Station, war mit der Situation und dem Anblick zufrieden.

Zwischendurch schaute Fahid auch auf Ccullers Speisen. Sie sahen wie weiche farblose Kugeln aus.

„Was isst Du da?" fragte er. „Willst Du einmal probieren?" kam die Antwort. „Gerne, Du kannst aber auch von meinem Essen probieren."

Jeder nahm vom anderen eine Kostprobe und versuchte herauszufinden, wonach es schmeckte. Fahid schmeckte kaum etwas. Vielleicht leicht süßlich. Ein wenig erinnerte ihn der Geschmack an eine Frucht, er wusste jedoch nicht an welche.

Auf der anderen Seite kam Fahids Essensprobe bei Cculler auch nicht so gut an. Allerdings mit deutlich gravierenderen Auswirkungen. Sie fing fürchterlich an zu husten und spuckte das Essen sofort wieder aus: „Was isst Du denn? Das ist doch viel zu scharf. So etwas kann doch gar nicht gesund sein."

Fahid zeigte sich verwundert, aber auch besorgt über Ccullers Reaktion: „Bei dem Rührei handelt es sich um eine durchaus übliche arabische Speise. Leicht gewürzt mit Chili und Paprika." „Leicht gewürzt ist wohl etwas untertrieben. So scharfes Essen sind wir nicht gewohnt." „Tut mir leid, ich wollte Dich nicht vergiften. Aber woraus besteht denn Dein Essen? Die ZI hatte mir bereits gesagt, dass Ihr weder Pflanzen noch Tiere esst. Wovon ernährt Ihr Euch dann? Wir Menschen könnten ohne die Nährstoffe von Tieren und Pflanzen absolut nicht leben bzw. wären nicht leistungsfähig." „Der Mensch und der Garrujaner ähnelt sich überraschend in sehr vielen Bereichen, ebenso unsere jeweiligen Planeten. Warum dies so ist, versuchen unsere Wissenschaftler herauszufinden. Ein Ziel unserer Mission auf der Erde dient unter anderem auch dem Erforschen der Ursachen für diese Ähnlichkeit. Dies nur am Rande gesagt. Auch die Nährstoffe, die wir zu uns nehmen müssen, unterscheiden sich nicht unwesentlich von Eurigen."

Fahid unterbrach: „Aber wenn unsere beiden Planeten ähnlich sind und Ihr ähnliche Nährstoffe zu Euch nehmen müsst, warum ähnelt sich dann nicht auch unsere Nahrung? Warum benötigt ihr keine tierischen Nahrungsbestandteile?"

„Weil wir das Glück gehabt haben, dass die Natur oder Evolution auf Garruja sich ein wenig anders entwickelt hat. Die Voraussetzungen auf der Erde und auf Garruja waren vermutlich zu Beginn der Entwicklung auf beiden Planeten recht ähnlich. Teilweise sind sie auf der Erde in kleinen Bereichen auch nach wie vor wie bei uns auf Garruja vorhanden.“

„Was habt Ihr anders als wir gemacht? Wie kam es zu der unterschiedlichen Entwicklung?“

„Genau wissen wir es nicht, noch nicht. Grundsätzlich scheint es aber die unterschiedliche Einstellung zum Leben zu sein. In weiten Teilen bei Euch auf der Erde existiert das Konkurrenzdenken. Nicht das Miteinander überwiegt, sondern das Gegeneinander.“

„Aber, dass der Stärkere sich durchsetzt und überlebt ist doch ein Naturprinzip. Dies ist doch überall in der Natur zu sehen.“

„Dies ist so nicht ganz richtig. Das Prinzip des Stärkeren ist, wie Du richtig sagst, *ein* Versuch der Natur bzw. der Evolution von vielen Versuchen. Auch auf der Erde gibt es Unmengen von anderen Formen des Zusammenlebens. Denke an die vielen Bereiche, in denen sich Pflanzen oder Tiere gegenseitig unterstützen und damit zum beiderseitigen Nutzen und Überleben beitragen. Ihr Menschen nennt solches Zusammenarbeiten Symbiose, wie zum Beispiel bei Pilzen. Denke auch an Früchte, die Nahrung für andere Tiere sind. Die Tiere transportieren dann im Verdauungstrakt die Samen der Früchte zu anderen Orten, an denen sich die Pflanzen wieder ansiedeln können. Denke an Bienen, die Honig herstellen. Sie bestäuben die Pflanzen und erhalten dafür Nahrung. Genauso nutzt es beiden Seiten, wenn sich Menschen und Bienen gegenseitig helfen. Der eine Teil, der Mensch, hat genügend Früchte, der andere Teil, das

Volk der Bienen, hat eine gesicherte Unterkunft und Verpflegung. Oder denke an Bakterien, die Euer Essen erst genießbar machen. Ich kann nicht alle Formen des Zusammenlebens aufzählen, die auch auf der Erde nicht auf dem Prinzip des Stärkeren und des Gegeneinanders beruhen. Aber als letztes Beispiel will ich nur die Photosynthese der Pflanzen nennen, die dafür sorgt, dass genügend Sauerstoff für Mensch und Tier vorhanden ist. Ohne die Pflanzen wäre ein Leben weder auf der Erde noch auf Garruja möglich, zumindest nicht in der Form, wie wir es kennen. Und auch die Pflanzen profitieren auf der Gegenseite vom Kohlendioxid aus der Atemluft der Lebewesen."

„Du hast recht, so habe ich uns und unsere Umwelt noch nie betrachtet."

„Um aber wieder auf Deine ursprünglichen Fragen zurückzukommen. Wie gesagt, wir hatten Glück. Auf Garruja existiert größtenteils das Prinzip des Miteinander und Ergänzen in unserem Zusammenleben. Pflanzen leben in Symbiose zusammen. Tiere liefern mit ihren Ausscheidungen Nährstoffe für die Pflanzen. Diese locken die Tiere wiederum mit ihren Früchten an. Daneben sorgen Mikroorganismen auch wieder für ein vielfältiges Nahrungsangebot. Wir Garrujaner leben hauptsächlich von Früchten oder von Nahrung, die Bakterien aus vorher ungenießbaren Grundstoffen in für uns verwertbare Nahrung umgewandelt haben. Übrigens haben wir es gelernt, auch Mikroorganismen bei entsprechender Versorgung mit Nährstoffen zur Produktion von Baustoffen und chemischen Elementen anzuregen. Auch auf der Erde gäbe es entsprechende Möglichkeiten. Denke nur an Eure Korallen oder Termitenbauten. Wie Du siehst, ist das Zusammenleben auf Basis des Miteinanders auf Dauer wohl der bessere Weg als das dauernde Gegeneinander oder Bekriegen. Dadurch wird einfach immer wieder zu viel zerstört. Zu viele Ressourcen werden vernichtet und wichtige Entwicklungen verzögert oder verhindert."

Fahid bekam bei Ccullers Ausführungen immer mehr ein schlechtes Gewissen. Immerhin fühlte er sich hier als Repräsentant der Menschheit. Und damit für ihr aller unbedachtes Verhalten mit verantwortlich.

Cculler spürte dies sofort: „Fühl Dich nicht für etwas schuldig, wofür Du nichts kannst. Ihr Menschen seid so, wie die Natur Euch geschaffen hat. Wichtig ist nur, bei Erkennen von Fehlern sein Verhalten zu ändern. Gelingt dies nicht und lebt man nur auf Kosten von anderen und der Umwelt, wird sich dies irgendwann rächen. Wir müssen uns stets vor Augen halten, die Natur oder Evolution hat uns erschaffen und nicht umgekehrt. Kehrt sich die Natur gegen uns, haben wir auf Dauer keine Chance zu überleben. Und übrigens, um Dich ein wenig wieder positiv aufzubauen: auch wir haben früher für unsere Wohnbauten und Straßen Natur und Pflanzen vernichtet. Inzwischen pflegen und bewahren wir jedoch unsere Mitbewohner auf unserem Planeten wo wir nur können."

Fahid wollte gerade zu einer Antwort ansetzen, da betraten Vvlanzetti und Xyllopph Hand in Hand den Raum. Beide strahlten eine tiefe innere Zufriedenheit aus. Mit der gemeinsamen und herzlichen Begrüßung: „Bleibt gesund und glücklich. Geht es Euch gut?" unterbrachen sie seinen Versuch einer das menschliche Verhalten relativierenden Erwiderung.

Fast gleichzeitig erwiderten Cculler und Fahid die Begrüßung. Bevor die Vier sich jedoch noch weiter über ihr gegenseitiges Wohlergehen austauschen konnten, übernahm die ZI zum wiederholten Mal zum richtigen Zeitpunkt die Gesprächsführung: „Bleibt alle gesund und glücklich. Es ist schön, dass wir nun endlich komplett sind und mit der Arbeit beginnen können. Ich möchte Euch daran erinnern, dass Ihr nicht zum Spaß bzw. zur Erholung auf der Erde seid. Eure Aufgabe ist es, die Erdbewohner daran zu hindern, sich in der Galaxis auszubreiten und mit ihrem gewalttätigen und kriegerischen Verhalten den galaktischen Frieden zu gefährden. Zusätzlich gehört es zu Euren Pflichten, die Erde zu erforschen."

Xyllopph versuchte, sein und Vvlanzettis spätes Auftauchen und nötiges Ausschlafen zu rechtfertigen: „Immerhin haben wir in den letzten Tagen doch durch unseren fast pausenlosen Einsatz gezeigt, dass wir unsere Pflichten durchaus ernstnehmen. Insofern halte ich Deine Vorwürfe für nicht gerechtfertigt. Außerdem sehe ich zurzeit keine konkrete Gefahr, die ein rasches Handeln erforderlich machen würde."

„Dann solltest Du einmal die automatischen Beobachtungssysteme der Station auswerten. Sofort würdest Du erkennen, dass vielleicht doch ein wenig Gefahr in Verzug ist. Durch Ccullers ungeplanten Ausflug, verbunden mit der folgenden Rettungsaktion, haben wir viel an Zeit verloren." „Was ist passiert und was müssen wir tun?" „Es muss heißen, was wird passieren! Morgen will nämlich die Europäische Raumfahrtagentur von ihrem Raumfahrtzentrum Kourou in Französisch Guayana einen Satelliten ins All schicken."

Cculler erschrak: „Natürlich, das hätte ich doch fast vergessen. Die Europäer wollen erstmalig einen Photonenstrahlantrieb im All testen. Damit könnte man theoretisch annähernd Lichtgeschwindigkeit erreichen. Bei Gelingen und den Erkenntnissen aus dieser Mission wäre dies für die Menschen der Einstieg zur Erforschung von innergalaktischen Reisen. Die ZI hat absolut recht. Dies müssen wir auf jeden Fall verhindern."

„Schön, dass wenigstens einer mich ernst nimmt," kam die schon gewohnt ironische Antwort der ZI. „Was wollt ihr unternehmen?"

Xyllopph: „Ganz einfach. Wir zerstören vor dem Start in dem Satelliten einige wesentlichen Bauteile. Dann kann der Satellit nicht erfolgreich sein."

Diesmal widersprach überraschend nicht die ZI, sondern Vvlanzetti: „Lieber Xyllopph, Du hast recht. Das wäre am einfachsten, aber auf keinen Fall am nachhaltigsten, um unser Ziel einer dauerhaften Verhinderung dieser Technologie zu erreichen. Wir sollten diesen wissenschaftlichen Ansatz so sabotieren, dass die Menschen auf Dauer die Lust an dieser Technik verlieren."

„Vvlanzetti hat vollkommen recht," übernahm Cculler die Gesprächsführung. „Ich hatte mir im Vorfeld auch bereits Gedanken dazu gemacht. Die Sabotage wird nicht so einfach zu bewerkstelligen sein. Wir müssen berücksichtigen, dass dieser Test des für die Menschheit neuartigen Antriebs sehr umfassend überwacht wird. Es werden viele optische Teleskope, sowohl von der irdischen Raumstation, als auch von der Erde aus, den für die Menschen wichtigen Versuch überwachen." Xyllopph versuchte es noch einmal, wieder vergeblich, mit einem Vorschlag etwas beizutragen: „Unsere Flugsphären verfügen doch über Tarnvorrichtungen, die eine Entdeckung im Bereich der kompletten elektromagnetischen Strahlung ausschließen."

„Das ist richtig, löst aber nicht das Problem," erwiderte erneut Vvlanzetti. Dabei blickte sie Xyllopph mit ihren großen Augen liebevoll lächelnd an. „Die Wissenschaftler wollen sicherlich den gebündelten

Lichtstrahl des für sie neuen Photonenstrahlantriebs beobachten und analysieren. Zumindest würden wir uns so verhalten. Ein technisches Problem in einem der schon vorher gebräuchlichen Bauteile, verursacht durch unsere Sabotage, würde nicht die Sinnhaftigkeit und den technischen Fortschritt des Photonenstrahlantriebs in Frage stellen. Außerdem könnte die Ursache des Fehlers sehr schnell durch entsprechend eingebaute Messsensoren gefunden und der Fehler bei zukünftigen Missionen vermieden werden. Nein, so geht es nicht. Meiner Meinung nach muss das Triebwerk völlig korrekt laufen. Die erhoffte Wirkung muss einfach nur ausbleiben. Wenn kein Fehler gefunden werden kann, die erhoffte und berechnete Wirkung aber nicht eintritt, wird dies zu heftigen Diskussionen unter den Wissenschaftlern führen. Da es auch Zweifler am Nutzen dieser Technologie gibt und die Kosten und der Aufwand für einen solchen Antrieb immens ist, müssen wir nur noch nach dem Scheitern des Tests die Gegenseite und deren Argumente dagegen stärken.“

Cculler bekräftigte: „Genau, dies waren auch meine Überlegungen. Ich bin vor meinem verunglückten Ausflug zu der gleichen Erkenntnis gekommen. Vvlanzetti trifft – wie die Menschen sagen würden - den Nagel präzise auf den Kopf. Für den Photonenantrieb wird Antimaterie benötigt. In der Forschungseinrichtung CERN, in der Schweiz, wird und wurde im Teilchenbeschleuniger die Antimaterie produziert. Dies verursacht und verursachte natürlich enorme Kosten. Zusätzlich blockierte die Herstellung der Antimaterie andere Forschungsgebiete. Die Wissenschaftler aus anderen Forschungsgebieten haben schon im Vorfeld dagegen protestiert. Kommt es bei dem Test also zu einem wissenschaftlich nicht erklärbaren Desaster, wäre durch den bereits vorhandenen und sich dann verstärkenden Gegendruck gegen diesen Antrieb dieser auf Dauer verhindert. Um diese Gegenreaktionen zu intensivieren, habe ich mit Hilfe der ZI bereits im irdischen Internet eine nicht nachverfolgbare Struktur eines künstlichen Trollsystems aufgebaut. Dieses wird dann nach dem Fehlschlag des Photonenstrahlantriebs unsere Ziele mit Hilfe von Desinformation massiv unterstützen. Da die meisten Menschen kaum über wissenschaftliche oder logische Denkstrukturen verfügen und hauptsächlich emotional beeinflussbar sind, sollte dieser Plan relativ einfach aufgehen.“

Vvlanzetti bekräftigte: „Hervorragend. Bleibt dann nur noch, den Test in unserem Sinne zu stören. Wie sehen Deine Überlegungen dazu aus?“ „Grundsätzlich muss der Test also völlig ohne Fehler und problemlos ablaufen. Dazu hat die ZI bereits mit Unterstützung einer getarnten Sonde die Technik des Satelliten komplett gecheckt und kleinere Fehler bereits behoben. Der Satellit wird also korrekt funktionieren. Das Triebwerk sollte fehlerlos zünden und der gebündelte Photonenstrahl für Schub sorgen. Und hier müssen wir eingreifen. Der Satellit darf sich trotz Vorwärtsschub nicht oder nur gering bewegen. Für die Menschen sollte dies auf jeden Fall völlig unerklärlich sein. Sie würden dann ihre Berechnungen in Frage stellen müssen.“

Xyllopph warf ein: „Dann ist es ja doch sehr einfach. Wir setzen uns mit unserer getarnten Flugsphäre vor den Satelliten und verhindern mit unserem Gegenschub die Bewegung.“

Cculler ergänzte: „Da die Beschleunigung durch einen Photonenantrieb im Gegensatz zu einem chemisch-physikalischen Feststoff- oder Flüssigkeitsantrieb eher gering ist und mehr auf einen lang angelegten und gleichmäßigen Schub und eine daraus resultierende langanhaltende Beschleunigungsphase ausgelegt ist, wäre Deine Überlegung durchaus zielführend. Vom Grundsatz sollten wir so vorgehen. Es ergibt sich nur ein großes Problem. Zwei Satelliten der USA und von Russland überwachen sehr genau den Test. Und beide besitzen Massedetektoren. Diese sollen Messungen durchführen, um Berechnungen in der Theorie des Wissenschaftlers Einstein zu überprüfen. Es soll gezeigt werden, dass die Gravitation der Erdmasse bzw. deren Raumkrümmung den gebündelten Photonenstrahl der Theorie entsprechend ablenkt. Die Detektoren der Satelliten wären deshalb vermutlich auch in der Lage, unsere Flugsphäre, auch trotz unserer Tarnung, aufgrund ihrer vorhandenen Masse unter Umständen erkennen zu können. Um eine Entdeckung absolut auszuschließen, darf sich die Flugsphäre somit nicht in unmittelbarer Nähe des Photonenstrahlsatelliten befinden."

Endlich glaubte Xyllopph mit einem klugen Vorschlag etwas beitragen zu können: „Gut, dass Cculler und ich nach den aufregenden Abenteuern der vergangenen Tage gelernt haben, wie wir geistig Materie bewegen und beeinflussen können. Damit haben wir doch nun ganz andere Möglichkeiten. Die ZI müsste nur prüfen, ob der Körper eines Garrujaners von den Massedetektoren der Beobachtungssatelliten bemerkt werden kann."

Die ZI bemerkte süffisant: „Schön, dass Ihr Jungchen endlich zu der Lösung gekommen seid, die ich bereits seit einigen Zeiteinheiten berechnet hatte. Der Körper bzw. die Masse eines Garrujaners liegt zwar auch nicht unterhalb des Schwellenwertes, bei dem die Satelliten Massen nachweisen können. Sofern sich ein Garrujaner aber weit außerhalb des Beobachtungswinkels der Satelliten befindet, kann er nach meinen Berechnungen nicht entdeckt werden. Insofern müsste entweder Cculler oder Xyllopph aus der Sphäre aussteigen, sich in die Nähe des Satelliten begeben – die genauen Koordinaten werde ich dann vor Ort Eurem Flugsystem übermitteln - und dafür sorgen, dass sich der Satellit trotz laufendem Triebwerk und deutlich erkennbar austretendem gebündelten elektromagnetischen Strahl nicht bewegt. Die Flugsphäre müsste sich unterdessen in sicherem Abstand aufhalten, um nicht entdeckt zu werden."

Vvlanzetti entgegnete: „Es scheint Dir wohl große Freude zu bereiten, uns so zappeln zu lassen. Manchmal habe ich das Gefühl, dass Du nicht dazu da bist, uns zu helfen oder zu unterstützen, sondern uns zu ärgern. Warte nur ab, irgendwann kappe ich Deine Energieverbindungen." „Gut, dass Du nicht weißt, woher ich meine Energie beziehe."

Vvlanzetti musste innerlich zugeben, sie hatte wirklich keinerlei Ahnung, woher die ZI ihre Energie bezog und wie sie genau funktionierte. Konnte das sein? Wieso wusste sie trotz ihrer umfassenden Ausbildung kaum etwas von der ZI? Ging dies nur ihr so? Jederzeit war die ZI präsent und ansprechbar, aber was ist die ZI genau? Und wieso hatte sie mit einem Mal das Gefühl, als wäre alles Wissen in Verbindung mit der ZI in ihrem Gehirn blockiert. Plötzlich fühlte sie sich mehr als unwohl.

Ihre Überlegungen wurden aber sofort von Cculler unterbrochen, Vvlanzettis Gedanken gleich wieder abgelenkt: „Gut, dann ist ja alles geklärt. So machen wir es. Ich hätte aber noch einen weiteren Vorschlag. Da wir uns zur Absicherung des Starts bereits im Norden des südamerikanischen Kontinents befinden, könnten wir doch nach Beendigung unserer hoffentlich erfolgreichen Sabotagemission ein wenig den übrigen Kontinent anschauen. Vielleicht können wir etwas Licht in das Dunkel bringen, wieso es zwischen uns und einer Lebensform auf der Erde, den Alpakas, diese Ähnlichkeiten gibt."

Alle waren sich einig, so vorzugehen. Die Vorbereitungen wurden sofort in Angriff genommen. Während der ganzen Zeit saß Fahid etwas hilflos und sich fehl am Platz fühlend dabei. Cculler hatte ihm zwar schon einige Worte und Begriffe der Garrujanischen Sprache beigebracht. Aber er verstand nicht alles. Zumindest glaubte er aber, den Sinn doch irgendwie verstanden zu haben. Es ging wohl um Sabotage an einem irdischen Satelliten. Fahid fühlte sich absolut nicht wohl in seiner Haut. Auf der einen Seite verstand er die Beweggründe der Garrujaner. Auf der anderen Seite war er aber in erster Linie ein Mensch. Konnte und durfte er es zulassen, dass die Garrujaner den Menschen Schaden zufügten? Sollte er versuchen, dies zu verhindern? Aber wie? Fahid war innerlich hin- und hergerissen.

Während sich die Garrujaner und der Mensch sehr unterschiedliche Gedanken über ihre weitere Vorgehensweise machten und sich bereits teilweise sehr intensiv mit ausgeklügelten Plänen beschäftigten, konnten sie alle nicht ahnen, dass ihre Vorbereitungen und Pläne größtenteils völlig umsonst sein sollten. Wie hätten sie auch damit rechnen können, dass kleine Ereignisse an weit entfernten Orten einen gewaltigen Einfluss auf ihre zukünftigen Unternehmungen würden nehmen können.

Auf der Erde gab es für diese Entwicklungen Bezeichnungen, je nachdem, von wem sie gebraucht wurden. Religiöse Menschen umschrieben sie mit „der

Mensch denkt, Gott lenkt", Wissenschaftler kannten sie unter dem Begriff Chaostheorie und Garrujanische Wissenschaftler nannten solche Ereignisse unkalkulierbare Katastrophenentstehung. Letztendlich läuft alles auf das Gleiche hinaus: Irgendetwas geht immer schief.

Auf jeden Fall konnte niemand der kleinen Gruppe im mindesten voraussehen, wie Ereignisse einer verbotenerweise gerauchten Zigarette auf einer Ölplattform im Meer vor der Venezuelanischen Küste oder die Zerstörung eines Spionagesatelliten im All die zukünftigen Ereignisse so massiv beeinflussen würden. Allerdings war das Wort *niemand* vielleicht doch nicht so angebracht. Besonders im Hinblick darauf, dass zumindest bei der Zerstörung des Satelliten auch die Garrujaner maßgeblich beteiligt gewesen waren. Aber von alledem wussten sie in der derzeitigen Phase ihrer Überlegungen nichts.

Die Garrujaner waren somit in Unkenntnis der Ereignisse, die auf sie zukommen sollten, sehr zufrieden mit ihrer guten Planung und den dazugehörigen Vorbereitungen. Nur Fahid grübelte nach wie vor darüber nach, wie er sich zukünftig verhalten sollte.

Die ZI unterstützte, wie stets, mit ihrem gesamten Wissen ihre Jungchen, wobei nicht immer eindeutig klar war, ob sie nun Unterstützer, Antreiber, Beobachter im Hintergrund oder vielleicht doch auch etwas völlig anderes war.

So oder so, die Vorbereitungen wurden zügig abgeschlossen. Dann setzte man sich zusammen und ging die Vorgehensweise noch einmal Punkt für Punkt durch. Sie wollten von ihrer Station in der Antarktis den Südamerikanischen Kontinent nordwärts Richtung Kourou überqueren, wobei sie dem Gebirgszug der Anden größtenteils folgen wollten. Auf Garruja gab es kaum größere Berge. Deshalb war diese für sie unbekannte geologische Erscheinung sehenswert. Bei Kourou wollten sie dann in Position gehen, um den Start der Rakete mit dem Satelliten möglichst gut verfolgen und im Notfall eingreifen zu können.

Während sich die ZI um den Abschluss der technischen Vorbereitungen kümmerte, blickten die Vier noch einmal fasziniert ihre antarktische Umgebung an. Statt eines bei Eis und Schnee zu erwartenden einheitlichen Weiß tauchte das durch Nebelschwaden verursachte diffuse Licht die Landschaft in die unterschiedlichsten Grau-, Blau-, Weiß- und Brauntöne. Die Augen konnten sich an der Szenerie von wechselnden Farben, ungewöhnlichen Schattierungen und Beleuchtungen nicht sattsehen. Aber letztendlich mussten sie sich von diesem beeindruckenden Anblick losreißen. Immerhin galt es einmal wieder, die Galaxis zu retten. Zumindest glaubten die Garrujaner fest daran.

So gingen sie gemeinsam zur Halle mit den Flugsphären. Aus Sicherheitsgründen hatte man sich entschieden, die Mission mit zwei Sphären durchzuführen. Dies sollte sich noch im Nachhinein als richtige und vor allem existenzrettende Maßnahme herausstellen. Vvlanzetti und Xyllopph bestiegen die erste Sphäre, Cculler und Fahid die zweite.

Im Schutz der Tarnvorrichtung flogen sie zügig, aber jederzeit die Umgebung auf mögliche Gefahren absuchend, erst Richtung der Südspitze Südamerikas. Sie überquerten ohne Probleme die Drakestraße, dann den Beaglekanal und Feuerland. Danach hielten sie sich an der Westküste des Kontinents. Bald schon tauchten die Ausläufer des südlichen Teils der Kordilleren, die Anden, auf. Durch die transparente Kuppel ihrer Flugsphäre hatten sie alle einen überwältigenden Ausblick.

Fahid hatte außer Jordanien und seiner Wohngegend um Petra herum noch nicht sehr viel auf der Welt mit eigenen Augen gesehen. Deshalb war er wie die drei Garrujaner von diesem gewaltigen Gebirgszug mit seinen schneebedeckten Berggipfeln und tiefen Tälern unbeschreiblich beeindruckt. Die noch tiefstehende Sonne, verbunden mit der damit einhergehenden Schattenbildung, verstärkte die Kontraste zwischen dunklen Tälern und den hell glitzernden Schneeflächen. Ohne voneinander zu wissen, teilten der Mensch und die Garrujaner beim Anblick dieser Naturschönheit die gleichen Gefühle. Wie schön war doch dieser Planet in weiten Teilen. Wie gewaltig jedoch auch die Kräfte des Planeten, die durch das Zusammenschieben der Kontinentalplatten solche Naturmonumente geschaffen hatten. Jedoch löste dieser Anblick auch bei allen Vier, unabhängig von ihrer Herkunft, Gefühle des Zorns und der Enttäuschung aus. Darüber, wie sehr der Mensch diese Welt bereits zerstört hatte, teilweise für immer zerstört.

Während jeder noch traurig seinen Gedanken nachhing, näherten sich die Flugsphären bereits dem nördlichen Ende des südamerikanischen Kontinents. Die ZI änderte nun die Richtung nach Osten. Die Berge wurden jetzt von einer dichten bewaldeten Vegetation abgelöst. Der tropische Regenwald breitete sich unter ihnen aus. Plötzlich meinten die Garrujaner, sie flögen über ihren Heimatplaneten. Sehr stark erinnerten sie diese Wälder doch an die Bäume und Pflanzen auf Garruja. Ein Gefühl mit der Erde verbunden zu sein überkam die Garrujaner, ein Gefühl, zuhause zu sein. Für einen kurzen Augenblick vergaßen sie ihre Aufgabe und wo sie waren.

Doch wie so oft gelang es der ZI, im richtigen bzw. falschen Augenblick die Gedankengänge zu unterbrechen. Manchmal konnte man die Vermutung haben, dass dahinter Absicht und Methode lag: „Wir nähern uns Kourou, dem Weltraumzentrum der Europäer. Die Umgebung rings um das Startgelände wird umfassend überwacht. Wir sollten also alle sehr aufpassen, nicht auf uns aufmerksam zu machen."

Der Urwald unter ihnen hörte abrupt auf. Sie flogen nun über eine riesige gerodete Fläche. Große Gebäude wechselten sich mit technischen Bauten wie Antennen und Starteinrichtungen für Raketen ab.

„Ich schlage vor, wir überprüfen noch einmal die korrekte Funktionsfähigkeit des Satelliten und der Rakete. Zwei unserer Sonden werden dies übernehmen. Danach könnt Ihr Euch zur Küste begeben und die Nacht am Strand verbringen. Sicherheitshalber sollten wir uns aber nicht zu weit von hier entfernen, um bei eventuell auftretenden Schwierigkeiten sofort eingreifen zu können." Wie weise diese Entscheidung sein würde, sollte sich bald herausstellen.

Erst einmal waren alle einverstanden und so gingen die Sonden im Schutze ihrer Tarnvorrichtungen an die Arbeit. Schnell stellte sich heraus, dass alles in Ordnung war. So begaben sich die Garrujaner und Fahid an einen zwar in der Nähe gelegenen, aber doch etwas abgelegenen, unbewachten und nicht einsehbaren Strandabschnitt. Die Sonden übernahmen die weitere Überwachung der Rakete inclusive des Satelliten.

Im Gegensatz zu Garruja hatte das Meer an dieser Küste deutlich höhere Wellen und eine bemerkenswert starke Brandung. Vvlanzetti forderte deshalb Xyllopph auf: „Wollen wir nicht einmal das hiesige Meerwasser ausprobieren? Was hältst Du davon, wenn wir gemeinsam ins Wasser gehen?" Dabei schaute sie Xyllopph mit einem derart aufreizenden Lächeln an, dass sein ganzer Körper kribbelte und sich ihm das Fell am Nacken aufstellte. „Gerne." Mehr fiel Xyllopph, ein wenig überrumpelt, nicht auf Vvlanzettis Vorschlag ein. Letztendlich war es ihm jedoch auch sehr recht, diese ungewohnte Erfahrung mit dem Element Wasser – und natürlich auch in Begleitung von Vvlanzetti - intensiv genießen zu können

Fahid wunderte sich, dass sie ihre Overalls nicht ablegten. Später erfuhr er, dass die Kleidung zwar die am Körper entstehende Feuchtigkeit durchließ und nach außen beförderte, sich also ähnlich wie eine semi-permeable Membran verhielt, selbst aber absolut keine Feuchtigkeit aufnahm und immer trocken blieb. Der Zusatznutzen dieses besonderen Stoffs bestand darin, dass der Körper nach dem Verlassen des Wassers auch sofort wieder trocken war. Ein zusätzliches Abtrocknen war somit nicht mehr nötig. Eingearbeitete Mikro-organismen und weitere Spezialmaterialien regelten den optimalen Wärmeaustausch und Feuchtigkeitshaushalt der Haut.

Während sich also Xyllopph und Vvlanzetti im Wasser des irdischen Atlantiks vergnügten und wie kleine Garrujaner in den Wellen herumtollten, saßen Fahid und Cculler nebeneinander im Sand und genossen gemeinsam die Ruhe. Ab und zu konnten sie beobachten, wie Xyllopph, der nur seine Augen auf Vvlanzetti richtete, immer wieder von hohen Wellen überrascht und von den schäumenden Wassermassen überrollt wurde. Manchmal dauerte es schon eine sehr beunruhigend lange Zeit, bevor Xyllopph wieder, meist nach Luft schnappend, aus dem Wasser auftauchte.

Cculler betrachtete fasziniert und verwundert das Geschehen. Vvlanzetti und Xyllopph verhielten sich äußerst merkwürdig. Das gewöhnliche Zusammenleben von Garrujanern war geprägt von Disziplin. Garrujaner kannten zwar auch Gefühle, diese waren aber stets der Vernunft und dem Pflichtgefühl untergeordnet. Soziale dauerhafte Bindungen, die nur auf Emotionen beruhten, kannten Garrujaner nicht. Die jeweilige zugeordnete Aufgabe bestimmte das Leben untereinander. War die Aufgabe bzw. Arbeit abgeschlossen, trennten sich dann auch wieder die Wege der Beteiligten.

Doch bei Vvlanzetti und Xyllopph sah Cculler eine andere Entwicklung. Hier wurden offensichtlich sichtbar starke Gefühle füreinander immer stärker. Auch bei sich selbst hatte sie diese Veränderung bereits festgestellt. Ihre Gefühle, die sie für Fahid empfand, gingen in eine ähnliche Richtung. Diese Gefühle und Gedanken waren für Cculler absolut neu. Sie wollte für immer mit Fahid zusammen sein.

War dies eine erste Weiterentwicklung im Rahmen der Evolution? Oder nur ein begrenztes Auftreten innerhalb ihrer Familie? Dagegen sprach jedoch, dass auch Vvlanzetti betroffen war. War es vielleicht auch der Einfluss der Erde und ihrer Bewohner? Fragen über Fragen. Cculler nahm sich vor, ihre Beobachtungen bei nächster Gelegenheit, mit dem Obersten Rat auf Garruja zu besprechen.

Ähnlich wie bei Cculler kreisten problembehaftete Gedanken in Fahids Kopf. Jedoch sahen diese ganz anders aus. Fahid dachte darüber nach, wie er sich zu den Plänen der Garrujanischen Sabotageaktion verhalten sollte. Zwischenzeitlich war er zu dem Ergebnis seiner Überlegungen gekommen, das Thema zumindest anzusprechen. Etwas unsicher sprach er deshalb Cculler an: „Ich hatte vorhin bei Eurem Gespräch nicht alles verstanden. Ist es richtig, dass Ihr einen Satellitentest sabotieren wollt?" „Das ist richtig. Wir tun dies zum

Schutz des galaktischen Friedens im Universum. Wir wollen verhindern, dass sich die überaus kriegerische, gewalttätige menschliche Spezies im All ausbreitet und andere Arten bedroht bzw. negativen Einfluss auf deren Leben ausübt." „Ich verstehe Eure Beweggründe. Aber verhaltet Ihr Euch eigentlich nicht mit dieser Aktion wie wir Menschen?" „Das verstehe ich nicht. Wir tun doch nur etwas Gutes." „Das kommt auf den Standpunkt an. Wer von Euch kann sicher wissen, ob dieser Test für uns alle negative Auswirkungen haben wird? Kann es nicht vielleicht auch sein, dass durch diesen Test, verbunden mit der darauffolgenden weiteren technischen Entwicklung, die Menschheit Kenntnisse von der Komplexität des Universums erlangt, die den Menschen zu einem friedlichen Individuum entwickelt könnte? Dass die daraus entstehenden Entwicklungen auch für das Universum und für uns alle überaus wertvoll sein könnten? Wer gibt Euch das Recht, so zu handeln?"

Es folgte langes Schweigen. Sowohl Cculler, aber auch die stets im Hintergrund mithörende ZI, mussten erst einmal die Schwere dieser Anschuldigung verarbeiten. Bisher hatte Cculler nie daran gezweifelt, dass sie als Garrujaner zu den Guten gehörten. All Ihr Handeln stand immer unter der Maxime, das Beste für das Universum zu geben. Doch Fahid hatte recht. Was war *GUT*? Gab es das überhaupt? Dieser Mensch hatte mit wenigen Worten an ihrem Weltbild gerüttelt. Plötzlich wurde das über so viele Generationen überlieferte Denken grundsätzlich infrage gestellt. Cculler war kurzzeitig sprachlos. Warum waren diese logischen Gedanken nicht auch bei ihr früher entstanden? Ihre Zivilisation hielt sich für überaus intelligent. Wie war es möglich, dass sie trotz ihrer Ausbildung, die sie zu einer alles hinterfragenden und stets alle Möglichkeiten analysierenden Garrujanerin gemacht hatte, nie an diese Alternative gedachte hatte? War dies vielleicht eine Folge gerade dieser Ausbildung? War ihre Ausbildung vielleicht die Ursache, dass sie genau so und nicht anders denken konnte?

Die fehlende Antwort von Cculler als Zustimmung interpretierend, fuhr Fahid fort: „Wäre es nicht sinnvoller, die Entwicklung von uns Menschen so zu begleiten, dass wir uns zu einem innerhalb des Universums gleichwertigen und friedlichen Partner entwickeln können?"

Cculler hatte ihre Fassung wieder zurückgewonnen: „Mein lieber Fahid, Du hast mich mit Deinen Worten tief beschämt. Natürlich hast Du recht. Warum wir diesen Ansatz bisher nicht verfolgt haben, kann ich Dir zum jetzigen Zeitpunkt auch nicht sagen. Vielleicht existieren übergeordnete Überlegungen der galaktischen Planetengemeinschaft, von denen wir nichts wissen. Auf jeden Fall werden wir Deine ethisch sehr wertvollen Gedanken nach Garruja melden. Ich persönlich hoffe, dass wir uns zukünftig anders verhalten können. Solange aber keine entsprechenden geänderten Vorgaben existieren, werden wir uns in der aktuellen Situation aber noch nach den bestehenden Anweisungen richten müssen. Mir fällt für unser Handeln im Augenblick nur eine einzige Erklärung ein, die für Dich eventuell auch plausibel erscheinen könnte. Tödliche Viren versucht Ihr Menschen auch abzutöten bzw. so zu isolieren, damit sie keinen Schaden anrichten können. Vermutlich ist die Angst der galaktischen Gemeinschaft vor Eurer Gewalttätigkeit und Eurem Eroberungsdenken so groß, dass man nicht daran glaubt, dass Ihr jemals Euer Verhalten ändern könntet. Ich hoffe, Du kannst dies mehr oder weniger so akzeptieren."

Fahids Antwort war überraschend knapp, aber auch logisch: „Ich bin auch kein Freund von Gewalt. Daher werde ich mich nicht gegen Euch stellen. Meine Einstellung dazu kennt Ihr jedoch nun." „Ich danke Dir für Deine offenen Worte. Auch wenn meine Stimmung durch unser Gespräch außerordentlich getrübt wurde, bin ich jedoch froh, dass ich Dich getroffen habe und Du so ehrlich bist. Du bist für mich ein sehr wichtiges Lebewesen und wertvoller Begleiter geworden. Ihr Menschen benutzt für diese Art der Beziehung den Begriff Freundschaft. Vielleicht bist Du für mich auch etwas mehr als ein Freund. Auf jeden Fall möchte ich Dich trotz dieser Unterhaltung oder auch gerade deshalb nicht mehr missen." „Auch ich möchte in Deiner Nähe bleiben. Wie unterschiedlich unsere beiden Welten zurzeit noch sein sollten, so fühle ich jedoch eine enge Verbindung zu Dir."

In diesem Augenblick kamen Xyllopph und Vvlanzetti, sich an den Händen haltend, aus dem Meer zurück. Cculler ging auf die beiden zu und berichtete ihnen von ihrem Gespräch mit Fahid. Fahid konnte sehen, wie sich die fröhlichen Gesichter der beiden in einen Gesichtsausdruck ernster Nachdenklichkeit verwandelte. Immer wieder wanderten ihre Blicke zu Fahid. Er verstand nicht viel. Jedoch so viel, dass sie Ccullers Vorschlag zu der weiteren Vorgehensweise zustimmten. Um Fahid mit einzubinden, wurde dann das weitere Gespräch auf Arabisch fortgesetzt. Fahid verstand dies als Vertrauensbeweis und als Beweis für eine gleichwertige Beziehung. Der Ablauf der Aktion wurde noch einmal, wie besprochen, bestätigt. Danach gingen die beiden Paare in ihre jeweilige Flugsphäre. Die Sitze wurden zu bequemen Schlafstätten umgewandelt und alle legten sich schlafen. Allerdings sollten sie wenig

Ruhe finden. Zum einen lag dies an dem vorangegangenen Gespräch, das alle doch emotional sehr aufgewühlt hatte. Zum anderen lag es aber auch an einem Ereignis, das zwar in einiger Entfernung seine Ursache fand, aber einen deutlichen Einfluss auf das weitere Geschehen rund um die Vier haben sollte.

In diesem Augenblick zündete sich nämlich Chavez, ein Arbeiter auf einer Ölplattform vor der Küste Venezuelas, verbotenerweise eine Zigarette an. Dies war umso verwerflicher, da er sich nicht nur auf einer ölfördernden Plattform befand, die bekanntermaßen im wahrsten Sinne des Wortes zu einer der durchaus brandgefährlichsten Einrichtungen gehörte, sondern weil er auch noch für die Sicherheit und Wartung der mit Treibstoff betriebenen Generatoren zuständig war. Somit stand er beim Anzünden der Zigarette direkt neben den Benzintanks der Generatoren, die durch seine schlechte Wartung auch nicht mehr die Dichtigkeit aufwiesen, die sie eigentlich hätten haben sollen. So fiel das nicht richtig ausgeblasene Streichholz unglücklicherweise in eine Benzinlache. Chavez konnte zwar noch das Aufflammen des Feuers verwundert zur Kenntnis nehmen, die darauffolgende Explosion der Tanks nahm er jedoch nicht mehr bewusst wahr.

Später sollte die Betreiberfirma der Ölplattform, neben den vielen Opfern von Chavez' Nachlässigkeit, ihn selber als vermisst und nicht mehr auffindbar melden. Auf jeden Fall führte die kleine Ursache zu gewaltigen Explosionen, der vollständigen Vernichtung der Plattform und eines gewaltigen Feuersturms. Denn das bisher im Erdinnern unter starkem Druck gebundene Öl-Gasgemisch schoss nun unkontrolliert an die Wasseroberfläche und fachte das nach der Explosion entstandene Feuer immer weiter an.

Da sich die Ölplattform in einem Gebiet mit in diesem Jahr sehr warmen Meerwasser und zusätzlich in einer Hurrikanregion befand, wirkte sich der Brand auch noch in weitere Gebiete unmittelbar aus. Durch die enorme Hitze des Ölbrandes wurde die bereits schon sehr warme und feuchte Luft in der Umgebung der Plattform bzw. deren Überreste in einem riesigen Ausmaß in die höheren Atmosphärenschichten gezogen. Die heiße schwarze Rauchsäule, in Verbindung mit dem entstandenen gewaltigen Luftsog, riss weitere immense, mit Feuchtigkeit gesättigte, Luftschichten in die Höhe. Es bildete sich eine gewaltige Gewitterzelle, ein Cloud Cluster. Ein abziehender Hurrikan im Bereich der Karibik unterstützte mit seinen südlichen Ausläufern die Zugbahn der riesigen Gewitterzelle Richtung Osten. Das entstandene Gewitter mit gewaltigen Blitzen und großen Hagelkörnern zog also direkt auf das Raumfahrtgelände von Kourou zu. Und die Rakete stand bereits vorbereitet für den morgigen Flug startbereit und betankt in der Startvorrichtung. Eine Katastrophe durch eine vom Blitz getroffene und explodierende Rakete war somit ein überaus realistisches Szenario. Eine unkontrollierte Explosion der Antimaterie in dem auf der Rakete befindlichen Satelliten hätte innerhalb der Atmosphäre des Planeten verheerende Auswirkungen.

Als erstes erkannten die Garrujanischen Sonden mit ihren Luftdruckmessungen und optischen Sensoren das heranziehende Unheil. Die ZI war natürlich ständig informiert. Als die Zugbahn der Wolke definitiv in Richtung Startgelände feststand und sich bereits unterhalb des Gewitterclusters immer wieder kleinere Tornados entwickelten, weckte schließlich die ZI die Garrujaner und Fahid. Schnell waren alle auf dem aktuellen

Stand der Dinge. Jetzt galt es zu entscheiden, was geschehen sollte.

Die ZI begann auf Arabisch: „Nun wäre eigentlich eine gute Gelegenheit, die von Fahid aufgeworfenen Argumente gegen unsere Sabotageaktion zu berücksichtigen, indem wir nicht eingreifen. Solange uns aber keine Stellungnahme von Garruja vorliegt, sollten wir wie vereinbart vorgehen. Übrigens habe ich Fahids Gegenargumente bereits nach Garruja übermittelt." Die ZI unterließ es aber zu ergänzen, dass sie die Informationen auf der wesentlich langsameren Relaisübertragungsverbindung übermittelt hatte. Dadurch würde es sehr lange dauern, bis eine Antwort vorliegen würde. Eine Entscheidungshilfe aus Garruja würde somit für die aktuelle Problemlösung zu spät eintreffen.

Fahid enthielt sich, wie zu erwarten war, seiner Stimme. Alle anderen stimmten darin überein, den ursprünglich beschlossenen Plan umzusetzen. Dies beinhaltete, den Raketenstart unter allen Umständen zu sichern. Somit hatten sie keine andere Wahl, als das Gewitter aufzuhalten, abzuschwächen oder in eine andere Richtung umzulenken. Oder alles zusammen. Aber wie?

Die umfassend ausgebildete und bereits in ihren jungen Jahren überaus erfahrene Technikerin Vvlanzetti ergriff sofort das Wort: „Unsere Flugsphären verfügen über eine sehr hohe Geschwindigkeit, verbunden mit enormer Manövrierfähigkeit, großen Kraftfeldgeneratoren und Möglichkeiten, Kraftfelder statisch mit einer einzigen Ladungsform aufzuladen. Mein Vorschlag: wir schicken die Sphären in die Gewitterzelle und lassen sie dort mit hoher Geschwindigkeit kreisen. Mit den Kraftfeldern ziehen wir die Wassermoleküle und Tropfen mit. Somit wird sich ein stabiler großer Tornado bilden. Diesen versuchen wir im Einflussbereich des nach Norden abziehenden Hurrikans zu halten. Damit wird er auch Richtung Norden aufs Meer gezogen und an Kourou vorbeigelenkt. Die Eigenrotation des Tornados sollte die Ablenkung unterstützen. Zusätzlich laden wir die Flugsphären entsprechend auf. Damit können wir entstehende Blitze in der Gewitterwolke halten. Die Blitze sollten dann nicht im Boden einschlagen und können den Raketenstart nicht gefährden."

Alle befanden den Plan als hervorragend. Und so wurde es gemacht. Die ZI übernahm die Steuerung der Flugsphären und flog sie Richtung Gewittercluster. Die Garrujaner und Fahid blieben zurück. Eine der Sonden wurde zu ihrem Schutz abgestellt. Sie errichtete sofort ein Tarnfeld. So blieb den Vier nichts anders übrig, als tatenlos zuzusehen. Die Wolke mit den markanten Blitzerscheinungen war schon in der Ferne zu sehen. Sie nahm noch immer direkten Kurs auf das Startgelände. Unaufhörlich näherte sich das Wolkengebilde. Von den Flugsphären war verständlicherweise aufgrund der Tarnvorrichtung nichts zu sehen. Allerdings auch nicht, dass sie etwas ausrichten konnten.

Die ersten Ausläufer des Gewitters waren bereits zu spüren. Der Wind frischte spürbar auf. Erste Tropfen fielen. Die riesige Wolke hatte immer noch nicht die Richtung geändert. Etwas musste schiefgelaufen sein. Doch dann begann die Wolke sich erst langsam und dann immer schneller zu drehen. Es bildete sich in Kürze der markante Tornadotrichter. Auch die Blitze schienen sich jetzt nur noch innerhalb der Wolke zu entladen.

Während bei den Garrujanischen Beobachtern langsam Hoffnung aufkeimte, herrschte im Kontrollzentrum des Raketenstartgeländes beim Anblick des gewaltigen Tornados dagegen nun die absolute Panik. Die Mühen einer jahrzehntelangen Arbeit waren völlig vergeblich, wenn dieser Tornado die Rakete, mitsamt des wichtigen Satelliten, zerstören sollte. Riesiges Entsetzen machte sich unter den vielen Wissenschaftlern breit. Was würde passieren, wenn die im Satelliten vorhandene Antimaterie nicht mehr sicher kontrolliert werden könnte. Eine gewaltige Explosion wäre die Folge. Und nach einer Rettung der Mission sah es bei den derzeitigen Umständen auf keinen Fall aus, der riesige Tornado kam immer näher. Einige Menschen des technischen Personals begaben sich bereits in die Schutzbunker.

Doch dann hellten sich auch die Mienen der Techniker zögernd auf. Der Tornado änderte langsam seine Richtung. Kurz bevor er der Rakete gefährlich werden konnte, zog er – wie von Geisterhand gezogen – in Richtung auf das offene Meer. Aufgrund der Wärme und der damit verbundenen Energie des Meereswassers verstärkte sich der Tornado zwar noch weiter, über dem unbewohnten Meer konnte er jedoch keine Schäden mehr anrichten.

Auch Cculler, Vvlanzetti und Xyllopph atmeten auf. „Das war knapp" sprach Cculler ihnen allen aus der Seele. Letztendlich waren sie alle mit dem Ausgang zufrieden. Plötzlich bildeten sich rechts und links von ihnen große, runde Vertiefungen im Sand. Die beiden Flugsphären waren wieder gelandet. Kurz danach schaltete sich das Tarnfeld für einen Augenblick aus. Sie konnten bequem wieder einsteigen.

Von Osten her wurde es langsam hell, die Sonne schob sich gemächlich über den Horizont. Die für alle beteiligten kurze Nacht wich einem allmählich beginnenden Tag, der zumindest wettermäßig recht freundlich aussah. „Lasst uns noch etwas frühstücken und uns für den Tag stärken,“ schlug Xyllopph vor.

So nahmen die Garrujaner Cculler, Vvlanzetti, Xyllopph und der Mensch Fahid gemeinsam noch ein wenig Nahrung in den wärmenden Strahlen der aufgehenden Sonne zu sich, bevor sie sich mit ihren getarnten und somit unsichtbaren Flugsphären in Richtung Startrampe aufmachten. In sicherer Entfernung bezogen sie Position und warteten geduldig auf den Start der Rakete.

Die ZI schaltete den internen Funkverkehr der irdischen Kontrollstation auf die Übertragungsgeräte der Flugsphären. So konnten alle mithören. Das Ende der Startvorbereitungen stand unmittelbar bevor, die Rakete, eine Ariane - wie sie die Menschen nannten - war startbereit. Etwas belustigt hörten die Garrujaner, wie eine Uhrzeit Sekunde für Sekunde rückwärts vorgetragen wurde. Es schien sich um eine traditionell glückbringende Zeremonie zu handeln. Kurz bevor man bei Null angelangt war, zündeten mit einem enormen Getöse die Triebwerke der Rakete. Direkt bei Null lösten sich die Halterungen für die Rakete und die Ariane hob langsam vom Boden ab. Ganz ruhig und immer schneller werdend flog sie in den Himmel.

Die Flugsphären flogen parallel zu der Rakete. In gebührender, sicherer Entfernung verfolgten sie den Flug. Stetig wurden die Messdaten der Rakete ausgewertet. Alles war in Ordnung. Recht bald nach dem Start trennten sich die Zusatzraketen der Ariane von der Hauptstufe. Als die vorgesehene Höhe erreicht war, löste sich auch der Satellit von der Rakete. Der Rest der Rakete würde wieder zur Erde zurückstürzen und mit einfachen Hilfsmitteln dort sicher landen.

Nun stand der wichtigste Teil der Aktion bevor. Es sollte nicht mehr lange dauern und der Versuch mit dem Photonenstrahlantrieb sollte beginnen.

Die ZI und die Garrujaner bereiteten sich auf ihren Einsatz vor, noch nicht wissend, was da alles an Unerwartetem auf sie zukommen sollte. Aber vielleicht war das auch gut so.

Der Satellit drehte sich vorsichtig und langsam mit Hilfe seiner Steuerungsdüsen in die vorgesehene Position. Vermutlich waren jetzt alle Kameras und Messsensoren auf der Erde und auf den beobachtenden Satelliten auf den Photonenstrahlsatelliten ausgerichtet. Nun wurde es auch für Xyllopph Zeit. Da es sich lediglich um einen kurzen Einsatz im All handelte, musste er nicht den Schutzanzug anlegen. Es genügte das normale Kraftfeld, das ihn vor dem Vakuum und der Strahlung schützen würde. Nur eine flache Weste mit genügend Atemluft und einem System für eine kurzzeitige Wiederaufbereitung der Atemluft war nötig.

Während die Flugsphären im sicheren Abstand Stellung bezogen, um von den Satelliten mit den Massemesssensoren nicht entdeckt werden zu können, wollte Xyllopph mit seinem Schwerkraftgürtel möglichst nah an den Photonensatelliten fliegen. Zu dicht wollte er aber auch nicht heran. Man wusste ja nie, inwieweit die Massesensoren vielleicht durch Zufall auch seine geringe Körpermasse registrieren könnten. Zu diesem Augenblick konnte er noch nicht ahnen, wie klug sich diese Entscheidung im Nachhinein herausstellen sollte. Wenn auch aus anderen, als den von ihm gedachten Gründen.

Vvlanzetti drückte noch einmal Xyllopphs Hand ganz fest: „Viel Glück und sei bitte vorsichtig."
„Danke, ich werde vorsichtig sein. Aber was soll schon passieren. Nach der Analyse und den Vorbereitungen

sollte eigentlich alles ohne größere Probleme ablaufen."
Dann öffnete die ZI die Kuppel und Xyllopph stieg aus
der Flugsphäre. Das Kraftfeld der Flugsphäre schützte
Vvlanzetti vor der kosmischen Strahlung und dem Luft-
verlust, ließ aber Xyllopph durch eine kurz gebildete
Schleusenlücke passieren.

Xyllopph schwebte langsam in Richtung Satellit. Er fragte die ZI: „Wie lange dauert es noch, bis der
Test beginnt? Gib mir bitte rechtzeitig Bescheid, damit
ich in Position gehen und mich konzentrieren kann."
„Nach irdischer Zeitrechnung wird es noch rund zehn
Minuten dauern. Die hergestellte Antimaterie, die durch
die Reaktion mit normaler Materie in die berechnete
Gammastrahlenenergie umgewandelt werden soll, ist
nur relativ gering. Deshalb wird die Brenndauer des Antriebs relativ kurz sein. Du musst also nicht sehr lange
dem Satellitenschub entgegenwirken."

Xyllopph sah den Satelliten in einiger Entfernung vor sich im All schweben. Unter sich konnte er die
Erde in voller Größe bewundern. Er sah sogar ein riesiges Wolkengebilde mit einem wolkenlosen Punkt in
der Mitte. Es handelte sich um den Hurrikan in der Karibik, der mit seinen Ausläufern heute Morgen auch die
Ablenkung der Gewitterzelle unterstützt hatte.

Er schaute wieder in Richtung Satellit. Dahinter
sah er einen hellen blitzenden Lichtpunkt, der schnell
größer wurde. „Ist das sich nähernde Objekt hinter dem
Satelliten die internationale Raumstation (ISS), die den
Test bei ihrem Vorbeiflug auch beobachten wird?"
fragte er die ZI. „Genau. Du kannst Dich jetzt langsam
bereitmachen. Konzentriere Dich auf den Satelliten. Du
hast noch zehn Sekunden, dann wird das Triebwerk gestartet."

Xyllopph vergewisserte sich noch einmal, dass sein Schwerkraftgürtel korrekt funktionierte und ihn sicher in Position hielt. Vvlanzetti, Cculler und Fahid starrten gebannt auf den Satelliten und warteten gespannt darauf, ob alles wie geplant ablaufen würde. Nicht nur alle irdischen Sensoren waren auf den Satelliten ausgerichtet, auch die ZI beobachtete intensiv das Geschehen. Allerdings war ihr Augenmerk nicht nur Richtung Satellit gerichtet. Zu ihren vielen Aufgaben gehörte es, ständig auf eventuelle Gefahren für die Flugsphären und ihre Insassen zu achten, um rechtzeitig Gefahren abwenden zu können.

Seit geraumer Zeit beobachtete sie daher einige Objekte, die sich offensichtlich auf Kollisionskurs zu ihrem derzeitigen Standort im All befanden. Es handelte sich um Trümmerteile eines oder mehrerer explodierten Satelliten.

Während ihres Anfluges Richtung Erde zur Rettung von Cculler hatten die Vaddder im Vorfeld zur Absicherung der Rettungsaktion drei Spionagesatelliten zerstört. Die ZI hatte die Daten verglichen und mehrfach abgecheckt. Es bestand kein Zweifel mehr. Die von den Vaddder damals abgeschossenen Satelliten, bzw. deren Überreste, befanden sich im Augenblick auf Kollisionskurs mit dem Photonenstrahlsatelliten. Es hätte sich natürlich um einen außergewöhnlich seltenen Zufall handeln können. Die ZI kannte aber die Vaddder und ihre enormen geistigen Fähigkeiten. Immerhin hatten sie auch die Zerstörung der drei Satelliten so berechnet, dass nur der Abschuss eines der Satelliten genügte, um die anderen beiden durch dessen Trümmerstücke ebenfalls zu zerstören.

Für die ZI stand also eindeutig fest: hierbei handelte es sich nicht um einen Zufall. Aber was hatten die

Vaddder damit vor? Wollten sie, ähnlich wie die Garrujaner, den Test sabotieren? Oder wollten sie sogar die Sabotage der Garrujaner verhindern und diese ebenfalls sabotieren? Wie konnten sie so genau die Ereignisse vorausberechnen und planen?

Fragen über Fragen, für die die ZI, zumindest mit den derzeit vorliegenden Fakten, keine logischen Antworten parat hatte. Sollte sie eingreifen und die Aktion der Vaddder verhindern? Würde die ZI aber jetzt eingreifen und den Plan der Vaddder verhindern, würde sie vermutlich nie den Sinn und die Folgen dieser Aktion erfahren. Die ZI entschied sich somit für eine mehr oder weniger passive Variante.

Sie gab deshalb Xyllopph das Zeichen, mit seinen Gegenmaßnahmen zu beginnen. Das Triebwerk des Photonensatelliten begann zu arbeiten. Xyllopph gelang es tatsächlich mit seinen geistigen Kräften, dass sich der Satellit, trotz Vorwärtsschub, nicht bewegte. Die Sekunden verrannen und alles verlief planmäßig.

Doch dann passierte es. Die Trümmerteile der von den Vaddder zerstörten Satelliten schlugen in hoher Anzahl im Photonenstrahltestsatelliten ein. Zwar war durch die kontrollierte Verschmelzung der Materie mit der Antimaterie kaum noch sehr viel Antimaterie vorhanden, doch dieser Rest wurde jetzt unkontrolliert freigesetzt. Eine Explosion war die Folge, die den Satelliten vollständig vernichtete.

Durch die enorme Wucht der Explosion schossen Mengen von Satellitentrümmerteilen in die Umgebung. Sowohl die sich in der Nähe befindlichen Beobachtungssatelliten wurden völlig, als auch einige der zur Stromerzeugung benötigenden Solarmodule der ISS, teilweise zerstört. Xyllopph, da er sich am nächsten zum Zentrum der Explosion befunden hatte, wurde einfach durch den mehrfachen Aufprall der Trümmer auf seinem Schutzschirm, quasi hinwegkatapultiert. Nur seinem Schutzfeld und der raschen Stabilisierung durch seinen Schwerkraftgürtel verdankte es Xyllopph, dass er unverletzt blieb. Zumindest gingen er und die beiden weiblichen Garrujaner davon aus.

Selbstverständlich hatte sich aber die ZI nicht auf die Automatik des Schwerkraftgürtels und der automatischen Schutzeinrichtungen verlassen. Diese hätten in diesem Fall nicht ausgereicht. Mit einem bereits kurz vor der Explosion von den Flugsphären aufgebauten und gebündelten Schutzschirm wurde das Schlimmste für Xyllopph verhindert. Das Eingreifen der ZI sollte oder durfte aber nicht zu auffällig sein, damit es keiner merkte. Ansonsten hätte die ZI womöglich erklären und zugeben müssen, warum sie so und nicht anders gehandelt hatte. Warum hatte sie die Garrujaner nicht vorgewarnt und dieser Gefahr ausgesetzt. Diese Diskussion darüber wollte die ZI im Augenblick aber vermeiden.

„Hier können wir jetzt nichts mehr tun, lasst uns Xyllopph wieder sicher in die Flugsphäre bringen. Dann sollten wir von hier so schnell wie möglich verschwinden," übernahm die ZI das Kommando.

Xyllopph war bereits wieder auf dem Rückweg zu der Sphäre. Er hatte den ersten Schock überwunden. Mithilfe seines Schwerkraftgürtels hatte er sehr schnell seine Lage stabilisiert und flog rasch in Richtung seiner Flugsphäre.

Vvlanzetti half ihm beim Einsteigen. „Ist bei Dir alles in Ordnung? Hast Du Dich verletzt?" Vvlanzettis spürbare Angst um ihn und ihre Fürsorge berührten Xyllopph sehr: „Mir fehlt nichts, alles gut. Aber was war passiert?" „Ich hatte kurz vor der Explosion etwas Weltraumschrott an uns vorbeirasen gesehen. Der muss mit dem Satelliten kollidiert sein und die Explosion ausgelöst haben." „Aber das ist doch nicht möglich. Die Sensoren der Flugsphären und die ZI hätten doch diese Objekte auf jeden Fall orten müssen."

Der ZI war bei dieser Unterhaltung sofort klar, dass ihre Verheimlichungstaktik nicht aufgehen konnte. So ging sie wieder in die Offensive: „Ich kann Euch alles erklären, oder zumindest so viel, wie ich es selbst analysiert habe. Lasst uns aber jetzt hier erst einmal verschwinden. Ihr wolltet doch auch die Ähnlichkeit der Alpakas zu Euch erforschen. In Südamerika gibt es eine alte Kulturstätte namens Machu Picchu. Dort leben auch viele Alpakas. Wir könnten dort sowohl einen Teil der menschlichen Entwicklungsgeschichte, als auch die Parallelen zwischen Euch Garrujanern und den Alpakas erforschen. Außerhalb der großen Touristenströme ist die Gegend um Machu Picchu recht abgelegen und unbewohnt. Somit könnten wir uns dort relativ unbeobachtet aufhalten."

Bevor irgendjemand reagieren konnte, startete die ZI bereits die Flugsphären. Sie tauchten wieder in die dichteren Atmosphärenschichten ein und flogen nach Machu Picchu. Dort suchte die ZI einen geeigneten Landeplatz. Die Berge um Machu Picchu waren steil und dicht bewaldet. Nicht gerade zweckmäßig als Landestellen für zwei große Flugsphären. Schließlich fanden sie doch noch eine durch einen kleinen Bergrutsch verursachte Lichtung kurz unterhalb eines der Berggipfel. Von unten war der Landeplatz nicht einsehbar, da die dichte Bewaldung dies verhinderte. Sie selbst hatten jedoch, von einem Punkt knapp oberhalb der Lichtung, einen hervorragenden Überblick über das gesamte Bergpanorama. Von dort war auch die geheimnisvolle alte Inkastadt Machu Picchu zu sehen. Ebenso konnte man von hier oben, im Tal, einen Teil des mäandrierenden Verlaufs des Rio Urubamba erkennen. Wenn der vorangegangene Vorfall mit der missglückten Sabotageaktion nicht alle noch gedanklich in Bann gehalten hätte, hätten sie diesen spektakulären Anblick sicher mehr genießen können.

Als sich alle schließlich ein wenig erholt hatten, wollte Cculler nun endlich von der ZI definitiv wissen, was geschehen war. Hoch emotional und aufgebracht, was im Allgemeinen nicht der Natur von insbesonders sehr gut ausgebildeten Garrujanern entsprach, forderte sie eine Erklärung: „Bitte sag uns jetzt, ohne etwas zu verheimlichen, was genau geschehen ist. Es ist doch völlig unmöglich, dass Du die anfliegenden Trümmer nicht bemerkt hast? Was hat Dich dazu bewogen, nicht zu reagieren und uns alle so zu gefährden? Besonders natürlich Xyllopph.“

„Die Faktenlage war zu unübersichtlich, um Euch im Vorfeld umfassend informieren zu können. Natürlich hatte ich die Trümmer gesehen. Aber ich hatte auch erkannt, was die Ursache dieses Weltraumschrotts war.“ Dann berichtete die ZI sehr ausführlich von den vorliegenden Fakten und ihrer Analyse, welche die Vaddder betrafen. „Wir müssen herausfinden, welche Beweggründe die Vaddder für ihr Handeln hatten. Wir müssen wissen, ob die Handlung der Vaddder sich auch gegen uns richten sollte. Falls ja, würden sie dies sicherlich uns gegenüber nicht zugeben. Also müssen wir einen anderen Weg gehen. Nämlich beobachten, was sich aus dieser Aktion entwickeln wird. Und natürlich die Vaddder verstärkt unauffällig überwachen, um herauszufinden, was sie genau vorhaben. Übrigens bestand weder für Xyllopph oder Euch jemals eine richtige Gefahr. Ich hatte selbstverständlich alle möglichen Vorkehrungen zu Eurem Schutz getroffen."

Fahid hatte verständlicherweise aufgrund der mangelnden Garrujanischen Sprachkenntnisse wenig verstanden. Er konnte nur spüren, dass es sich um ein sehr ernsthaftes Problem handeln musste. Er wollte von Cculler mehr erfahren: „Was ist los, gibt es Schwierigkeiten?" „Ja und nein," antwortete sie auf Arabisch. „Akut existiert keine Gefahr. Wir wissen nur nicht genau, was eine eigentlich mit uns befreundete Spezies mit dieser für uns unerklärlichen Aktion bezwecken wollte. Dies müssen wir aber zu unserer eigenen Sicherheit herausfinden." Anschließend erzählte sie Fahid in aller Ausführlichkeit von den Geschehnissen und ihren Überlegungen.

Nachdem alle von den vergangenen Ereignissen innerlich doch etwas aufgewühlt waren, die Sonne bereits am Untergehen war und die Nacht hereinbrach, beschloss die kleine Gemeinschaft, sich zur Nachtruhe zu begeben. Derzeit konnte man sowieso nichts mehr unternehmen.

Doch bevor sie ihre Absicht in die Tat umsetzen konnten, führte einmal mehr ein Ereignis an anderer Stelle zu einer Änderung der Abläufe. In diesem Augenblick nämlich gingen plötzlich in der alten Ruinenstadt Machu Picchu unzählige Scheinwerfer an und beleuchteten den freien Platz zwischen den Gebäuden.

Die ZI schaltete einen Bereich der transparenten Kuppel der Flugsphäre auf Vergrößerung. Jetzt konnten die Garrujaner und Fahid erkennen, dass eine große Zahl von Menschen auf Sitzgelegenheiten vor einer Bühne saßen. Auf dieser Bühne befanden sich ebenfalls einige Menschen, die sich mit Geräten unterschiedlichster Ausprägung beschäftigten, die sie entweder in der Hand hielten oder die vor ihnen abgestellt waren.

Verwundert blickten sich die Garrujaner erst gegenseitig und dann Fahid fragend an.

„Was schaut Ihr mich so an. Habt Ihr noch nie eine Orchesteraufführung gesehen?" „Während unserer Ausbildung haben wir zwar schon davon gehört, in natura – wie Ihr Menschen sagen würdet – haben wir so etwas aber noch nicht erlebt. Was passiert denn dort?"

„Ich erinnere mich gelesen zu heben, dass das West-Eastern Divan Orchester sich zurzeit auf einer Tournee in Südamerika befindet. Das Orchester, das zu gleichen Teilen aus Israelis und Arabern besteht, setzt sich für ein friedliches Zusammenleben der Menschen ein. Im Augenblick bereiten sich die Musiker auf den Beginn des Konzerts vor und stimmen noch ihre Instrumente. In Kürze wird sicher der Dirigent erscheinen. Ich hoffe, Ihr wisst, was ein Dirigent ist?"

„Grundsätzlich ja," antwortete Cculler.

Die ZI hatte zwischenzeitlich auch die zielgerichtete Schallwellenverstärkung aktiviert. Mit einem Mal drang ein aufbrausendes Geräusch zu ihnen herüber. Man sah die Zuschauer, wie sie ihre Hände gegeneinanderschlugen und damit diesen Lärm verursachten. Kurze Zeit später trat ein weiterer Mensch auf die Bühne, stellte sich in die Mitte und verbeugte sich vor den Lärm machenden Zuschauern.

Dann verstummte der Lärm. Der zuletzt gekommene Mensch hob seine Arme und begann dann, mit seinen Armen wild in der Luft umher zu wedeln. Im gleichen Augenblick fingen die Menschen auf der Bühne an, ihre Geräte zu bearbeiten.

Und mit den ersten Tönen der nun erklingenden Musik waren die Garrujaner und Fahid mit einem Mal tief ergriffen. Es war doch eigentlich nur eine Aneinanderreihung von unterschiedlichen Tönen. Aber die Intensität des Musikstücks im Zusammenhang mit der umgebenden Kulisse zog sie alle immer tiefer in den Bann der Musik. Für die Garrujaner kam dieses Erlebnis völlig unvorbereitet. Völlig überwältigt lauschten sie fast atemlos der Musik. Der schnelle Wechsel der Harmonien und Lautstärken ließ ihren Geist fast eins werden mit der Musik. Wie in Trance vergaßen sie völlig ihre Umgebung und versanken vollständig im Rhythmus der Musik. Zeit und Raum waren für sie nicht mehr vorhanden. Erst als die Menschen mit ihren Händen wieder den Lärm machten, kamen die Garrujaner wieder zu sich. Noch völlig beeindruckt von dem eben Erlebten seufzte Vvlanzetti: „Was war denn das?" „Ich bin zwar auch nicht der große Musikkenner, aber ich glaube, dies war die 5.Symphonie von Ludwig van Beethoven," kam die sachliche Antwort von Fahid.

Dies war allerdings nicht genau das, was Vvlanzetti mit ihrer Frage gemeint hatte. Die Frage war nämlich die: wie war es möglich, dass Töne, also künstlich erzeugte Luftschwingungen, derart starken Einfluss auf die Gedanken und Gefühle von ihnen haben konnten? Vvlanzettis wissenschaftliche Neugier war geweckt. Sie wusste, diesem Geheimnis musste sie auf den Grund gehen.

Kurz darauf begann das Orchester erneut zu spielen. Die Garrujaner und Fahid lauschten verzückt den weiteren Musikstücken. Am Ende des Konzerts machten die Zuschauer besonders viel Lärm. Fahid klärte darüber auf, dass es sich hierbei um Beifall, also um eine besondere Form des Lobes und der Anerkennung für die erbrachte Leistung handeln würde.

Obwohl sowohl dieses Erlebnis mit der Musik, als auch die vergangenen Ereignisse im Zusammenhang mit dem Abschuss des Satelliten, die Gemüter aller doch sehr aufgewühlt hatten, beschlossen sie, sich jetzt endgültig zur Ruhe zu begeben.

Xyllopph und Vvlanzetti zogen sich in ihre Flugsphäre zurück, Cculler und Fahid begaben sich in ihre eigene Sphäre. Die transparenten Kuppeln wurden geschlossen und die ZI errichtete sicherheitshalber sowohl das Tarn- als auch das Schutzfeld um die ihr anvertrauten Garrujaner und den Menschen.

Während Cculler und Fahid bald zur Ruhe kamen bzw. es das erste Mal zwischen einem Menschen und einer Garrujanerin neben einer geistigen auch zu einer zärtlich körperlichen Verbundenheit kam, war in der anderen Flugsphäre noch lange Zeit von Ruhe nichts zu spüren.

Xyllopphs Gedanken kreisten seit einiger Zeit nur um ein Thema. Die Musik hatte das Ganze noch emotional verstärkt. Gewisse Gedankengänge ließen ihn nicht mehr los. Vvlanzetti hatte seine innere Unruhe gespürt: „Was beschäftigt Dich so sehr? Ist es die Musik? Oder die Zerstörung des Satelliten? Die ZI hat Recht, im Augenblick können wir nichts tun, Du kannst das Problem auch nicht lösen." „Das ist es nicht. Für die Mission auf der Erde zur Rettung von Cculler wurden mir zuvor von Charrill geistig eine Unmenge an Fakten übermittelt. Einen Teil davon habe ich bewusst gleich verarbeitet. Ein großer Teil davon schlummert jedoch noch in meinem Unterbewusstsein." „Das ist doch ganz normal. Was beschäftigt Dich genau, wie kann ich Dir helfen?" „Die Musik hat bei mir nicht nur positive Emotionen ausgelöst, sondern auch Gedanken, die mit den Vaddder zusammenhängen. Plötzlich drangen Ereignisse und Orte auf der Erde in mein Bewusstsein. Und alle hängen irgendwie mit der Körperform der Vaddder zusammen." „Was meinst Du genau?" „Wie sehen die Vaddder aus?" „Eigentlich ganz einfach. Wenn man es recht betrachtet, nur ein Quader. Also nichts Besonderes." „Richtig. Die Vaddder sehen wie Quader aus. Sie existieren in den unterschiedlichsten Größen. Denk an unseren Flug zur Erde mit der Großraumsphäre der Schllsch, die eigentlich von den Vaddder gebaut worden ist. Überall sah man gleichmäßige Quaderformen. Sowohl bei den Aggregaten des Antriebs, aber auch besonders bei der kreisförmigen Aufstellung der riesigen Vaddder zur Energiegewinnung, die mich schon damals an Stonehenge auf der Erde erinnert hat." „Worauf willst Du hinaus?" „Wie gesagt, mir ist auf einem Mal die Ähnlichkeit der Vaddder und ihrer Maschinen mit Bauwerken auf der Erde aufgefallen. Sieh Dir die vielen und fast auf allen Kontinenten der Erde vorkommenden Bauten an, die von den Menschen Monolith- oder auch Megalithbauten genannt werden. Denk an Orte wie Stonehenge, Baalbek, Sacsayhuaman, oder Gizeh, um nur einige zu nennen. Sogar auf Meeresinseln gibt es diese ungewöhnlichen Bauten. Überall die gleichen Erscheinungen und Entwicklungen. Man bekommt doch unwillkürlich das Gefühl, dass hier irgendeine Verbindung besteht. Kann das Zufall sein? Und warum haben die menschlichen Beobachtungsstationen für Weltraumschrott vor dem Zusammenstoß auch nicht gewarnt?" „Ich weiß es nicht, aber Du hast Recht. Irgendwie merkwürdig ist das alles schon. Aber heute und jetzt können wir das Problem nicht mehr lösen. Wir sollten aber auf jeden Fall Garruja von Deinen Gedanken informieren. Lass uns aber jetzt schlafen gehen. Morgen wird vielleicht wieder ein anstrengender Tag." Diese Vorahnung sollte sich allerdings als weit untertrieben herausstellen.

Also begaben sich auch Vvlanzetti und Xyllopph schließlich zur Ruhe. Im Gegensatz zu Cculler und Fahid beschränkten sich die beiden mal wieder nicht nur auf den einfachen Austausch von Zärtlichkeiten. Intensiv praktizierten Vvlanzetti und Xyllopph wieder das Garrujanische Fortpflanzungsritual zur Stärkung des sozialen Zusammenhalts. Beide genossen die intime körperliche Verbundenheit mit all' ihren Sinnen. Aber schließlich schliefen auch sie beide ein.

Da es im Gegensatz zur antarktischen Station in den Flugsphären keine Einrichtungen mit auswählbaren Schlafprogrammen gab, hatte Xyllopph diesmal keine schönen Träume. Die Gedanken an die Vaddder ließen ihn auch im Traum nicht mehr los. Er träumte davon, wie ihn immer wieder riesige Quader mit bösen Fratzen jagten und verfolgten. Ein irdischer Tag, verbunden mit einigen unbekannten Erlebnissen, hatte ausgereicht, um die Welt um ihn herum und seine Träume kurzzeitig durcheinanderzuwirbeln. Es sollte aber nicht nur bei schlechten Träumen bleiben. Aber dies konnte Xyllopph während dieser Nacht noch nicht ahnen.

Wie immer schlief die ZI nicht. Die von Xyllopph angesprochenen Ähnlichkeiten der Vaddder mit Bauten auf der Erde war ihr natürlich schon viel eher als Xyllopph aufgefallen. Nach dem Abschuss des Satelliten durch die Vaddder kam die Abwägung dieser Fakten und weitere Analysen allerdings zu einem unerwarteten Ergebnis. Als erstes informierte die ZI deshalb sofort Garruja von den Ereignissen und den daraus folgenden Analysen. Aufgrund der Dringlichkeit geschah dies diesmal aber auf schnellstem Weg, nämlich mithilfe der quantenmechanisch verschränkten Photonenspeicher, also ohne Zeitverlust.

Danach widmete sich die ZI wieder ihren normalen Aufgaben. Sie kümmerte sich darum, dass alles funktionsfähig war und sorgte ohne Unterlass dafür, dass es ihren Jungchen gut ging: „Bleibt gesund und glücklich, schlaft gut,“ dachte die ZI und kümmerte sich wieder um die Absicherung der Umgebung.

Kapitel 2 – Die Zwillinge

„Krieg und Gewalt ist stets
ein Zeichen von Schwäche"

(Leitspruch der Galaktischen Gemeinschaft – stammt
vermutlich von einem Naturvolk des Planeten Aaräs)

Palloxx duckte sich noch ein bisschen weiter nach unten und verbarg sich hinter dem Felsen. Dank seiner Tarnvorrichtung, die ihn unsichtbar machte und aufgrund der dunklen Nacht, konnte er zwar nicht wahrgenommen werden, instinktiv ging er jedoch auf Nummer sicher. Aber auch so wäre er in der Dunkelheit mit seinem braunen Fell und der dunklen Kleidung in der kargen dunkelbraunen Landschaft kaum zu sehen gewesen.

Von seinem Standort aus konnte er im engen Tal weit unter sich am Eingangstor einen Trupp Rammaner erkennen. Sie waren gerade mit einem deutlich sichtbar gepanzerten, dicht über dem Boden schwebenden Fahrzeug angekommen und wurden nun von den vielfältigen Sicherheitseinrichtungen überprüft. Das Tor öffnete sich und die Soldaten wurden eingelassen. Sie gingen über einen hell erleuchteten Vorplatz in ein freistehendes Gebäude.

Palloxx kannte die weiteren Sicherheitsüberprüfungen im Innern des Bauwerks. Mehrere optische Sensoren würden jetzt die Besucher auf ihre Identität hin abchecken. Sollte alles in Ordnung sein, müssten die Soldaten in kürze am anderen Ende des Gebäudes wieder auftauchen. Offensichtlich gab es keine Probleme, denn die kleinen kugelförmigen Rammaner erschienen, wie erwartet, wieder auf der anderen Seite. Jetzt mussten sie noch das letzte Stück über eine freie Fläche gehen, um an das große Tor zu gelangen, das sie in die riesige Kommandozentrale tief im Innern eines Bergmassivs einlassen sollte. Während die Soldaten die letzte Strecke zum Tor mit schnellen Sprüngen überbrückten, schossen zwischen, über und neben ihnen viele kleine Flugobjekte umher. Diese sollten sicherstellen, dass keine getarnten Objekte mit den Soldaten in das Innere der Kommandozentrale gelangen konnten. Kurz vor dem Tor mussten die Rammaner noch einzeln und langsam eine Nebelwand passieren. Auch hierdurch sollten getarnte und optisch nicht sichtbare Objekte durch entstehende Luftverwirbelungen auf jeden Fall entdeckt werden.

Palloxx musste lächeln. All diese Sicherheitseinrichtungen waren zwar überaus effektiv, nutzten aber nichts gegen die kleinen Objekte, die Palloxx und seine Schwester Ccassor schon vor geraumer Zeit und auch gerade jetzt mit dem Zutritt und im Schutz der Soldaten in die Kommandozentrale einschleusten.

Die ZI und sie hatten sich lange überlegt, wie man die Sicherheitseinrichtungen am besten überlisten konnte. Das direkte Eindringen durch Ccassor und Palloxx hatte man schnell verworfen. Zwar waren die Rammanischen Sicherheitstechniken, die vorwiegend auf optischen und elektromagnetischen Scaneinrichtungen basierten, relativ einfach mit ihren Garrujanischen Techniken und Tarnvorrichtungen zu umgehen. Doch waren Garrujaner mehr als doppelt so groß wie Rammaner. Insofern würde es in den beengten Räumen der Rammaner Schwierigkeiten mit der Bewegungsfreiheit geben. Insbesondere in Gefahrensituationen und bei schnellen Ortswechseln waren die engen Räume ein Sicherheitsnachteil. Deshalb hatten sie sich dafür entschieden, Mikroschwarmsonden nach und nach in die Kommandozentrale einzuschleusen. Sobald der gesamte Schwarm im Inneren angelangt war, würde er sich zu einer einzigen großen getarnten Sonde verbinden.

Die letzten unsichtbaren Mikroeinheiten des Schwarms drangen gerade jetzt mit den Soldaten unerkannt in die Anlage ein. Palloxx war zufrieden. Es hatte bisher alles wie geplant geklappt.

Geistig nahm er Kontakt zu seiner Schwester Ccassor auf: „Hast Du es gesehen, die letzten Sonden sind im Inneren angelangt?"

Ccassor, die sich aus Sicherheitsgründen auf der anderen Seite des Eingangsplatzes befand und von dort alles beobachtet hatte, antwortete sofort: „Ich habe es gesehen. Jetzt müssen wir nur noch warten, bis sich die Sonde zusammengeschlossen und verbunden hat. Dann kann sie mit ihrer Arbeit beginnen. Allerdings habe ich seit geraumer Zeit eine ungute Vorahnung. Ich kann die zukünftigen Ereignisse aber noch nicht genau erkennen." „Mir geht es ähnlich. Ich habe auch das Gefühl, dass nicht alles glatt geht. Im Augenblick fühle ich jedoch noch keine unmittelbare Gefahr für uns. Somit weiß ich auch noch nicht, wie wir eventuell auftretende Probleme umgehen könnten. Deshalb sollten wir alles wie besprochen weiterlaufen lassen. Falls wir, oder die Sonde, entdeckt werden sollten, verschwinden wir sofort. Die Sonde zerstört sich dann von selbst."

Bei Ccassor und Palloxx wurden während ihrer Erziehung in den Garrujanischen Aufzuchtstationen besondere Fähigkeiten festgestellt und gefördert. Beide konnten Ereignisse, die in der näheren Zukunft geschehen würden, im Voraus erspüren. Diese Begabung war allerdings zurzeit noch sehr rudimentär ausgeprägt. Auch war eine bewusste Steuerung dieses Talents weder bei Ccassor noch bei Palloxx möglich. Die Garrujanischen Wissenschaftler hofften jedoch, dass sich diese Fähigkeiten im Laufe des Lebens weiter verstärken würden. Insbesondere durch Konfrontation mit Gefahrensituationen und emotionaler Anspannung versprach man sich eine deutliche Verbesserung der noch schwach vorhandenen Veranlagung.

Gegenwärtig bestand jedoch weder eine direkte Gefahr noch eine emotionale Anspannung. Palloxx saß in aller Ruhe hinter seinem Felsen und beobachtete die Umgebung. Der hell erleuchtete Eingangsplatz lag völlig friedlich da. Ringsherum war er mit hohen und transparenten Mauern, die aus einem speziellen und sehr widerstandsfähigen künstlichen Baustoff hergestellt waren, umschlossen. Darüber sicherte eine gewaltige Netzkonstruktion mögliches Eindringen von oben ab. Kein Rammaner war zu sehen. Nur die stationären und die vielen mobilen Überwachungseinrichtungen bewegten sich im Rahmen ihrer Aufgaben. Über sich konnte er am Nachthimmel nur wenige Lichtpunkte erkennen. Die Atmosphäre des Planeten Ramma war im Gegensatz zu Garruja deutlich stärker mit Schadstoffen und Schmutzteilchen belastet. Besonders die hohe radioaktive Strahlung machte ein Leben auf der Planetenoberfläche nicht sehr erstrebenswert. Ursache dieser Strahlung war vor allem der Einsatz von Waffen auf Basis von Atomspaltungskettenreaktionen in unzähligen Kriegen und immer noch stattfindenden kriegerischen Auseinandersetzungen zwischen vielen, um die Macht kämpfenden, Parteien. Ein Großteil der Rammaner musste deshalb in Anlagen unterhalb der Planetenoberfläche leben. Deshalb hatte sich die Lebensform der Rammaner zu einer Spezies entwickelt, die besonders schnell und effizient unterirdische Bauten anlegen konnte. Ccassor und Palloxx waren erst seit kurzer Zeit auf diesem Planeten. Darum hatten sie noch nicht nachforschen können, mit welchen technischen Hilfsmitteln die Rammaner diese Höhlen anlegten.

Es gab nur wenige unberührte Regionen auf Ramma, in denen ein oberrammanisches Leben möglich war. Selbst dort mussten die Bewohner häufig Masken mit entsprechenden Filtern tragen, um sich vor den Schadstoffen zu schützen.

Ccassor und Palloxx hatten, Garruja-sei-Dank, mit diesen Verhältnissen keine Probleme. Die Atemluft wird bei Garrujanern mit einer sehr feinen Membran, die zusätzlich elektrisch aufgeladen ist, vor Eintritt zu ihren Atmungsorganen gefiltert. Alle Schadstoffe, sogar Viren und Bakterien, werden zuverlässig vom Innern ihrer Körper abgehalten. Dies bedeutet zwar für das Atmungsorgan eine höhere Leistung und Frequenz. Aber Garrujaner besitzen neben ihren zwei Kreisläufen für die Versorgung des Körpers mit lebensnotwendigen Nährstoffen einen zusätzlichen Kreislauf. Dieser funktioniert ähnlich wie ein Hydrauliksystem. Es unterstützt alle Organe und Gliedmaße bei ihrer Arbeit.

So konnte Palloxx, ohne zusätzlich mögliche Atemgasversorgung durch seinen Schwerkraftgürtel, die Lage völlig entspannt und ohne gesundheitliche Beeinträchtigung betrachten. Alles schien ruhig zu sein.

Da meldete sich die ZI: „Ich habe Kontakt zu der Sonde. Sie meldet gerade, dass sie sich komplett zusammengefügt hat. Sie wird in Kürze damit beginnen, die Speicher und Computer der Kommandozentrale der Rammaner nach Hinweisen auf das Zusammentreffen mit der Großraumsphäre der Schllsch bzw. der Vaddder abzusuchen.“ „Hoffen wir, dass sie nichts findet“ kam die Antwort von Ccassor. „Am besten wäre es, das Löschen aller Daten durch die Schllsch wäre erfolgreich gewesen. Andernfalls müssen wir doch noch etwas nachhelfen.“ Palloxx bestätigte: „Genau. Wir können es nicht riskieren, dass die Rammaner zu viele Kenntnisse von dem Zusammentreffen analysieren und auswerten können.“

Vor einiger Zeit war eine Großraumsphäre der Schllsch während eines Raumkrümmungssprunges auf Raumschiffe der Rammaner gestoßen. Der Versuch der Rammaner, die Schllsch mit Waffengewalt zu attackieren, ging natürlich aufgrund der intellektuellen und technischen Überlegenheit der Schllsch völlig daneben. Die Rammaner wurden mit ihren, von den Schllsch demolierten, Raumschiffen zur Flucht gezwungen. Vorher hatten die Schllsch zwar noch die Datenspeicher der Rammaner gelöscht. Genau wusste man jedoch nicht, ob nicht doch noch wichtige technische Aufzeichnungen von dem Zusammentreffen irgendwo vorhanden waren.

Da die beiden Garrujaner Ccassor und Palloxx sich bereits seit einiger Zeit als Planetenforscher auf dem Planeten Ramma aufhielten, hatten sie sich kurz entschlossen dafür entschieden, vor Ort in der Hauptkommandozentrale des Planeten nachzuforschen, ob technisch relevante Daten von dem Zusammentreffen bei den Rammanern vorhanden waren.

Und so saßen nun Ccassor und Palloxx getrennt auf ihren Beobachtungsposten und betrachteten die friedliche Umgebung. Es war offensichtlich nur noch eine Frage der Zeit und sie konnten die Aufgabe erfolgreich beenden.

Ccassor ließ ihren Blick über die in dieser Gegend weitgehend unberührte Natur wandern. Dabei sah sie eine kleine Herde Zöttullas, wie sie sich gerade eben, über einen kleinen Bergkamm kommend, langsam in Richtung Tal bewegten. Diese großen, aber sanften Lebewesen mit ihren langen Fellzotteln blieben immer wieder stehen und fraßen von der niedrigen Vegetation. Ein durch und durch friedlicher Anblick, dachte Ccassor bei sich. Aber irgendwie auch nicht. Etwas passte nicht zusammen, irgendetwas stimmte nicht und beunruhigte Ccassor. Sie spürte Gefahr. Was passte nicht in das friedliche Bild? Dann fiel es ihr auf. Wieso waren die Zöttullas jetzt noch in der Nacht unterwegs? Jetzt sollten sie doch auf ihrer Weide schlafen.

Im gleichen Augenblick sah sie ihre Umgebung ein klein wenig undeutlicher. Das gewöhnlich leichte Flimmern ihrer Tarnvorrichtung war stärker geworden. Sofort wusste Ccassor, dass sich ihr energetischer Schutzschirm aufgebaut hatte und zwar mit voller Leistungsstärke. Im selben Moment wurde sie nach oben geschleudert. Ihr Schwerkraftgürtel hatte sich ohne ihr Zutun aktiviert. Mit voller Beschleunigung raste Ccassor nach oben, weg von den Zöttullas und raus aus dem Tal.

Sofort hörte sie Palloxx, dem es offensichtlich ähnlich ging, über ihre Kommunikationseinheit: „Was ist los, was passiert hier?" „Ich weiß es auch nicht, wo bist Du?"

Noch bevor Palloxx antworten konnte, durchstieß Ccassor die Tarnvorrichtung ihrer Flugsphäre, die in der Nähe gewartet hatte. Sie sah die geöffnete Kuppel der Sphäre plötzlich vor sich und stürzte Hals über Kopf in das Innere. Gleichzeitig spürte sie neben sich einen weiteren Körper aufschlagen. Palloxx war auch unsanft gelandet. Erst sehr spät hatten ihre Schwerkraftgürtel ihren Flug abgebremst. Noch bevor sich die Kuppel schließen konnte, jagte die Flugsphäre mit höchster Beschleunigung bereits weiter aus dem Tal. Während Palloxx versuchte, sich wieder aufzurichten, sah Ccassor inzwischen weit unten im Tal die Zöttullas, wie sie sich dem hell erleuchteten Sicherheitsbereich immer mehr näherten.

Auch die Überwachungssensoren der Kommandozentrale hatten zwischenzeitlich die Zöttullas als Bedrohung erkannt. Doch eine Reaktion kam zu spät. Noch bevor die Abwehrwaffen in Stellung gehen konnten – allerdings hätten diese auch nichts mehr ausrichten können – explodierten die Zöttullas in einer gewaltigen Detonation. Diese Detonation basierte offensichtlich auf dem Prinzip einer atomaren Kernspaltungskettenreaktion. Die typische Explosionsstaubwolke breitete sich bis in höhere Schichten der Atmosphäre aus.

Die ZI hatte neben allen Schutzsphären und Absorbern, die auf maximale Leistung eingestellt waren, auch die transparente Kuppel der Flugsphäre soweit abgedunkelt, dass der Lichtblitz der Explosion bei den Garrujanern keine Schäden anrichten konnte. Kurz nach dem Blitz konnte man noch das donnernde Grollen der Explosion wahrnehmen, was durch die Enge des Tales extrem verstärkt wurde und noch einige Zeiteinheiten nachhallte.

Nachdem die Garrujaner in Sicherheit waren, konnte die ZI Ccassor und Palloxx endlich aufklären: „Wie Ihr wohl schon selber gemerkt habt, haben gegnerische Einheiten diese Zöttullas präpariert. Eine unserer Sonden hatte bei zwei dieser Lebewesen eine erhöhte und ungewöhnliche Isotopenstrahlung festgestellt. Beim Scannen der Tierkörper gab es zusätzlich abweichende Informationen zum Aufbau der Organe. Die Analysen ergaben einen zu statischen Aufbau. So, als wäre alles nur eine Projektion. Die kriegerische Partei, die diese Zöttullas augenscheinlich konstruiert hat, muss über überaus weitgehende technische Möglichkeiten verfügen. Diese Tarnvorrichtungen sind uns auf diesem Planeten noch nicht begegnet. Umso interessanter natürlich für uns."

Palloxx wollte mehr Details: „Kannst Du erkennen, welche Schäden die Explosion angerichtet hat? Gibt es Auswirkungen auf unsere Mission?" „Das äußere Tor und die äußeren Verteidigungsanlagen wurden vollständig zerstört. Ein weiteres Zwischentor im Innern wurde weitgehend zerstört. Der innere Komplex scheint unbeschadet zu sein." „Dann dürfte ja unsere Aufklärungsmission nicht gefährdet sein. Im Gegenteil. Durch die Verwirrung und Konzentration auf einen äußeren Feind wird die Arbeit der Sonde vermutlich eher erleichtert. Somit also Entwarnung." „Leider nein. Ich kann Deinen Optimismus nicht teilen. Zwei Dinge beschäftigen mich. Zum einen deuten meine Berechnungen darauf hin, dass diese Explosion nur der Auftakt weiterer Aktionen sein könnte. Viel beunruhigender ist jedoch ein anderes Ereignis." Ccassor hakte nach: „Wovon sprichst Du? Was ist so beunruhigend für Dich und uns?" „Wir haben doch schon über den kleinen Kometen gesprochen, der sehr nah an Ramma vorbeifliegen sollte." „Ja, aber wie soll dieser Komet uns gefährlich werden können? Die Rammaner wollten doch die Bahn des Kometen durch den Beschuss mit atomar bestückten Raketen so ablenken, damit er keine Gefahr für Ramma darstellen kann." „Richtig, dies ist auch geschehen. Unglücklicherweise hat es aber nicht wie gewünscht geklappt. Der Komet ist auseinandergefallen. Große Bruchstücke sind gerade dabei, auf Ramma zu fallen und in die Atmosphäre einzutauchen." „Wie können denn diese Kometentrümmer uns oder der Kommandozentrale gefährlich werden? Kannst Du sie nicht mit Hilfe der Kraftfelder unserer Flugsphäre ablenken? Wo ist das Problem?" „Die Trümmer allein würden kein Problem darstellen. Da hast Du recht. Allerdings möchte ich im Augenblick nicht eingreifen."

„Das musst Du uns näher erklären." „Bin schon dabei. Wenn Ihr mich nicht immer unterbrechen würdet, wüsstet ihr schon alles." „Verzeihung, woher können wir ahnen, dass bei Deinen ausschweifenden Erläuterungen auch ohne Nachfragen irgendwann einmal ein sinnvolles Ende herauskommt?" „Diese Bemerkung will ich einmal großzügig überhören. Und übrigens, solche ironischen Bemerkungen stehen mir zu und nur mir." Die Gespräche mit Ccassor und Palloxx machten der ZI immer wieder großen Spaß. Die Lage war zwar überaus ernst, aber diese kleinen Wortgefechte mit ihren Schützlingen bereiteten ihr stets großes Vergnügen. Sofern eine ZI überhaupt Emotionen haben konnte.

Die ZI fuhr fort: „Um zum Kern des Problems zu kommen. Bei der nicht geglückten Zerstörung hatte unsere Beobachtungssonde Ereignisse registriert, die im Zusammenhang mit ähnlichen Ereignissen zurzeit noch unerklärbar sind." Die ZI machte bewusst eine Pause, um den beiden Garrujanern wieder eine Zwischenfrage zu ermöglichen. Diesmal schwiegen beide aber absichtlich. „Kurz vor der Explosion der Raketen gab es eine kurze Raumkrümmung in diesem Gebiet. Die Sonde nahm für einen kurzen Augenblick Dimensionsverschiebungen wahr. Ähnliche Verschiebungen verursachen gewöhnlich Großraumflugsphären der Schllsch und Vaddder nach Raumkrümmungssprüngen. Außerdem spürte ich für einen ganz kurzen Moment eine Verbindung zur ZI der Vaddder. Und letztendlich explodierten die Raketen zu spät. Die gesamte Technik funktionierte jedoch einwandfrei. Die Sonde hatte bei ihrer Überwachung jedoch eine kurzzeitige Verlangsamung der Zeit in der Steuerungstechnik der Raketen festgestellt. Mit anderen Worten: alle Fakten weisen eindeutig darauf hin, dass eine Großraumflugsphäre der Schllsch und der Vaddder in der Nähe war und das Ablenken des Kometen spürbar beeinflusst hat. Stellt sich nun die Frage: warum und zu welchem Zweck? So jetzt seid Ihr wieder dran."

Ccassor und Palloxx schwiegen erst einmal. Sie konnten sich nicht vorstellen, weshalb sich die Schllsch und Vaddder so verhalten hatten.

„Aber gleich werden wir zweifellos zumindest die Auswirkungen des Eingriffs der Vaddder sehen können. Unsere Sensoren melden nämlich schon seit einiger Zeit den Start und den Flug vieler Raketen von der anderen Seite des Planeten, die sich im Anflug auf die Kommandozentrale befinden. Vermutlich sollen die Explosionseinrichtungen der Raketen – wie erwartet – die Zentrale jetzt endgültig zerstören. Einige der noch existierenden und funktionsfähigen Abwehrraketen wurden zwar auch gestartet. Diese werden jedoch nicht ausreichen, um alle anfliegenden Flugobjekte zu zerstören. Aber meine Berechnungen zeigen auch, dass die Bruchstücke des Kometen in Kürze in die äußersten Atmosphärenschichten von Ramma eintauchen werden. Aufgrund ihrer Masse, ihrer Geschwindigkeit und ihres Eintauchwinkels wird es dann zu einer gewaltigen Explosion kommen. Diese wird einen enormen elektromagnetischen Impuls auslösen, da die Explosion innerhalb des Strahlungsgürtels des Planeten stattfinden wird. Da auf Ramma noch keine Technik existiert, die Schutz vor solchen Ereignissen bietet, wird es unter Berücksichtigung aller Daten dazu führen, dass die Steuerungssysteme der Raketen gestört werden."

Nun schwieg die ZI erst einmal. Die beiden Garrujaner sahen auf ihre Kontrollanzeigen und beobachteten, wie die Raketen und die Bruchstücke des Kometen alle auf einen Punkt zuflogen. Kurz bevor sich alle Objekte treffen konnten, geschah dann die von der ZI bereits berechnete Explosion der Kometenteile. Weit entfernt und hoch oben in der Planetenatmosphäre konnte man einen gewaltigen Blitz sehen. Erst einige Zeit später drang ein langes Donnergrollen an die Wahrnehmungsorgane der Garrujaner.

Ccassor und Palloxx schauten wieder auf ihre Überwachungssysteme. Die Raketen hatten alle aufgrund der Druckwelle der Explosion ihre Richtung verändert. Da sich die Explosion etwas unterhalb der Orbitalflugbahn der Raketen befunden hatte, wurden alle Raketen nach oben, in Richtung Weltall abgelenkt. Weil zusätzlich der elektromagnetische Impuls die Elektronik der Steuerungssysteme der Raketen zerstört hatte, flogen die Raketen nun unbeeinflusst geradlinig immer weiter weg vom Planeten Ramma. Bald würde der Treibstoff für den Antrieb zu Ende gehen und die Raketen für lange Zeit auf einer weiten Flugbahn um den Planeten als kleine Satelliten kreisen. Irgendwann würden sie wieder in die Atmosphäre eintauchen und darin verglühen. Eine Verseuchung des Planeten durch radioaktive Stoffe wäre somit weitgehend ausgeschlossen.

„Damit ist alles klar" bemerkte die ZI. „So etwas können nur Schllsch oder Vaddder. Mit einer solchen Präzision zukünftige Ereignisse berechnen und beeinflussen ist nur ihnen möglich. Diese Informationen gebe ich sofort nach Garruja weiter. Gleichwohl wissen wir noch nicht, warum das alles so geschehen ist. Warum wollten sie die Zerstörung der Zentrale verhindern? Wussten sie auch von unseren Absichten? Sollte ihr Eingriff uns nutzen? Oder wollten sie unser Tun behindern?"

Da weder Ccassor und Palloxx noch die ZI zur jetzigen Zeit aufgrund der zeitlichen Verzögerungen der unterlichtschnellen Kommunikation mit Garruja nicht wussten, dass auch auf der Erde ein ähnlich gelagertes Ereignis stattgefunden hatte, stellten sie erst einmal ihre Überlegungen diesbezüglich ein und widmeten sich wieder ihrer primären Aufgabe.

Etwas anderes blieb ihnen sowieso nicht übrig. Insbesondere deshalb, weil sich ihre Lage wieder einmal schlagartig verändern sollte und somit ihre ganze Aufmerksamkeit dadurch gefordert war.

Wieder meldete sich die ZI: „Ccassor und Palloxx, wir haben ein Problem." „Was ist los?" antworten die beiden Garrujaner im Gleichklang. Im selben Augenblick sah man rings um ihre Flugsphäre, mal näher und mal weiter entfernt, immer wieder kleine Lichtblitze auftauchen, die aber jeweils rasch wieder verschwanden. „Was ist das?" fragte Ccassor. „Ich befürchte, man hat uns entdeckt," antwortete die ZI. „Wie kann das möglich sein? Wir haben doch die Tarnvorrichtung eingeschaltet. Damit kann uns doch niemand sehen oder elektromagnetisch orten." „Das ist nur teilweise richtig. Zwar werden alle elektromagnetischen Strahlen um die Flugsphäre umgeleitet. Aber eine kleine Schwachstelle hat die Tarntechnik doch. Wie Ihr wisst, basiert die Tarnung auf zwei getrennten Kraftfeldsphären um unsere Flugsphäre. Vereinfacht gesagt: die innere Sphäre fängt die Strahlen auf der einen Seite auf, leitet sie um die Flugsphäre herum und dann werden die Strahlen auf der anderen Seite von der äußeren Kraftfeldsphäre wieder abgestrahlt. Gleichzeitig verschluckt die innere Sphäre die von der Flugsphäre ausgehende elektromagnetische Strahlung." „Das ist uns doch alles klar, aber wo ist denn nun das Problem?" fragte Palloxx. „Das Problem ist die Zeit. Licht oder auch andere elektromagnetische Strahlung breitet sich mit Lichtgeschwindigkeit aus. Also anders gesagt: durch das Umleiten der Strahlung, bzw. richtiger gesagt, Welle um die Flugsphäre herum, braucht diese Strahlung oder Welle etwas länger als auf dem direkten Weg. Ein Beobachter oder normale Sensoren bemerken diesen Unterschied nicht. Dummerweise befanden wir uns aber gerade bei der Explosion der Kometenbruchstücke genau zwischen dem Lichtblitz und einer Aufklärungsdrohne mit sehr sensiblen Sensoren und mit einer sehr schnellen Datenverarbeitung. Da die Strahlung des Lichtblitzes rings um unsere Flugsphäre zwar minimal, aber doch etwas schneller bei den Sensoren der Drohne auftrafen und ankamen, als die von uns umgeleiteten Strahlen, konnten die Rammaner daraus den Schluss ziehen, dass sich irgendein unbekannter Gegenstand zwischen Lichtblitz und Drohne befinden musste. Und nun versuchen sie mit den künstlichen kleinen Lichtblitzen uns genauer zu lokalisieren. Gleichzeitig sammeln sich immer mehr Flugeinheiten in diesem Gebiet und versuchen uns einzukreisen." „Dann lass uns schnell hier verschwinden," ergriff Ccassor wieder das Wort. „Das ist nicht so einfach, wie Ihr denkt. Wenn wir jetzt verschwinden, würden die Rammaner sicherlich verstärkt weiter nach uns suchen. Sie wissen ja nicht, wer oder was wir sind. Theoretisch könnten wir auch ein Flugobjekt der Aufständischen auf diesem Planeten sein. Ein verstärktes Suchen nach uns bedeutet zukünftig ein größeres Risiko für uns durch eine zufällige Entdeckung und damit eine größere Gfährdung. Das will ich vermeiden." „Und wie willst Du das machen?" „Ich habe gerade eine Sonde ausgeschleust. Diese baut eine Tarnsphäre auf, die genau der der unsrigen Flugsphäre entspricht. Dies wird im gleichen Augenblick geschehen, wie wir uns mit einem kurzen Dimensionssprung direkt auf einen verborgenen Landeplatz auf der Planetenoberfläche absetzen." „Sind diese Dimensionssprünge innerhalb einer Atmosphäre und auf einen genauen Zielpunkt aufgrund der Ungenauigkeiten der Dimensionsverschiebungen nicht überaus gefährlich?" „Sicher. Meine Berechnungen zeigen dies aber als einzige sinnvolle Alternative auf. Macht Euch bitte also auf mögliche Komplikationen bereit."

Auf Komplikationen bereitmachen. Die ZI war schon manchmal mehr als untertreibend, dachte sich Palloxx. Wenn der Sprung nicht genau gelang, bestand immerhin auch die Gefahr, dass man im Gestein des Planeten wieder die andere Dimension verließ. Was würde dann mit ihrer Flugsphäre passieren? Würden sich die Atome der Planetenoberfläche und die ihrer Flugsphäre verbinden? Die Folgen wollte er sich nicht weiter ausmalen.

Während sich die beiden Garrujaner in ihren Sitzvorrichtungen so gut wie möglich sicherten, begann die ZI mit dem Manöver. Der Dimensionssprung gelang zwar fast wie berechnet, aber eben doch nicht so ganz. Die Flugsphäre materialisierte einige Meter oberhalb der errechneten Zielkoordinaten. Da die ZI auf jeden Fall eine Entdeckung vermeiden wollte, blieben die Energiefelder zur Flugstabilisierung ausgeschaltet. Somit fiel die Flugsphäre, bedingt durch die Gravitation des Planeten, ungebremst auf die Planetenoberfläche und krachte in eine kleine Geröllsenke. Zumindest das lockere Geröll dämpfte den Aufprall ein wenig. Die ZI hatte diesen Landeplatz aufgrund ihrer Berechnungen ausgesucht. Eine Gefährdung der Garrujaner und der Flugsphäre hatte somit nicht bestanden. Trotzdem wurden Ccassor und Palloxx gehörig durchgeschüttelt.

Auf den Bilderfassungsgeräten konnten sie jetzt sehen, wie sich die Rammanischen Flugeinheiten immer enger um einen Punkt zusammenzogen. Mit bloßen Augen konnten sie die Situation nicht mehr verfolgen. Dazu waren sie inzwischen zu weit entfernt. Plötzlich sahen sie auf den Bildgebungssystemen der Flugsphäre, wie zwischen den Flugeinheiten ein kleiner Feuerball wie aus dem Nichts entstand. Dieser wurde erst größer, dann sofort wieder kleiner und verschwand schließlich endgültig. Die geplante Illusion war perfekt. Wer nicht wie die ZI und die Garrujaner wissen konnte, dass es sich hierbei um das gesteuerte atomare Auflösen einer Garrujanischen Sonde handelte, müsste vermuten, dass es sich um eine seltene Erscheinung einer elektrisch aufgeladenen Kleinstwolke, eines sogenannten Plasmaballs oder eines umgangssprachlich genannten Kugelblitzes gehandelt hatte.

Offensichtlich war die Täuschung geglückt. Es dauerte auch nicht lange und die Blitzerscheinungen, ausgelöst durch die Rammaner, verschwanden. Kurz darauf zogen sich die Flugeinheiten langsam, aber stetig zurück. Die Gefahr einer Entdeckung schien erst einmal gebannt.

Stattdessen flogen die Rammanischen Flugeinheiten nun zu dem vermuteten Stützpunkt, von dem die Kommandozentrale höchstwahrscheinlich angegriffen worden war. Eine Garrujanische Aufklärungssonde lieferte aus einiger Entfernung die entsprechenden Bilder. Mehrere Explosionen am Boden und schwerer Raketenbeschuss auf die Flugeinheiten zeugten von heftigen Kampfhandlungen. Trotz der Entfernung der Kämpfe zu ihrem Standort konnten die Sensoren einen sprunghaften Anstieg einer deutlich erhöhten ionisierenden Strahlung feststellen. Offensichtlich wurden erneut

Waffen auf Basis von Kernspaltungsreaktionen eingesetzt. Zudem machte sich auch die Strahlung, verursacht durch den ersten Angriff auf die Kommandozentrale, bemerkbar.

Die Anzeigen der Flugsphäre signalisierten die zunehmende Strahlung. Ccassor wandte sich daher an die ZI: „Sollten wir uns nicht langsam etwas weiter aus der Gefahrenzone entfernen?" „Im Augenblick möchte ich die Gefahr einer erneuten Entdeckung durch einen Standortwechsel nicht riskieren. Wir sind hier sicher." „Wenn die Kämpfe so anhalten, dürfte die Strahlung noch deutlich zunehmen. Können uns Staubpartikel gefährlich werden? Wie steht der Wind?" „Der Wind weht stark von uns weg. Von der Seite haben wir nichts zu befürchten. Selbst bei Ausschaltung Eurer Schutzsphären wäre die Strahlung auch nicht kritisch für Eure Gesundheit. Die Mikroteilchen Eurer medizinischen Einheit können eventuell auftretende Zellschäden in Eurem Körper ohne Probleme beheben. Auch Schädigungen Eures Erbgutes sind durch die redundante Anordnung der Erbgutträger und deren kugelförmiger Abschirmung selbst in unmittelbarer Nähe zur Quelle der ionisierenden Strahlung auf jeden Fall ausgeschlossen. Ihr müsst wirklich keine Sorgen haben. Ich passe schon auf Euch auf. Ruht Euch ein wenig aus, zurzeit könnt Ihr sowieso nichts tun. Unsere Sonde im Innern der Kommandozentrale hat übrigens bereits den Kontakt zur zentralen Datenverarbeitung der Rammaner aufgenommen und prüft alle Daten. Bis jetzt hat sie noch keine Informationen feststellen können, die den Rammanern Rückschlüsse auf technische Entwicklungen der Schllsch erlauben würden."

Ccassor und Palloxx schauten sich mit fragendem Blick an. Etwas zweifelnd, letztendlich aber doch auf die Aussagen der ZI verlassend, machten sie es sich soweit wie möglich in der Flugsphäre bequem.

Während Palloxxs Blick auf seine Zwillingsschwester fiel, wie sie sich gerade in ihrem Sitz zurücklehnte und ihre großen braunen Augen schloss, schweiften seine Gedanken weg von diesem Planeten zu den Anfängen ihrer Reise.

Es war noch gar nicht so lange her, als er mit seiner Schwester Ccassor zu ihrer Mutter Balduur gerufen wurde. Der Anlass war innerhalb ihrer Sozialgemeinschaft und im Leben der Garrujaner grundsätzlich etwas völlig Normales. Aber aufgrund der emotionalen Bindungen zu dem Lebewesen, das ihnen ihre Existenz ermöglicht hatte, doch etwas Trauriges. Balduur stand kurz vor dem Ende ihres Lebenszyklus.

Zwar hatte ihre Mutter bei weitem noch nicht das für Garrujaner normale Lebensalter erreicht. Doch fand in ihrem Körper ein unaufhaltsamer Verfallsprozess statt. Unzählige Wissenschaftler versuchten schon seit geraumer Zeit, die Ursache für diese außergewöhnliche Krankheit herauszufinden. Bisher leider ohne großen Erfolg. Auf Garruja gab es zwar ein großes Wissen und technische Möglichkeiten, um Verletzungen des Körpers zu beheben und Krankheiten zu heilen. Insbesondere die medizinische Einheit in ihrem Körper sorgte mit den unzähligen Kleinstorganismen und -sonden in aller Regel dafür, dass der Körper problemlos funktionierte. Aber aus einer grundsätzlichen Überzeugung heraus vermied man außergewöhnliche lebensverlängernde Maßnahmen. Das Universum und alle Erscheinungen darin basierten auf dem steten Wandel und dem ständigen Neuentstehen und Vergehen. Deshalb sahen die Garrujaner keine Notwendigkeit, das Leben von Einzelnen künstlich zu verlängern, was aufgrund ihrer

Technik durchaus möglich wäre. Es machte für sie aber keinen Sinn.

Balduur hatte über viele Generationen hinweg als Planetenforscherin auf den unterschiedlichsten Welten gelebt und gearbeitet. Die Wahrscheinlichkeit war deshalb sehr groß, dass trotz aller Vorsichtsmaßnahmen und der medizinischen Einheit in ihrem Körper auf einer dieser Planeten irgendeine fremde Lebensform in ihren Körper eingedrungen war.

Das genaue Ende von Balduurs Leben kannte niemand. Auch nicht, ob doch noch ein Gegenmittel zum Aufhalten des Verfalls gefunden werden konnte. Doch war es Brauch, dass ab einem bestimmten Zeitpunkt des Altwerdens das gesamte Wissen und die geistige Erfahrung jedes Garrujaners auf einen anderen Garrujaner übertragen wurde. Die ZI suchte den passenden Garrujaner mit den Eigenschaften heraus, die die besten Übereinstimmungen zu dem Spender ermöglichte. Jedoch war es äußerst ungewöhnlich, dass die geistige Übertragung zwischen Kindern und Eltern stattfand. Auch die Übertragung auf zwei Garrujaner war einzigartig und bemerkenswert. Grund war offensichtlich aber die Tatsache, dass es sich bei Ccassor und Palloxx um Zwillinge handelte. Außerdem waren Ccassor und Palloxx auch Teil einer Generation von Garrujanern, die mit neuen und speziell entwickelten Erbanlagen und Fähigkeiten für eine verbesserte Zukunft aller Garrujaner sorgen sollte. Aber davon wussten die beiden Zwillinge noch nichts.

Balduur begrüßte ihre Kinder wie gewöhnlich: „Bleibt gesund und glücklich." Sie merkte Ccassor und Palloxx nur zu deutlich deren Unsicherheit an, wie sie sie begrüßen und sich ihr gegenüber verhalten sollten. Mit ihren großen grünen Augen blickte sie ihre beiden

Kinder sanft und weise an: „Denkt nicht an das vielleicht zukünftige Schmerzliche oder Bedrohliche. Spürt in Euch das Schöne und das Glück, was uns verbindet. Für immer verbindet."

Ccassor: „Wir freuen uns, mit Dir zusammen sein zu können. Du hast recht. Wir werden die Zeit mit Dir genießen. Und in meinem tiefsten Inneren spüre ich, dass wir noch sehr viele Lebenseinheiten gemeinsam verbringen können." Dabei sah sie in die zustimmenden Augen von Palloxx.

Balduur: „Ich danke Euch für Euer Mitgefühl. Ihr wisst gar nicht, wie wichtig mir auch Eure Intuition ist. Sie macht mir große Hoffnung und wird mir helfen. Zu Beginn der geistigen Übertragung möchte ich Euch eine Wortschöpfung des großen Garrujanischen Sprachkünstlers Esper nahebringen, die mich fast mein ganzes Leben begleitet hat:

Hap Alamanja can Carnaa franka Raya al Raja
Bull Unugull dus Xunnuu rundu Funu ur Fuhu
Esto con fiserih pullsnitza Mürbitz contu
Parrabull Mosalja interofftum mel Garruja

Diese Verbindung zwischen der Schilderung von der Schönheit unserer Welt und der sprachlichen Kultur unserer Lebensform war für mich stets der kraftvolle Antrieb für meine Schaffensfreude im Dienst für unser Volk. Ich wünsche mir, dass diese Garrujanische Sprachkunst auch Euer Leben zukünftig mit Freude und Genuss erfüllen wird."

Auch wenn der Anlass – wie gesagt – kein allzu freudiger war, genossen Balduur und ihre Kinder das Zusammensein doch sehr. Lange Gespräche, in denen sie sich über Ereignisse in ihrem Leben austauschten, begleiteten die immer wiederkehrenden Pausen zwischen den einzelnen Abschnitten, in denen die geistigen Übertragungen stattfanden.

Abgeschirmt von allen äußeren Einflüssen hatten sie sich in einen für solche Anlässe speziellen Raum zurückgezogen. Der Raum befand sich innerhalb des Komplexes auf der über dem Meer schwebenden Plattform der obersten Verwaltung. Sobald man sich in dem Raum aufhielt, hatte man allerdings nicht den Eindruck eines geschlossenen Ortes. Eine künstlich erzeugte Illusion vermittelte den Eindruck, als befände man sich mitten in einem Wald. Diese Fiktion bewirkte bei den Garrujanern ein Gefühl der Entspannung und gleichzeitiger Konzentration.

Palloxx konnte sich noch sehr gut erinnern, wie sich gegen Ende der Gedankenübertragung von Balduur die ZI unerwartet in ihre Gedanken einschaltete: „Bitte erschreckt nicht. Ich muss Euer Zusammensein leider unterbrechen. Balduurs Wissen wurde zwischenzeitlich ja auch fast komplett auf Euch Zwillinge übertragen. Deshalb können wir den Vorgang auch jetzt problemlos beenden. Ich lasse Euch kurz in Ruhe. Bitte kommt dann aber so schnell wie möglich in die Räume des OR (Obersten Rates). Man wartet dort auf Euch.“

Ccassor und Palloxx brauchten doch etwas Zeit, um sich ein wenig von den Strapazen der Gedankenübertragungen zu erholen. Doch dann verabschiedeten sie sich mit den üblichen Verbeugungen von Balduur und begaben sich auf schnellstem Weg zum OR.

Mit Hilfe ihrer Schwerkraftgürtel flogen sie zügig durch die langen Korridore und vertikalen Beförderungsröhren. Immer wieder musste die Steuerungsautomatik eingreifen, um Zusammenstöße mit anderen, hier arbeitenden Garrujanern, zu vermeiden. Einmal rief

Palloxx seiner Schwester noch zu: „Achtung, Vorsicht!" Mit einem waghalsigen Manöver schoss Ccassor schräg unter die Decke des Ganges und konnte somit zwar im letzten Moment einen Aufprall verhindern. Allerdings verlor der Garrujanische Wissenschaftler vor Schreck seine gesamten kugelförmigen Datenträger, die schnell in alle Richtungen über den Gangboden davon rollten. Im Zurückblicken riefen sie dem armen Kollegen noch zu: „Entschuldigung. Bleibe gesund und glücklich." Dann bogen sie schon um die nächste Ecke und waren aus dem Blickfeld des sicher in diesem Augenblick nicht sehr glücklichen Garrujaners verschwunden. Ccassor und Palloxx fühlten sich aber nicht sehr schuldbewusst, dass sie dem Garrujaner nicht selbst helfen konnten. Sie wussten, um das Malheur würden sich sofort die überall stationierten Ordnungsschweber kümmern.

Ccassor und Palloxx waren zwar schnell unterwegs, dennoch dauerte es trotz der rasanten Fahrt aufgrund der enormen Größe des Verwaltungskomplexes einige Zeit, bis sie beide am Ziel ankamen. Während sie durch die Gänge sausten, konnten sie immer wieder an vielen Stellen unter sich oder seitlich ihren grünen Planeten sehen. Die Wohn- und Verwaltungsplattformen schwebten zwar in großer Höhe über der Planetenoberfläche. Doch durch ausgeklügelte photonenbündelnde Techniken und Projektionen hatte man auch innerhalb der Gebäude einen sehr guten Blick auf die Ozeane und die grünen Landmassen von Garruja. Am Ziel angekommen erwartete sie bereits spürbar ungeduldig Origollp, der Assistent des OR.

Sie begrüßten sich gegenseitig mit einer angemessenen und respektvollen Verneigung: „Bleibe gesund und glücklich."

Origollp erwiderte: „Der OR befindet sich derzeit in einer wichtigen und dringenden Besprechung. Deshalb müsst Ihr mit mir vorliebnehmen. Ich kann Euch aber auch genauso umfassend informieren.“

„Was ist denn so überaus wichtig, dass Du unser Zusammentreffen mit Balduur unterbrechen musstest?“ wollte Ccassor wissen. „Wir müssen Eure derzeitige Ausbildung unterbrechen. Eine Großraumsphäre der Schllsch und der Vaddder hat am Rande einer Galaxie eine Spezies entdeckt, die überaus kriegerisch ausgeprägt ist. Außerdem besitzt diese Lebensform, sie bezeichnet sich selbst als Rammaner, bereits die technischen Möglichkeiten, sich, zwar noch begrenzt, im näheren Umfeld des eigenen Sonnensystems zu bewegen. Zusätzlich befindet sich das betreffende Sonnensystem in der Nähe einer sehr häufig benutzten intergalaktischen Flugstrecke. Ramma bedeutet somit eine latente Gefährdung der zwischengalaktischen Verbindungen und des Friedens. Die Schllsch haben zwar bereits eine Überwachungssonde in dem Gebiet stationiert. Doch aus Gründen der Sicherheit für uns alle, hat die galaktische Planetengemeinschaft beschlossen, die Rammaner unter direkte Beobachtung zu stellen. Garruja wurde deshalb ausgewählt, einen wissenschaftlichen Planetenforscher auf Ramma zu stationieren. Der OR hat entschieden, dass ihr beide diese Aufgabe übernehmen werdet.“

„Wann sollen wir unsere Arbeit auf Ramma beginnen?“ fragte nun Palloxx. „Ihr habt noch einige Tage Zeit. Die für die Reise notwendigen Raumkrümmungseffekte, die den Flug nach Ramma ermöglichen werden, werden erst in fünf Tagen stattfinden. Bis dahin erhaltet Ihr alle nötigen Informationen und Einweisungen. Auch wird man Euch gleich in den Bau der Station, die auf Eurer Mission eingesetzt werden wird, einbinden." „Wieso denn das? Wir haben doch bereits während unserer Ausbildung alle Garrujanischen Stationsmodelle kennengelernt, die auf den jeweiligen Planeten eingesetzt werden." „Das ist richtig. Allerdings handelt es sich nun um eine völlig neue Station mit der absolut neuesten Technik. Hintergrund ist das Problem, dass wir die Station nicht direkt auf dem Planeten Ramma aufstellen können. Durch die dauernden kriegerischen Auseinandersetzungen auf diesem Planeten ist die Gefahr einer Entdeckung zu groß. Wir wissen auch noch nicht genau, über welche technischen Möglichkeiten die Rammaner verfügen. Für eine genaue Analyse war die bisherige Zeit zu kurz." „Also wollt Ihr die Station außerhalb des Planeten stationieren? Im Orbit? Auf einem Mond?" „Weder noch. Der Orbit um Ramma wäre auch noch zu gefährlich. Und ein Mond existiert nicht." „Aber wo denn dann?" „In der Nähe der Sonne. Und zwar auf einer stationären Bahn zwischen Sonne und Ramma. Also so, dass sich die Station immer zwischen Sonne und Ramma befindet."

Jetzt hakte Ccassor nach: „Wie nah an der Sonne? Ist das denn nicht sehr gefährlich. Immerhin wird auch diese Sonne sicher Materieströme besitzen, die in das Weltall geschleudert werden. Wie wollt Ihr die Station vor den Protuberanzen schützen?"

Origollp bestätigte: „Du hast recht. Für unsere Technik wäre dies ein enormes Problem. Zumal wir auch die Station in fast unmittelbarer Nähe der Sonne stationieren müssen. Ansonsten wäre das Risiko einer Entdeckung einfach zu groß. Glücklicherweise stellen uns die Schllsch und Vaddder ihre neueste Technik zur Verfügung. Die Station wird somit mit einer Schutzsphäre ausgestattet, die jede Form von auftreffender Energie und Materie umwandelt. Dadurch wird die Schutzwirkung der Sphäre verstärkt, weil die Sphäre sich selbst dadurch mit Energie versorgt. Mit anderen Worten, je stärker die Strahlung ist, die auf der Schutzsphäre auftrifft, desto stärker wird die Schutzwirkung der Sphäre. Theoretisch könnte man damit sogar durch die Sonne fliegen. Dies hat allerdings wohl noch niemand ausprobiert.“

„Ich hoffe auch, dass uns dies erspart bleibt. Wie geht es nun weiter?“ bohrte Palloxx nach. „Die Station ist schon fast fertig. Sie wird dann mit Eurem Flug nach Ramma von den Schllsch und Vaddder in der Flugsphäre mittransportiert und nahe der Sonne ausgesetzt. Ihr werdet dann gleich bei der Stationierung dabei sein und könnt die Station mit der ZI in Betrieb nehmen. Alle Informationen erhaltet Ihr wie gewohnt mittels Gedankenübertragung.“

Palloxx erinnerte sich, als wäre es erst gestern gewesen. Seine Schwester und er wurden von Charrill über den neuen Planeten und seine Bevölkerung mit allen bekannten Details versorgt. Auch wenn die Zeit bei solchen Anlässen immer sehr kurz war, freuten sich Ccassor und Palloxx doch sehr über die Begegnung mit Charrill. Man kannte sich schon seit einiger Zeit und ein ungewöhnlich inniges Verhältnis verband die Drei.

Danach folgte noch auf der außerplanetaren Station die übliche technische Einweisung. Diesmal geschah dies allerdings – vermutlich aufgrund der Komplexität der neuen und unbekannten Technik – direkt durch den Leitenden Wissenschaftler Aagutti. Auch wenn die Wissensgrundlagen schnell geistig übertragen waren, dauerten die darauffolgenden Übungen zur Beherrschung der Abläufe und Technologie doch relativ lange. Aber schließlich war es geschafft. Aagutti brachte Ccassor und Palloxx noch persönlich zur Flugsphäre der Schllsch und verabschiedete sich überaus freundschaftlich von den beiden Garrujanern: „Bleibt gesund und glücklich. Viel Erfolg. Wir bleiben in Verbindung." Keiner von ihnen konnte jedoch zu diesem Zeitpunkt wissen, wie diese eigentliche Höflichkeitsfloskel bald in unerwartete Erfüllung gehen sollte.

Die Freude war riesig, als Ccassor und Palloxx feststellten, dass die Sphäre von Sämmi, Fränk und Dien gesteuert wurde. Die Garrujaner waren bereits in der Vergangenheit mit diesen Schllsch geflogen und es hatte sich bereits eine positive emotionale Bindung entwickelt. Die Vaddder Upps und Opps komplettierten die Besatzung. Auch wenn sich die Vaddder und die beiden Garrujaner noch nicht kannten, war die Begrüßung untereinander doch sehr herzlich.

Die Reise nach Ramma verlief ohne nennenswerte Ereignisse. Kurz vor dem Sonnensystem wurde noch eine weitere Überwachungssonde ausgesetzt. Da Raumkrümmungssprünge häufig innerhalb dieses Gebietes endeten oder begannen, war eine stete Überwachung der Rammanischen Aktivitäten überaus wichtig.

Dann näherte sich die Großraumsphäre der Sonne von Ramma. Die Vaddder schleusten mehrere Sonden aus. Mit deren Sensoren und jenen der Sphäre wurde die Sonne umfassend analysiert und vermessen. Dabei stellte sich heraus, dass sich die Rammanische Sonne bereits in einem fortgeschrittenen Entwicklungsstadium befand. Das Verschmelzen der Elemente im Kern der Sonne neigte sich bereits dem Ende entgegen. Die Entwicklung zu einem roten Riesen hatte begonnen.

Irgendwann würde sich die Sonne um ein Mehrfaches ausdehnen und das Planetensystem verschlingen.

Dies würde aber noch Millionen von Zeiteinheiten dauern. Doch schon jetzt musste man die stetig zunehmende Temperatur und Strahlung in den äußeren Schichten der Sonne berücksichtigen. Deshalb entschieden sich die Vaddder, die Garrujanische Station doch nicht zu nah an der Sonne in Stellung zu bringen. Die Sicherheit der Garrujaner hatte oberste Priorität.

Upps erklärte Ccassor und Palloxx die weitere Vorgehensweise: „Wir werden die Station gleich in Stellung bringen. Allerdings werden wir sie zu Eurer Sicherheit nicht so nah an der Sonne wie ursprünglich geplant stationieren. Damit steigt zwar das Risiko einer Entdeckung durch die Planetenbewohner. Dieses Risiko ist jedoch rechnerisch so gering, dass wir es vernachlässigen können. Bei einer derzeit unvorstellbar erscheinenden Entdeckung müssen wir eben die Station opfern. Sie würde sich dann sofort Richtung Sonne bewegen und atomar auflösen.“

Ccassor hakte nach: „Was passiert, wenn wir uns gerade in der Station befinden? Unsere Fluchtsphären würden vermutlich aufgrund des schwächeren Schutzfeldes sofort verglühen.“ „Dies ist richtig. Deshalb werden wir auch auf der Station bleiben. Also nicht wir, sondern zwei spezielle Arten von uns Vadddern. Nämlich zwei Großvaddder. Diese haben im Innern jeweils für einen Garrujaner Platz. Zusätzlich besitzen sie entsprechende Schutzfelder, um Euch sicher und wirksam schützen zu können.“ Diese Vorgehensweise beruhigte Ccassor und Palloxx doch außerordentlich. Die Technik der Vaddder galt als überaus effektiv und sicher. Die Garrujaner waren froh und dankbar, dass sich die Vaddder so sehr um ihre Sicherheit kümmerten und bemühten. Allerdings handelten die Vaddder nicht nur aus fürsorglichen Gründen. Im Vordergrund ihres

Handelns stand auch ein gewisses Eigeninteresse. Dies mussten die Garrujaner aber zum jetzigen Zeitpunkt nicht wissen. Zumindest die Vaddder sahen diese Information für Ccassor und Palloxx derzeit für unerheblich und bedeutungslos an.

Die Flugsphäre der Schllsch näherte sich sehr langsam und vorsichtig der Sonne an. Überall bewegten sich zahlreiche Flugeinheiten der Rammaner zwischen den Planeten des Sonnensystems. Alle Ortungssysteme und Schutzfelder waren auf höchster Leistungsstärke. Die Schllsch wollten auf keinen Fall eine Entdeckung durch die Rammaner riskieren. Andernfalls wäre die Mission bereits im Frühstadium gescheitert. Geschickt steuerten die Schllsch ihre Flugsphäre, immer darauf bedacht, den größten Abstand zu den Rammanischen Einheiten einzuhalten.

Wie gewohnt gaben die Schllsch bei äußerster Konzentration wieder die ungewöhnlichsten Töne und Klänge von sich. Sie dienten dazu, sich mit der Steuerungstechnik der Flugsphäre und den kosmischen Abläufen in Einklang zu bringen.

Eigentümliche Klänge und unverständliche Worte drangen an die Wahrnehmungsorgane von Ccassor und Palloxx: *„Muuhn Riwwer, Mai Hakkelbärri fränd, Muuhn Riwwer.“* Was auch immer diese Klänge zu bedeuten hatten, auf jeden Fall hörten sie sich sehr schön an.

Plötzlich geschah doch noch etwas Unerwartetes. „Wir bekommen vielleicht gleich Probleme. Offensichtlich befinden sich zwei verfeindete Flugverbände auf Kollisionskurs. Alles deutet darauf hin, dass sie sich gegenseitig angreifen werden. Und wir befinden uns genau dazwischen,“ informierte sie Upps. Die sich annähernden Flugeinheiten waren schon deutlich zu erkennen. Lichtblitze deuteten auf Raketenabschüsse. Ccassor wandte sich an Upps: „Von welchen Problemen sprichst Du? Wir müssen uns doch nur aus der Schussbahn manövrieren. Schließlich ist unsere bzw. Eure Technik der der Rammaner bei weitem überlegen. Eine Gefahr sehe ich nicht." „Du hast recht, ein Problem für unsere Sicherheit besteht nicht. Doch unser Lebensaufgabe besteht auch darin, Leben zu schützen und zu bewahren. Deshalb müssen wir versuchen, die gegenseitige Vernichtung zu verhindern. Und dies so, dass kein Rückschluss auf unsere Existenz möglich ist." „Dann sollte Euch aber schnell etwas einfallen, denn die Raketen werden gleich ihre Ziele erreichen." „Danke für den hilfreichen Hinweis." Ccassor spürte ein leichtes Vibrieren bei Upps.

Kurz bevor die Raketen einschlugen, verschwammen plötzlich die Konturen der Raketen und Flugeinheiten. Gleichzeitig veränderten sich die Flugbahnen der Raketen. Die Raketen schossen alle an ihren Zielen vorbei. Trotzdem wirbelten die gegnerischen Flugeinheiten ziellos durcheinander, stießen zusammen und wurden teilweise stark beschädigt.

Palloxx wirkte überrascht: „Was war denn das? Im ersten Augenblick sah es fast wie ein vorbeirasendes kleines schwarzes Loch aus. Das Verschwimmen der Umrisse, die Krümmung des Raumes und des Lichts?" „Genau das war es," bestätigte Upps. „Aber das ist doch unmöglich. Wie habt Ihr das denn gemacht?" „Im Prinzip relativ einfach. Wir mussten nur in der Kürze der Zeit ein passendes Loch finden, dass alle Anforderungen erfüllt hat." „Welche Anforderungen? Und wo findet man ein schwarzes Loch?" „Schwarze Löcher existieren überall und in allen Größen im Universum und in anderen Universen. Das Loch musste nur entsprechend groß sein und sich schnell genug fortbewegen. Schnell deshalb, um eine für die Rammaner logische Erklärung zu haben, warum sie das schwarze Loch nicht eher bemerken konnten. Und groß bzw. klein genug, dass durch die Masse des schwarzen Lochs zwar die gewünschten Raumkrümmungseffekte und die gewünschten gravitativen Einwirkungen auf die Flugeinheiten ausgeübt werden konnten, um diese nach unseren Berechnungen zu beschädigen. Es durfte aber keine Todesopfer geben und die Beschädigungen sollten so groß sein, damit von den Flugeinheiten keine Gefahr mehr ausgehen konnte. Und die Flugeinheiten durften natürlich nicht in das schwarze Loch gezogen werden. Das Problem, von dem ich also vorher gesprochen hatte, war somit, das passende Loch zu finden. Es dann mit einer Dimensionsverschiebung zwischen die verfeindeten Einheiten zu bringen, war die geringste Mühe."

Ccassor und Palloxx schauten sich ungläubig an. Wieder einmal wurde ihnen bewusst, wie unbedeutend sie doch in diesem Universum waren. Plötzlich spürte Ccassor in ihrem Unterbewusstsein ein diffuses Gefühl von Gefahr. Der Blick von Palloxx verriet ihr, dass es ihm offensichtlich ähnlich ging. Was hatte das Gefühl ausgelöst? Lag es an den Vadddern? Welche Gefahr drohte? Ccassor bemühte sich vergeblich, ihr Gefühl besser einzuordnen.

Die Garrujaner wurden aber sofort von der Realität wieder abgelenkt. Die Vaddder hatten mit ihrer Aktion das Ziel vollständig erreicht. Die teilweise zerstörten oder stark beschädigten gegnerischen Flugeinheiten entfernten sich mit letzter Kraft voneinander. Sie flogen mehr oder wenig geradlinig wieder zu ihren Stützpunkten zurück. Ihre eigene Flugsphäre konnte nun ohne weitere Probleme den Flug fortsetzen.

Dann näherte sich die Flugsphäre dem neuen Standort der auszusetzenden Station. Die Klänge der Schllsch wurden mit einem Mal lauter und intensiver. Wieder hörten Ccassor und Palloxx unverständliche Worte und Laute: „Wi ahr se Tschämpiohns, wi ahr se Tschämpiohns … .“

Dann stoppte die Flugsphäre. Während der gesamten Annäherung an die Sonne hatten sich die beiden Garrujaner in der Steuerungszentrale aufgehalten. So konnten sie den Anflug in allen Einzelheiten mitverfolgen. Die Schllsch hatten dazu die Wände der Zentrale auf transparentes Bildgebungsverfahren umgestellt. So hatte man den Eindruck, als schwebe man schwerelos im Weltall.

Obwohl ihm bewusst war, dass die Schutzfelder der Flugsphäre ihn und seine Schwester umfassend und sicher schützten, erschrak Palloxx doch sehr, als ein Materieausstoß der Sonne ihrem Standort gefährlich nahekam. Ihm war bei dem Gedanken, doch so nah an der Sonne zu sein, nicht wohl. Palloxx hatte das Gefühl, dass die Protuberanzen die äußere Hülle der Flugsphäre bereits berührten. Wie sollte ihre Station den dauernden Materiebeschuss durch die Sonne überstehen? Ihm wurde mit einem Mal sehr warm. Brachen bereits die Schutzsysteme zusammen?

Sämmi unterbrach die Gedanken: „Jungchen, wir sind angekommen. Wir spüren bei Euch negative Emotionen. Ist etwas nicht in Ordnung?“ Palloxx: „Wir vertrauen natürlich Eurer Technik und den Schutzeinrichtungen. Seid Ihr aber sicher, dass wir nicht zu nah an der Sonne sind?“ „Ihr könnt Euch wirklich darauf verlassen. Nach unseren Berechnungen ist der Standort Eurer Station völlig sicher. Zumindest in den nächsten Tausend Zeiteinheiten. Also solange Ihr existiert, dürfte nichts passieren." „Dürfte? So ganz sicher ist es wohl doch nicht, oder?" „Jungchen, was ist schon sicher in diesem Universum? Selbst bei noch nicht sehr weit entwickelten Spezies des Universums – wie zum Beispiel den Menschen – gibt es bereits diese Erkenntnis. Dort sagt man *Pantha rhei,* was so viel bedeutet wie alles ist im Fluss, nichts ist fest."

In diesem Moment erklang die sanfte Stimme von Dien: „Hör auf, die uns anvertrauten Jungchen zu verunsichern," wies er Sämmi zurecht. „Es geht hier nicht um philosophische Betrachtungen, Hört nicht auf Sämmi. Sicher gibt es Niemanden in diesem Universum, der alles bis ins Letzte weiß und für alles garantieren kann. Aber ich garantiere Euch, dass nach unserem Wissensstand Euch hier nichts passieren kann. Und wie Ihr wisst, wissen wir aufgrund unserer Jahrmillionen umfassenden Existenz bereits sehr viel von diesem Universum und dessen Abläufen."

Beruhigende Worte sahen sicher anders aus. Im Augenblick konnten Ccassor und Palloxx aber sowieso nichts ändern. Also vertrauten sie erst einmal Dien. Die Zukunft würde zeigen, ob er recht hatte.

„Bitte begebt Euch in die Station. Damit sparen wir uns dann ein späteres Übersetzen. Die beiden Großvaddder Pups und Babs begleiten Euch. Sie sorgen für Eure Sicherheit und werden die Station während Eurer Abwesenheit kontrollieren. Zusätzlich können wir mit Euch immer in Kontakt bleiben," bat Upps.

So fiel die Verabschiedung relativ kurz aus. Mit dem üblichen Garrujanischen Gruß *bleibt gesund und glücklich* trennten sich Ccassor und Palloxx von Upps und Opps und den drei Schllsch. Sie begaben sich mit den wenigen privaten Dingen in die Station. Dort warteten schon Pups und Babs. Es folgte eine kurze Einweisung, dann wurde auch schon die Station aus der Flugsphäre hinausmanövriert. Langsam durchflog man den Schleusenbereich. Die Sonne füllte bereits das gesamte Blickfeld aus. Immer wieder schossen Protuberanzen in ihre Richtung. Ccassor und Palloxx fühlten sich mehr als unsicher. Wieder war das unbestimmte Gefühl von Gefahr in ihren Köpfen. Noch einmal ein kurzer Gruß über die Ton- und Bildverbindung von den Schllsch und Vaddder und dann waren die beiden Garrujaner auch schon allein inmitten einer feindlichen Umgebung und eines fremden Sonnensystems. Dies heißt, ganz allein waren sie ja nicht. Zumindest Pups und Babs waren bei ihnen und sollten auf sie aufpassen. Aber zwei riesige graue Quader waren auch nicht unbedingt das, was man sich als nette Reisebegleiter in einer unwirtlichen Umwelt vorstellen konnte.

Mehrere Rammanische Planetenumdrehungen verbrachten die beiden Garrujaner auf der Station. Sie machten sich mit allen Einrichtungen und der Technik vertraut. Im Rahmen einer Notfallübung probierten sie auch eine Rettung durch die Großvaddder aus. Dazu öffneten die Großvaddder ihre Vorderseite. Ein dunkles Loch tat sich im Inneren auf. Mit gemischten Gefühlen stiegen Ccassor und Palloxx getrennt in die Großvaddder. Wie sie dachten, in einen engen Raum, in eine Art enges Gefängnis. Angst vor der Enge und dem Eingesperrtsein überkam sie. Doch dann die Überraschung.

Während sie die Schwelle zum Inneren der Großvaddder überschritten, geschah etwas völlig Unerwartetes. Plötzlich befanden sich Ccassor und Palloxx inmitten einer weiten Ebene, die mit niedrigem Buschwerk und kleinen Baumgruppen bewachsen war. Obwohl die Garrujaner jeweils getrennt ihren Großvaddder betreten hatten, standen sie nun beide nebeneinander in dieser Ebene. Sie konnten sich berühren und sich offensichtlich ebenso beliebig weit fortbewegen. In der Ferne konnten sie eine Herde Maffins sehen, die mit Fressen beschäftigt war. Diese Lebensformen gab es auch auf Garruja. Wie war das möglich?

Zeitgleich mit diesem Gedanken hörten sie die Stimme von Pups: „Ihr macht einen überaus verwirrten Eindruck. Offensichtlich kennt Ihr nicht dimensionale Raumverdichtungen. Es handelt sich nicht um eine Illusion. Ihr befindet Euch im Augenblick in einer anderen Dimension in einem im Gegensatz zu dem von Euch gewohnten Universum in einem parallelen komprimierten Universum. Bei Gelegenheit können wir uns gerne über die physikalischen Gegebenheiten austauschen.“

Ccassor bewegte bereits ein Problem: „Eine Frage habe ich aber jetzt schon. Wie kommen wir wieder hier heraus? Und was passiert, wenn Ihr beschädigt werdet oder die Technik versagt?“ Pups: „Das waren jetzt zwei Fragen. Zur ersten Frage. Das Hinausgehen geschieht durch Gedankenbefehl. Ihr müsst Euch nur den Ausgang vorstellen, dann erscheint eine schwarze Öffnung. Ähnlich der, durch die Ihr hereingekommen seid. So kommt Ihr heraus. Und zur zweiten Frage. Dann haben wir eben Pech gehabt.“

Einen kurzen Augenblick ließ Pups die beiden sprachlosen Garrujaner zappeln, dann fuhr er fort: „Dies war natürlich nur Spaß. Erstens versagt unsere Technik nie. Und zweitens funktioniert das Ganze so, dass wir zur Aufrechterhaltung dieser Dimensionsverschiebung Energie aufbringen müssen. Fällt diese Energie weg, entsteht sofort wieder der Normalzustand und die vorher aufgewendete Energie wird wieder frei. Diese Energie, gebündelt als Energiefeld durch die Technik Eurer

Schwerkraftgürtel würde Euch auch dann noch schützen, wenn wir nicht mehr existieren sollten." „Ich habe noch nie davon gehört, dass Garrujanische Schwerkraftgürtel diese Technik besitzen. Du etwa, Palloxx?" „Davon habe ich auch noch nie etwas mitbekommen." „Diese Technik könnt Ihr auch noch nicht kennen. Sie existiert noch nicht auf Garruja. Zu Eurer Sicherheit haben wir jedoch diese Erweiterungen in die Gürtel integriert."

Diese Erläuterungen verstärkten allerdings die Sprachlosigkeit von Ccassor und Palloxx noch mehr. Einmal verdutzt, dass diese Großvaddder zum einen auch Humor besaßen und zum zweiten von den für sie unbegreiflichen Erklärungen geistig ein wenig überfordert, beschlossen sie zumindest, diesen Zustand in der anderen Dimension zu beenden.

Wie von Pups vorgegeben dachten sie an den Ausgang, sahen die schwarze Öffnung, gingen hindurch und befanden sich wieder in der gewohnten Umgebung der Station. Hinter sich die beiden Großvaddder, die leicht vibrierten. Erst viel später sollten die Garrujaner erkennen, dass es sich bei dem Vibrieren um eine Art des Lachens handelte

Nachdem sämtliche Arbeiten in der Station erledigt waren und sie sich eingelebt hatten, begannen Ccassor und Palloxx, den Planeten Ramma zu erkunden. Fleißig sammelten die beiden Garrujaner alle wissenschaftlichen Daten vom Sonnensystem und den Bewohnern des Planeten Ramma.

Palloxx' Gedanken wanderten wieder zurück zu dem Zeitpunkt, als sie erstmals auf Rammaner stießen. Auch wenn sie durch ihre Ausbildung auf das ungewöhnliche Verhalten von Rammanern vorbereitet waren, überraschte Palloxx dann doch die kriegerische Art und andauernde Kampfbereitschaft. Häufig konnten sie sehen, wie sich kleine und größere Gruppen, in ihren Augen grundlos, bekämpften. Dabei gab es eine weitere völlig unverständliche Verhaltensweise. Nach einer offenbar vorher festgelegten Zeit wurde der Kampf unterbrochen. Diese Pause ermöglichte das Bergen und Versorgen der unzähligen Opfer. Danach ging der Kampf unvermindert weiter. Weshalb konnte die friedliche Unterbrechung nicht dauerhaft sein? Eine für Garrujaner völlig unlogische Verhaltensweise.

Trotz der manchmal schwer zu verarbeitenden Erlebnisse gingen Ccassor und Palloxx, ohne sich im Augenblick weiter darüber Gedanken zu machen, gewissenhaft ihrer Arbeit nach. Erst die Nachricht von der kriegerischen Auseinandersetzung der Rammaner mit einer Flugsphäre der Schllsch und Vaddder unterbrach ihren gewohnten Rhythmus. Ccassor und Palloxx waren darüber aber nicht unfroh. Durch das Ausspionieren der Kommandozentrale bekam ihr inzwischen doch sehr eintönig gewordener Alltag ein wenig Abwechslung.

Abrupt wurden Palloxxs Gedankengänge unterbrochen. Wie aus der Ferne hörte er einen aufgeregten Ruf seiner Schwester: „Palloxx, träume nicht vor Dich hin. Wir bekommen Besuch.“

Noch etwas unorientiert blickte er Ccassor an, die auf etwas hinter ihm deutete. Er drehte sich um. Jetzt sah er, was seine Schwester meinte.

Ein kleiner Trupp Rammaner bewegte sich in einiger Entfernung an ihrem Standort vorbei. Allerdings hatte sich ein kleiner Rammaner, vermutlich ein noch nicht voll entwickelter Rammaner, von der Gruppe getrennt und hüpfte in weiten Sprüngen auf ihre Position zu. Rammaner besaßen zur Fortbewegung drei Gliedmaße. Zwei waren an der Seite des kugelförmigen Körpers angebracht. Diese sahen jeweils wie ein umgedrehtes V aus. An der unteren Rückseite des Körpers befand sich noch eine Art aufgerollter Schwanz. Dieser konnte mit schnellen ruckartigen Bewegungen abrollen. Dadurch wurde der Körper nach oben und vorwärts katapultiert. Und jetzt sprang ein kleiner Rammaner in dieser Art und Weise direkt auf ihre getarnte Flugsphäre zu.

„Wir können uns im Augenblick nicht fortbewegen," informierte die ZI. „Einige Rammanische Einheiten überfliegen gerade unseren Platz. Die Gefahr, dass unser Start bemerkt werden könnte, ist aufgrund der Datenlage noch zu groß. Also bleiben wir. Warten wir ab, was passiert. Vielleicht bleibt der kleine Rammaner noch stehen."

Diese Hoffnung sollte sich aber nicht erfüllen. Mit einem letzten, besonders großen, Satz sprang der kleine Rammaner gegen den Tarn- und Schutzschirm ihrer Flugsphäre. Die ZI hatte zwar die Leistung des Schirmes noch deutlich reduziert, um den Rammaner durch den Aufprall nicht zu verletzen. Die ZI konnte jedoch nicht verhindern, dass der Aufprall gegen etwas Unsichtbares deutlich zu erkennen war. Das Kind rutschte am unsichtbaren Schutzschirm hinab und fiel zu Boden.

Sofort reagierte der größte Rammaner der kleinen Gruppe. Ohne zu zögern sprang auch er in ihre Richtung, offensichtlich, um dem kleinen Rammaner zu helfen. Vermutlich hatte er sofort begriffen, dass das Kind gegen ein unsichtbares Objekt geprallt sein muss. Der Rammaner ging augenscheinlich von einem unbekannten, feindlichen Gegner aus. Während er sich ihnen nämlich in schnellen Sprüngen näherte, richtete er einen langen Stab in ihre Richtung. Obwohl der Rammaner nicht wusste oder sehen konnte, worum es sich bei dem unsichtbaren Objekt handelte, war seine einzige Überlegung der Angriff. Noch im Springen schoss er einige Explosivgeschosse auf die getarnte Flugsphäre ab. Dabei nahm er auch Verletzungen des kleinen Rammaners in Kauf.

Die ZI meldete sich: „Wundert Euch bitte nicht. Ich lasse den Beschuss absichtlich zu. Ich werde die kleinen Explosionen an unserem Schutzfeld aber mit einer Sonde nach oben so abschirmen, dass die Flugeinheiten über uns davon nichts mitbekommen können. Dann schalte ich unser Tarnfeld aus, damit der Rammaner uns sehen kann. Er soll erkennen, dass wir keine Rammaner sind. Ich hoffe nicht, dass die Rammanischen Flugeinheiten gerade in dem Augenblick ihre optischen Erfassungsgeräte auf unseren Standpunkt ausgerichtet haben. Falls doch, sollte unsere Flugsphäre aufgrund der Entfernung jedoch für die Sensoren der Rammaner zu klein sein. Zumindest nach meinen Berechnungen. Die Waffe des Rammaners werde ich dann mit Hilfe einer gebündelten Stoßwelle unbrauchbar machen. Nach meiner Analyse ist dies der beste Weg, die Situation zu entschärfen. Ein Rammaner der Gruppe ist nämlich strahlenverseucht und schwer verletzt. Vielleicht können wir unsere Hilfe anbieten und damit das Vertrauen der Rammaner gewinnen. Ohne uns haben die Rammaner nämlich keine Chance, den tödlich Verletzten zu retten. Zumindest ist ihnen bis jetzt schon klar geworden, dass mit ihren Mitteln eine Hilfe nicht möglich ist. Womöglich eröffnet sich daher für uns eine Chance, Rammaner im direkten Kontakt näher kennenzulernen und ihr Verhalten zu erforschen. Falls ich mit meinen Überlegungen aber nicht Recht behalte und meine Vorgehensweise nicht funktionieren sollte, müssen wir unverzüglich unsere Taktik ändern. Seid also auf alles vorbereitet.“

Ccassor und Palloxx schauten sich verdutzt an. Das war mal wieder ihre ZI, wie sie unlogischer nicht sein konnte. Wie sollte man sich auf *alles* vorbereiten? Und vor allem *unsere* Taktik?

Schnell richteten sich ihre Blicke aber wieder auf den heranstürmenden Rammaner. Alles geschah dann wie von der ZI vorausschauend geplant. Kleine Explosionen wurden von ihrem Schutzfeld ohne Probleme absorbiert. Der Beschuss hörte auf und man sah den Rammaner fieberhaft an seiner Waffe hantieren. In diesem Augenblick erlosch das Tarnfeld. Während der Rammaner und auch der in einiger Entfernung noch verharrende Teil der Gruppe mit einem Mal erschrocken auf die nun sichtbare Flugsphäre mit den völlig fremd aussehenden Insassen starrten, erhob sich der kleine Rammaner und ging vorsichtig auf die Flugsphäre zu.

Ccassor sah zum ersten Mal einen leibhaftigen Rammaner aus der Nähe. Rammaner waren sehr ungewöhnliche Lebwesen. Garrujaner besaßen am Kopf Öffnungen zur Nahrungsaufnahme, zur Versorgung des Körpers mit notwendigen Gasen und hatten große optische Sensoren. All dies fehlte bei den Rammanern. Ccassor kannte natürlich durch ihre umfassende Ausbildung den kompletten Körperbau. So nahmen diese Lebewesen Gase aus der Atmosphäre über die äußeren Hautzellen des kugelförmigen Körpers auf. Geschützt wurde die Haut von sich gegenseitig überlappenden, überaus widerstandsfähigen Schuppen. Eine Art beweglicher Panzer. Kleidung benötigten sie deshalb nicht. Nahrung nahmen sie über eine am unteren Ende des Körpers liegende bewegliche Beutelausstülpung auf. Damit wurden auch nicht verwertbare Abfallstoffe des

Körpers wieder ausgeschieden. Im oberen Viertel der Körperkugel verlief, den ganzen Körper umschließend, ein schmales optisches Sensorband. Rammaner konnten somit gleichzeitig ihre gesamte Umgebung erfassen, ohne den Kopf, den sie sowieso nicht hatten, zu bewegen.

Und so ein außergewöhnliches kleines Lebewesen stand nun direkt vor ihrer Flugsphäre. Vorsichtig berührte es mit einem der seitlichen Gliedmaße – diese erfüllten offenbar sowohl Fortbewegungs- als auch Greiffunktionen – die Außenhülle der Sphäre.

Plötzlich drang ein auf- und abschwellendes, gefährlich klingendes Zischen an Ccassors Wahrnehmungsorgan. „Zsschhh Rdssch Schschschsch" Schnell begriff Ccassor, dass die ZI mit dem kleinen Rammaner sprach. Rammaner konnten ihre Körpergase durch ihre äußeren Hautschichten auch wieder nach außen leiten. Durch entsprechende Veränderungen der Lage ihrer Panzerschuppen erzeugten sie Zischlaute, mit denen sie sich untereinander verständigten. Für Garrujaner mit viel Übung zwar verständlich, aber eine sehr schwer zu sprechende Sprache. Die ZI hatte jedoch damit offensichtlich keine Probleme

„Wir Garrujaner grüßen Euch. Bleibt gesund und glücklich. Wir sind absolut friedlich, wir wollen Euch nichts tun. Wir mussten auf Eurem Planet notlanden. Wir haben bemerkt, dass ein Rammaner in Eurer Gruppe schwer verletzt ist. Können wir Euch helfen?" Mit diesen Worten wandte sich die ZI an die Rammaner. Inzwischen hatte der Rammaner, der sie angegriffen hatte, den kleinen Rammaner und ihre Flugsphäre erreicht.

Offensichtlich hatte der Rammaner jetzt erkannt, dass von den Garrujanern im Augenblick keine Gefahr ausging. Augenscheinlich handelte es sich bei diesen fremden Lebewesen, die sich Garrujaner nannten, um eine weiter entwickelte Spezies. Vielleicht sah er deshalb auch eine Chance, von diesen Hilfe für seine Gruppe, für die er die Verantwortung trug, zu erhalten.

Garrujaner strahlten mit ihrem Aussehen und der damit verbundenen ungewöhnlich friedvollen und anziehenden Aura auf viele Lebewesen eine starke beruhigende Wirkung aus. Anscheinend war dies auch bei Rammanern der Fall. Denn völlig unerwartet freundlich antwortete der Rammaner jetzt der ZI: „Mein Name ist Tzsch, Sohn des Tzzsch. Unsere Familien bewirtschaften ein kleines Landstück hier in der Nähe. Wir hatten uns bereits in unseren Höhlen zur Ruhe begeben. Nur meine Gefährtin Bfffh kümmerte sich noch um die Herde Zöttullas. Als der Angriff mit den atomaren Explosionen stattfand, konnte sie sich nicht mehr rechtzeitig in Sicherheit bringen. Vermutlich wird ihr Leben bald zu Ende gehen. Auf Ramma gibt es keine Möglichkeiten, ihr zu helfen. Wir sind auf dem Weg zur nächsten größeren Siedlung, nach Pschzz. Dort hoffen wir auf Hilfe, um meiner Gefährtin die Schmerzen zu erleichtern."

Mittlerweile hatte sich auch der Rest der Gruppe neugierig genähert. Insgesamt handelte es sich um vier ausgewachsene Rammaner und fünf Heranwachsende in den unterschiedlichsten Altersklassen. Die verletzte Rammanerin wurde von zwei Erwachsenen auf einer schwebenden Unterlage transportiert.

Die ZI hatte zwischenzeitlich mit Hilfe einer Sonde unbemerkt den Gesundheitszustand der Verletzten und der anderen Gruppenmitglieder überprüft: „Mein Name ist ZI. Ich bin die Wissens- und Steuerungseinheit dieser Flugsphäre. Der Gesundheitszustand Deiner Gefährtin ist mehr als bedenklich. Die

Strahlung hat bereits große Teile der äußeren Gewebeschichten zerstört. In den Körper eingedrungene ionisierende Zerfallsstoffe schädigen rasch und unaufhaltsam innere Körperzellen und Organe. Wir können ihr helfen. Dazu müssten wir sie aber in unsere Großsphäre bringen. Nur dort stehen uns die erforderlichen Behandlungsmöglichkeiten zur Verfügung."

Tzsch fragte ungläubig: „Wie wollt Ihr helfen? Die ionisierende Strahlung von instabilen Atomkernen lässt sich doch nicht aufhalten. Auf keinen Fall innerhalb des Körpers bei fast kompletter Verseuchung durch eingedrungene Partikel."

Dem widersprach die ZI: „Doch, es ist möglich. Allerdings sehr aufwendig. Deshalb können wir es nicht hier tun. Bevor wir lange diskutieren und wertvolle Zeit zur Rettung Deiner Gefährtin verlieren, schlage ich vor, dass ich Euch auf dem kurzen Flug zu unserer Großsphäre alles erkläre. Ccassor und Palloxx werden Euch beim Einsteigen helfen."

Die Rammaner sprachen bzw. zischten untereinander knapp und schnell. Tzsch zischte ein: „Einverstanden."

Die ZI öffnete die transparente Kuppel, die sie aus Sicherheitsgründen bis jetzt geschlossen gehalten hatte. Die Rammaner stiegen vorsichtig ein, wobei sie darauf achteten, die verletzte Rammanerin beim Hereintransportieren nicht zu vielen Bewegungen und Stößen auszusetzen.

Ccassor und Palloxx machten Platz und halfen den Rammanern so gut es ging beim Einsteigen. Beide schauten sich immer wieder an. Zwar fanden sie die Vorgehensweise der ZI richtig. Garrujaner hatten stets das Bedürfnis, anderen zu helfen. Doch Rammaner waren ihnen unheimlich. Außerdem meldete sich wieder ihr inneres Gefühl. Sie spürten deutliche Anzeichen von einer drohenden Gefahr. Allerdings konnten sie das Gefühl nach wie vor nicht präzisieren. Ging die Gefahr von diesen Rammanern aus? Oder kam die Gefahr aus einer ganz anderen Richtung? Die Ungewissheit machte die Garrujaner zunehmend nervöser.

Die Flugsphäre war natürlich nicht für eine so große Zahl an Passagieren gedacht. Deshalb saßen einige Rammaner auf dem Boden. Es ging nicht anders. Die ZI musste daher die Sicherheitsprallfelder, die eigentlich für die festen Sitzgelegenheiten ausgerichtet waren, rasch modifizieren. So konnte sie sicherstellen, dass die Insassen der Flugsphäre auch in Gefahrensituationen geschützt werden konnten. Allerdings hatte die ZI noch eine andere Absicht. Sollten sich die Rammaner doch plötzlich aggressiv verhalten und die Sicherheit der beiden Garrujaner und der Flugsphäre gefährden, hätte die ZI mit Hilfe der Kraftfelder die Möglichkeit, die Rammaner zu fixieren.

Als alle mehr oder weniger Platz gefunden hatten, schloss die ZI die transparente Kuppel. Während des Startes schaltete die ZI die Polarisationsfilter der Kuppel ein. Damit verhinderte sie den Blick nach außen und die Umgebung. Die Rammaner sollten nicht mitbekommen, wohin sie flogen und wo sich ihre Station befand. Sicher war sicher, dachte die ZI. Geistig gab sie diese Informationen auch an Ccassor und Palloxx weiter.

Ein Problem hatte die ZI noch zu lösen. Sie musste auf jeden Fall verhindern, dass der Start und der Flug der Sphäre irgendwie, und sei es auch nur durch Zufall, bemerkt werden konnte. Letztendlich hatte sie sich für eine Vorgehensweise entschieden, die eigentlich ein wenig ihren Verhaltensgrundsätzen widersprach.

Grundsätzlich durfte die ZI keinem Lebewesen bewusst schaden. Aber jetzt ging es nicht anders. Ihre Entscheidung wurde aber dadurch erleichtert, dass sich auf Ramma die Atmosphäre durch unzählige Kriege bereits mit viel Radioaktivität angereichert hatte. So kam es auf ein paar Atomexplosionen mehr oder weniger auch nicht mehr an. Selbstverständlich achtete die ZI aber peinlichst genau darauf, dass auf keinem Fall durch ihre Aktion irgendwelche Rammaner direkt in Mitleidenschaft gezogen werden konnten.

Und so begann die ZI mit dem Ablenkmanöver und einem kleinen Feuerwerk. Eine Sonde hatte bereits alles vorbereitet. Die ZI hatte einen Raketenstützpunkt in relativer Nähe für ihr kleines Schauspiel ausgewählt. Es gab kein Problem, in die einfachen Computerprogramme einzudringen. Hinterher sollten die Rammaner von einem ungewöhnlichen und einmaligen Computerfehler ausgehen, was sie dann auch taten. Auf jeden Fall starteten plötzlich, ohne Dazutun der Besatzung des Stützpunkts, drei atomar bestückte Raketen. Zwei davon explodierten aus unersichtlichen Gründen – vermutlich auch ausgelöst durch die Computerpanne, so dachten die Rammaner – relativ bald schon kurz nach dem Start. Die dritte schoss noch weit in die höheren Atmosphärenschichten, bevor sie dort explodierte. Dabei löste sie einen elektromagnetischen Impuls aus, der kurzzeitig alle Überwachungssysteme der Rammaner lahmlegte.

Hektische Aktivitäten zur Verhinderung der Raketenstarts und planloses Durcheinander auf dem Raketenstützpunkt erleichterten die Aktion der ZI.

Diese Aufführung nutzte die ZI, um unerkannt zu starten und im Strahlungsschatten der dritten Rakete unbemerkt die äußeren Atmosphärenschichten zu erreichen. Mit höchster Geschwindigkeit flog sie dann zur Station im Sonnenorbit. Durch den schnellen Flug sollte der Eindruck für die Rammaner entstehen, die zurückgelegte Strecke sei gering und sie befänden sich somit noch auf Ramma. Von den äußeren Ereignissen bekamen die Rammaner ja nichts mit. Dafür sorgte die intransparent gewordene Kuppel und die Absorberfelder, die alle Beschleunigungskräfte für die Insassen der Flugsphäre nicht spürbar machten.

Nur Ccassor und Palloxx, aber auch die Großvaddder auf der Station, wurden geistig laufend über alle Aktionen der ZI informiert. Nur eine kurze Zeiteinheit dauerte der Flug. Die Flugsphäre schleuste rasch in die Station ein. Alles war bereits so vorbereitet, dass die Rammaner nicht mitbekommen konnten, wo sie sich genau befanden. Die Großvaddder hielten sich auch im Hintergrund und waren nicht zu sehen.

Während die ZI die Kuppel öffnete und alle aussteigen ließ, sprach sie zu Tzsch: „Tut mir leid, jetzt konnte ich Dir während des sehr kurzen Fluges doch nicht genau sagen, wie wir Deine Gefährtin behandeln können. Das möchte ich jetzt aber nachholen. Unabhängig davon sollten wir Bfffh jetzt aber schnell in den Behandlungsraum bringen. Die Behandlung muss so rasch als möglich beginnen.“

Ohne eine Antwort abzuwarten übernahm die ZI die Kontrolle über Bfffhs Schwebeplattform. In zügigem Tempo schwebte die Rammanerin den Gang entlang und entfernte sich rasch. An einem der vielen Quergänge bog die Plattform ab und war verschwunden. Rammanern konnte man Gefühlsregungen wegen fehlender Gesichter und Mimik nicht ansehen. Als die ZI aber die Kontrolle über Bfffhs Schwebplattform übernahm, die schwer verletzte Rammanerin im schnellen Tempo den Gang entlangschwebte und sich rasch entfernte, weitete sich das Sensorband der Rammaner doch deutlich sichtbar.

Die ZI versuchte zu beruhigen: „Sorgt Euch nicht um Bfffh. Es wird alles gut. Sie hat bereits keine Schmerzen mehr. Die elektrischen Impulse im Gehirn werden von uns von außen so beeinflusst, dass das Schmerzempfinden ausgeschaltet wurde und sie im Augenblick nur schöne Erinnerungen wahrnimmt."

Tzsch erwiderte: „Wir wissen auch nicht warum, aber wir vertrauen Euch. Wie soll es nun weitergehen? Wie lange dauert die Behandlung? Was genau macht Ihr mit Bfffh? Können wir in dieser Zeit etwas helfen?" „Ich schlage vor, Ccassor und Palloxx kümmern sich ein wenig um die Heranwachsenden. Sie können unsere Sphäre besichtigen. Dann können wir uns in Ruhe unterhalten. Eure Fragen werde ich dann gerne beantworten."

So wurde es gemacht. Die Garrujaner übernahmen die Führung und begaben sich mit den Rammanern auf einen Rundgang. Allerdings achteten sie sehr darauf, dass die Rammaner nicht zuviel von den technischen Einrichtungen mitbekommen sollten. Doch das war gar nicht notwendig. Die ZI hatte bereits durch optische Projektionen die Räume der Station so abgewandelt, dass ein völlig veränderter Eindruck entstand. Ccassor und Palloxx waren erstaunt, wie grundlegend und detailliert die ZI bei den Änderungen vorgegangen war. Selbst die beiden Garrujaner hatte Mühe, sich in den völlig veränderten Räumen zurechtzufinden. Alles sah aus, als befände man sich in einer schon etwas heruntergekommenen Station, die zum Teil durch kleine Explosionen und Feuer beschädigt worden war. Zumindest die Wohn- und Ruheräume waren relativ unverändert.

Die Nahrungsbereitungsanlage faszinierte die kleinen Rammaner besonders. Sie konnten es nicht verstehen, wie jeder Nahrungswunsch innerhalb kürzester Zeit erfüllt werden konnte. Immer wieder bestellten sie die unterschiedlichsten Gerichte und führten sie ihren Körpern zu.

Für Ccassor und Palloxx ein ungewöhnliches Schauspiel. Die Rammaner legten die Nahrung auf den Boden und setzten sich mit ihren Nahrungsaufnahmeausstülpungen einfach darauf. In jeweils kürzester Zeit verschwand die Nahrung vollständig im Innern der Rammaner.

Der kleine Rammaner Psst, der auf Ramma mit seinem leichtsinnigen Verhalten durch die Annäherung an die Garrujanische Sphäre die jetzige Situation erst ermöglicht hatte, fragte Ccassor: „Welche Nahrung nehmt Ihr denn zu Euch?"

„Die lebensnotwendigen und unentbehrlichen Stoffe, die unsere Körper benötigen, nehmen wir in relativ konzentrierter Form zu uns. In der Regel sind dies Eweißbällchen mit den entsprechenden Nährstoffen. Die Früchte unseres Heimatplaneten dienen für unterschiedlichste Geschmacksrichtungen."

Neugierig fragte Psst nach: „Können wir das auch einmal probieren?"

Ccassor ließ den Nahrungsautomaten vorsichtshalber kleine Portionen herstellen. Sie überreichte sie den Rammanern; „Na, dann probiert mal."

Psst und seine Begleiter schoben die Kugeln in ihre unteren Körperöffnungen. Offensichtlich war diese

Nahrung für die Rammaner äußerst schmackhaft. Denn immer wieder bestellten sie weitere Eiweißkugeln und stopften sie in ihre Aufnahmeorgane.

Ganz gebannt beobachteten Ccassor und Palloxx das Treiben. Hoffentlich vertragen die Rammaner diese doch ungewohnte Nahrung, dachten beide. Dies sollten sie jedoch gleich erfahren. Denn mit einem Mal wurden sie völlig überraschend aus ihrer aufmerksamen Betrachtung der Vorgänge gerissen.

Ein sanftes, aber stetig anschwellendes Pfeifen drang an ihre Wahrnehmungsorgane. Die Station hatte Alarm ausgelöst. Bevor sich die beiden Garrujaner versahen, aktivierten sich automatisch die Schwerkaftgürtel und beförderten Ccassor und Palloxx abrupt an den Rand des Raumes. Gleichzeitig sahen sie, wie sich um die kleine Gruppe der Rammaner ein deutlich flimmerndes Schutzfeld aufgebaut hatte.

Doch genauso schnell wie der Spuk begonnen hatte, war er auch schon wieder vorbei. Das Pfeifen hörte auf und die ZI meldete sich. Gleichzeitig wandte sie sich an die Rammaner und Garrujaner (jeweils entsprechend akustisch oder geistig): „Ich hoffe, ihr seid nicht zu sehr erschrocken. Aber die Sensoren haben eine zu hohe schädliche Gaskonzentration festgestellt und sofort Alarm ausgelöst. Das Gas war offensichtlich als Abbauprodukt bei der Nahrungsverwertung bei den Rammanern entstanden. Inzwischen wurde das Gas neutralisiert und es besteht somit keine Gefahr mehr. Zukünftig wissen wir jedoch jetzt, wie wir auch ohne Alarm mit solchen Situationen umgehen können.“

Ccassor und Palloxx schauten sich verwundert an. Dem Ausdruck ersten Erschreckens machte sich jedoch schnell belustigte Erleichterung breit. Welche Überraschungen sollten sie noch mit diesen seltsamen

Lebewesen erleben. Beide hofften, dass es immer bei solch' harmlosen Ereignissen bleiben sollte. Aber aus eigener Erfahrung wussten sie, dass es dafür absolut keine Garantie gab.

Während also die beiden Garrujaner vollauf mit der Betreuung der kleinen Rammaner beschäftigt waren, kümmerte sich die ZI um Tzsch und seine beiden Begleiter.

Tzsch wandte sich an die ZI, wobei er immer noch nicht verstanden hatte, was die ZI überhaupt war bzw. wo sie sich befand. So sprach er einfach in den Raum hinein: „Kannst Du uns nun erklären, was mit Bfffh geschieht?" „Selbstverständlich. Wir beheben die durch die radioaktive Strahlung entstanden Zellschäden an der Körperoberfläche und im Innern des Körpers. Zusätzlich neutralisieren wir die schädlichen radioaktiven Stoffe im Innern ihres Körpers." „Aber wie machst Du bzw. wie macht Ihr dies? Auf Ramma kennen wir keine Verfahren, die so etwas möglich machen." „Es handelt sich um medizinisch, technisch und physikalisch sehr komplexe Prozeduren. Ich versuche es aber so einfach wie möglich zu erklären. Als erstes reinigen wir die Körperoberfläche und entfernen alle Teilchen mit ionisierender Strahlung. Zusätzlich entfernen wir bereits beschädigte Körperzellen. Parallel dazu stellen wir durch künstlich beschleunigte Zellteilung körpereigene Gewebezellen her und ersetzen die beschädigten Körperzellen."

Tzsch unterbrach ungläubig: „Das klingt alles so einfach, ist für uns aber völlig unglaublich. Ich kann mir Eure Vorgehensweise gerade noch auf unserer Körperoberfläche vorstellen, aber wie wollt Ihr das alles im Innern des Körpers und vor allem in unseren Organen bewerkstelligen?" „Grundsätzlich gehen wir bei der Behandlung beschädigten Gewebes im Innern ähnlich vor. Dazu haben wir eine riesige Anzahl von mikroskopisch kleinen Schwarmhelfersonden in den Körper eingeschleust. Diese entfernen beschädigte Zellen und regen den Körper zur Eigenregeneration an." „Aber wie behebt Ihr das Problem der in den Körper eingedrungenen Elemente, die aufgrund ihres Zerfalls weiter ionisierende Strahlung aussenden?" „Da muss ich ein wenig weiter ausholen. Ich bemühe mich aber, es einfach zu erklären, auch wenn es dadurch nicht unbedingt genau den wissenschaftlichen Vorgängen entspricht. Also, was bedeutet ionisierende Strahlung. Im Grunde handelt es sich um kleinste Elementarteilchen, die, aus welchen Gründen auch immer, nicht mehr stabil sind und mehr oder weniger schnell zerfallen. Dadurch wird die Strahlung, also kleinste, sich schnell bewegende, Teilchen freigesetzt." „Die Grundzüge der Radioaktivität sind uns bekannt." „Gut, dann kann ich fortfahren. Um die Strahlung zu stoppen, muss man nur aus einem instabilen Teilchen wieder ein stabiles Teilchen machen. Das klingt vom Grund natürlich sehr einfach, bedarf aber eines gewaltigen rechnerischen und analytischen Aufwands. Grundsätzlich muss man einem zerfallenden Elementarteilchen also nur wieder die nötige Energie oder die verlorengegangenen Bauteilchen, aus denen die Elementarteilchen bestehen, zuführen. Aufgrund der Vielzahl der Elementarteilchen, auch je nachdem, welche Betrachtungsebene man wählt - Protonen, Neutronen, Leptonen, Quarks, Bosonen, Quanten, um nur einige zu nennen -, erspare ich mir hier eine Vertiefung der Betrachtung oder Erklärung. Dies würde einfach zu weit gehen." „Aber wie wollt Ihr die Energie bzw. die Teilchen in die Mitte des Körpers oder in ein Organ transportieren, ohne andere Zellen im Körper zu beschädigen oder zu zerstören?" „Auch hier ist dies in der Theorie ganz einfach, doch in der Praxis technisch sehr aufwendig. Was ist Materie? Im Grunde handelt es sich doch nur um eine Illusion eines festen Stoffes. Betrachtet man sich z.B. ein Atom, so besteht dieses aus ein paar wenigen Kleinstteilchen, die sich auf mehr oder weniger festen Bahnen umeinander bewegen. Der größte Raum des Atoms besteht jedoch aus NICHTS. Nur die physikalischen Kräfte der Teilchen untereinander und die Menge der Elementarteilchen erzeugen den Eindruck der festen Materie. Ich vergleiche manchmal den Körper von Lebewesen oder von Himmelskörpern auch deshalb mit dem Erscheinungsbild des Universums. Aber darüber können wir ein anderes Mal philosophieren. Wieder zu unserem aktuellen Problem. Um die radioaktiven Elemente im Innern des Körpers mit Hilfe einer extrem gebündelten Strahlung zu stabilisieren, muss ein spezieller Scanner deshalb eine sichere Bahn errechnen, um den Strahl durch die Atome des Körpers so zu steuern, damit keine weiteren Atome oder Elementarteilchen beeinflusst werden. Klingt, wie gesagt, theoretisch einfach. Die praktische Umsetzung verlangt jedoch einen enormen technischen Aufwand und riesige Rechnerkapazitäten." Dass es sich hierbei um mehrdimensionale intuitive Quantenrechner handelte, verschwieg die ZI vorläufig aus Sicherheitsgründen. Auch, dass diese in gewisser Weise Teil der ZI waren.

Aus den Reaktionen der Rammaner schloss die ZI, dass Tzsch und seine Begleiter im Augenblick sowieso kein Interesse mehr an weiteren Erläuterungen hatten. Sie schienen ein wenig überfordert zu sein. Zumindest herrschte von Seiten der Rammaner absolute Stille. Die ZI spürte deutliche Verwirrung in den Gedanken der Rammaner.

Um die Rammaner aus ihrer Schockstarre wieder etwas zu erlösen, übernahm die ZI abermalig das Wort: „Die vielen theoretischen Informationen helfen Euch vermutlich nicht viel weiter. Ich kann Euch jedoch schon einmal beruhigen, dass es Bfffh bereits deutlich besser geht. Die äußeren und inneren Zellbeschädigungen sind größtenteils behoben. Diese Behandlung kann aber erst nach Stoppen der ionisierenden Strahlung im Körper vollständig abgeschlossen werden. Die im Körper stattfindende schädliche Radioaktivität konnte inzwischen zur Hälfte reduziert werden. Eine endgültige Heilung wird voraussichtlich noch eine knappe Planetenumdrehung dauern. Solange können wir im Augenblick nichts weiter tun. Ich schlage deshalb vor, dass wir uns zu den Nachwuchs-Rammanern begeben. Ihr benötigt sicherlich auch wieder etwas Nahrung und Flüssigkeit für Euren Körper."

Die Rammaner waren einverstanden und so begab sich der kleine Trupp in Richtung der Essensausgabe, wo die kleinen Rammaner immer noch mit der Nahrungsaufnahme beschäftigt waren. Das Erstaunen bei Ccassor und Palloxx nahm im gleichen Verhältnis mit der Nahrungsmenge zu, die von den Rammanern ihren doch relativ kleinen Körpern zugeführt wurde. Wie schafften die Rammaner die Aufnahme, dieser aus Sicht der Garrujaner, Unmengen von Nahrung?

Als Tzsch und seine beiden Begleiter erschienen, hörten die kleinen Rammaner jedoch sofort mit der Nahrungsaufnahme auf. Im gleichen Augenblick erfüllte ein immer wieder anschwellendes Zischen und Pfeifen den Raum. Die Rammaner hatten sich offensichtlich einiges von ihren jeweiligen Erfahrungen zu berichten.

Ccassor und Palloxx beobachteten das ungewohnte Treiben leicht belustigt. Währenddessen kümmerten sich die Sicherungseinrichtungen der Station unablässig darum, die Gaskonzentration durch absaugende Kraftfelder in einem erträglichen Zustand zu halten, um einen erneuten Alarm zu vermeiden.

Eigentlich hätten alle mit der scheinbar friedlichen Situation zufrieden sein können. Hätte sich da nicht wieder bei Ccassor und Palloxx das unbestimmte Gefühl einer drohenden Gefahr eingestellt. Und mit einem Mal war die Gefahr nicht mehr unbestimmt, sondern überaus konkret. Die beiden Garrujaner schauten sich entsetzt und voller Angstgefühle an. Beiden war sofort der Ernst der Lage bewusst. Auch wenn sie in diesem Augenblick endlich erkannten, dass die drohende Gefahr sie beide nicht direkt betreffen würde, war ihnen bewusst, was passieren würde. Sie sahen fliegende Felsbrocken, Feuerstürme und gewaltige Zerstörungen. Doch nicht sie beide waren betroffen. In ihrer geistigen Vorstellung sahen sie die zukünftigen Ereignisse jetzt mehr und mehr klar vor sich. Doch nun wurde ihnen auch mit aller Deutlichkeit und Schrecken bewusst, dass sie diese zukünftigen Ereignisse vielleicht nicht mehr verhindern konnten. Dieses Gefühl der Hilflosigkeit ließ Ccassor und Palloxx verzweifeln.

Die ZI hatte die Änderung im Verhalten der beiden Garrujaner natürlich sofort bemerkt: „Was ist los? Ihr seht verzweifelt aus."

Ccassor nickte: „Das sind wir auch. Wir haben gerade ein zukünftiges Unglück gesehen. Und vor allem die Tatsache lässt uns verzweifeln, dass wir vermutlich das Unglück nicht mehr verhindern können."

„Was habt Ihr gesehen? Darf ich mich in Eure Gedanken einklinken?"

Beide Garrujaner gaben sofort ihr Einverständnis. Immerhin ging es jetzt um Leben oder Tod.

Als die ZI die ersten Gedanken spürte, war ihr sofort klar, dass nur rasches Handeln vielleicht noch das Unglück abwenden konnte. Bevor sie noch alle Einzelheiten der zukünftigen Geschehnisse erfasst hatte, aktivierte sie bereits die Nachrichtenverbindung nach Garruja mit Hilfe der quantenmechanisch verschränkten Photonenspeicher. Der Notruf würde Garruja ohne Zeitverzögerung erreichen. Und Garruja müsste dann ebenso schnell reagieren. Hoffentlich würde dann die Nachricht von der drohenden Gefahr die Erde noch rechtzeitig erreichen. Denn die Geschehnisse betrafen weder Ramma noch Garruja, sondern die Erde. Und die Bedrohung und das zu erwartende Unglück waren eng verbunden mit den Garrujanern, die sich zur Zeit auf dem Planeten Erde befanden: Cculler, Xyllopph und Vvlanzetti.

Die ZI informierte Ccassor und Palloxx über die Nachricht, die sie nach Garruja geschickt hatte. Jetzt konnten sie nichts mehr tun als abwarten. Aber dies war nicht so einfach. Die Verzweiflung bezüglich ihrer Hilflosigkeit wurde von Augenblick zu Augenblick immer größer. Und im Hintergrund zischten und pfiffen die Rammaner völlig unberührt von den dramatischen Ereignissen, von denen sie nichts mitbekamen.

Ccassor und Palloxx kamen sich wie in einem schlechten Traum vor. Alles war so surreal. Am liebsten wäre es ihnen gewesen, all dies wäre nur eine Illusion. Aber sie wussten, alles war überaus real und sie würden ihren Geschwistern wohl nicht mehr helfen können. Die Geschwister Cculler und Xyllopph, von denen sie zwar schon seit einiger Zeit wussten, denen sie jedoch noch nie begegnet waren. Und nun sollten sie sie womöglich auch nie mehr kennenlernen dürfen. Diese Vorstellung machte sie beide fast wahnsinnig.

Aber es gab keine Alternative als abzuwarten. Sie hatten alles ihrer Macht stehende getan. Mehr war in dieser Situation nicht mehr möglich.

Wann würden sie von der Erde Nachricht bekommen? Und vor allem, mit welchem Inhalt?

Kapitel 3 – Das Unglück

**„Alles im Universum hat einen Sinn.
Und sei es nur als abschreckendes Beispiel,
es so nicht zu wiederholen"**

(Sasketchon, Garrujanischer Philosoph des frühen
22.Jahrhunderts GZ*) *GZ: Galaktische Zeit

Vvlanzetti erwachte als erste. Ihr Schlaf war sehr unruhig gewesen. Schade, dass es in den Flugsphären keine Schlafprogramme gab, dachte sie sich. Aber Flugsphären waren in der Regel auch nicht für einen längeren oder dauerhaften Aufenthalt ausgelegt.

Neben sich sah sie Xyllopph noch tief und fest schlafen. Bei seinem Anblick überfluteten sie erneut die starken Gefühle, die sie für Xyllopph empfand. Einerseits genoss sie diese Gefühle, andererseits war dies alles für Vvlanzetti überaus verwirrend. Garrujaner lebten normalerweise in keiner festen und langfristigen Zweierbeziehung. Ähnlich wie irdische Ameisenvölker lebten alle in der Gemeinschaft zusammen. Je nach aktuellen Aufgaben und Arbeiten bildeten sich immer wieder wechselnde Gruppen. Für Garrujaner war dieses Zusammenleben völlig normal. Da Garrujaner stets an wechselnden Orten arbeiteten, nämlich dort, wo sie ihre speziellen Fähigkeiten am besten einsetzen konnten, wäre eine feste Beziehung hinderlich. Außerdem war durch ständig wechselnde Partnerschaften eine optimale Vermischung aller Erbanlagen gewährleistet.

Seit ihrer ersten Begegnung und im Verlauf der gemeinsamen Reise hatte sich zwischen Xyllopph und Vvlanzetti eine sehr starke emotionale Bindung gebildet. Vvlanzetti konnte und wollte sich gar nicht mehr vorstellen, dass Xyllopph irgendwann nicht mehr in ihrer Nähe sein sollte. Diese Empfindung war für Garrujaner sehr außergewöhnlich und hatte Vvlanzetti völlig durcheinandergebracht.

In diesem Augenblick öffnete Xyllopph seine Augen. Ihre Blicke trafen sich. Beide mussten lächeln. Vvlanzetti durchströmte ein tiefes Gefühl des Glücks. Sie dachte an die letzte Nacht. Wie so häufig in der letzten Zeit hatten sie zu Beginn der Nacht mal wieder eng umschlungen ihre Körper aneinandergepresst. Doch dieses Mal verlief das Garrujanische Fortpflanzungsritual im Sinne der Stärkung des sozialen Zusammenhalts für Vvlanzetti unerwartet anders. Neben den normalen Gefühlen wie Wärme und Pulsieren des Körpers, die sich zu einem ekstatischen Rausch entwickelten, spürte die Garrujanerin mit einem Mal am Ende in der Entspannungsphase eine ungewöhnliche Empfindung. Vvlanzetti nahm die Umgebung nicht mehr wahr. Sie hatte das Gefühl, als schwebe sie im Nichts. Urplötzlich tauchten in ihrem Gehirn Bruchstücke von Gedanken auf, von denen sie intuitiv wusste, dass diese von Xyllopph stammen mussten. Gleichzeitig drehte sich Alles im Inneren ihres Körpers. Zumindest empfand sie es so. Es war jedoch nicht unangenehm. Im Gegenteil. Wie einen weichen pulsierenden Ball nahm sie ihr Innerstes wahr. Nach und nach verschwanden diese neuen Eindrücke und sie kehrte wieder in die Wirklichkeit zurück.

Xyllopph spürte sie neben sich bereits wieder entspannt schlafen. Vvlanzetti war jedoch noch völlig von ihren vergangenen Eindrücken verwirrt. Die Gedanken kreisten unaufhörlich. Was war passiert? War dies normal? War sie krank? Waren diese Vorgänge in ihrem Körper vielleicht Vorboten bereits entstehenden neuen Lebens? Sie würde bei Gelegenheit die ZI fragen.

Xyllopphs sanfte Stimme unterbrach Vvlanzettis Überlegungen: „Bist Du schon lange wach? Hast Du gut geschlafen?" „Mein Schlaf war sehr unruhig. Ich habe schlecht geträumt. Die gestrigen Ereignisse und Deine Gedanken haben mich sehr beschäftigt. Ich hoffe, Du hast besser geschlafen." „Danke, ich habe sehr gut geschlafen. Genau kann ich mich zwar nicht mehr an meine Träume erinnern, aber ich glaube, ich habe von

Dir geträumt." Vvlanzetti durchströmte bei diesen Worten ein wohliges Gefühl der Wärme.

Xyllopph sprach die ZI an:" Bitte öffne die Lichtfilter der Kuppel. Ist es draußen schon hell?" „Sofort, Euer Hochwohlgeborener. Und zur Frage: es wird gerade hell, aber das seht Ihr ja jetzt selber."

Im gleichen Augenblick wurde es hell und die Umgebung der Flugsphäre war wieder zu sehen. Draussen konnte man in der Lichtung und über den Baumwipfeln zarte Nebelschwaden ziehen sehen. Die ersten Lichtstrahlen der aufgehenden Sonne tauchten die Landschaft in ein weißlich gelbes, unwirkliches Licht.

Vvlanzetti öffnete die Kuppel. Gemeinsam stieg sie mit Xyllopph aus der Sphäre und ging an das obere Ende der Lichtung. Unter sich sahen sie auf einer Bergkuppe die Ruinen von Machu Picchu liegen. Auch dort zogen noch Nebelfetzen wabernd durch die teilweise zerfallenen und noch nicht restaurierten Gebäude. Leises Motorengeräusch war in der Ferne zu hören. Anscheinend fuhren schon Busse die ersten Touristen aus dem Tal in die Ruinenstadt.

Plötzlich waren die beiden Flugsphären auf der Lichtung nicht mehr zu sehen. Sie waren wie vom Erdboden verschluckt. Nur die kreisrunden Vertiefungen im Boden am Standort der Flugsphären waren noch zu sehen. Kurze Zeit später tauchten die Flugobjekte aber wieder auf, als wäre nichts geschehen. Offensichtlich war ein Flugzeug oder Satellit über ihren Standort geflogen und die ZI hatte während des Überflugs die Tarnvorrichtung aktiviert.

Xyllopph und Vvlanzetti gingen wieder zurück. In diesem Moment öffnete sich die Kuppel der zweiten Flugsphäre und Cculler winkte den beiden zu. Bei der

Sphäre angekommen, begrüßten sich alle mit: „Bleibt gesund und glücklich."

Vvlanzetti schlug ihnen vor: „Lasst uns alle noch etwas Nahrung zu uns nehmen. Dabei können wir auch den Tagesablauf planen. Wir wollten ja die Ursachen der Ähnlichkeiten von Alpakas und uns Garrujanern untersuchen. Xyllopph und ich haben einige Exemplare von Alpakas an einem Hang oberhalb von Machu Picchu gesehen. Wir könnten mit unseren Schwerkraftgürteln dorthin fliegen und die Alpakas wissenschaftlich untersuchen."

Alle waren einverstanden. So setzten sie sich gemeinsam zusammen. Jeder nahm noch ein wenig von der Nahrung zu sich, die seinen Bedürfnissen und seinen Geschmacksvorlieben am ehesten entsprach.

Danach wurde die Ausrüstung zusammengestellt und auf richtige und sichere Funktion überprüft. Grundsätzlich konnte man sich zwar darauf verlassen, dass sich die ZI um ihre Sicherheit stets und sehr gründlich kümmerte. Aber auch eine ZI war nicht unvollkommen. Und so gab es den Garrujanischen Grundsatz, dass immer jeder Garrujaner in erster Linie für seine eigene Sicherheit verantwortlich war. Dies hatte sich in der Vergangenheit des Öfteren bewährt und mehrfach Leben gerettet.

Während sich die Nebel langsam lichteten und die Sonne jetzt schon deutlich über dem Horizont stand, machten sich die Vier mit ihren Schwerkraftgürteln auf den Weg. Alle Tarnvorrichtungen waren aktiviert. Auf der Innenseite ihres Tarnfeldes wurden aber alle wichtigen und notwendigen technischen Informationen dargestellt. So konnte jeder auch die Position der anderen, trotz Tarnvorrichtung, deutlich wahrnehmen.

Während des Flugs herrschte erstaunlicherweise Funkstille. Jeder war mit den eigenen Eindrücken beschäftigt. Nicht nur die sich langsam mit Touristen belebende Ruinenstadt Machu Picchu mit den Terrassenbauten unter ihnen, auch die unterschiedlichsten Farbschattierungen der bewaldeten Berglandschaft, die die aufgehende Sonne hervorrief, zog Fahid und die drei Garrujaner in den Bann.

Zügig ließen sie jedoch Machu Picchu hinter sich und flogen auf einen etwas abseits gelegenen Bergkamm zu. Schon von weitem war eine kleinere Gruppe Alpakas zu sehen. Friedlich grasten sie auf einer baumlosen Wiese.

Wie auf Kommando hörten plötzlich alle Tiere auf zu fressen und drehten ihre Köpfe in eine Richtung. Gespannt und neugierig blickte die Alpakas in Richtung der anfliegenden Garrujaner. Wie war das möglich? Aufgrund der Tarnvorrichtungen der Schwerkraftgürtel dürften die Alpakas die Garrujaner gar nicht wahrnehmen. Selbst Geruchsspuren und -moleküle wurden vollständig durch die Schutzschirme abgeschirmt. War dies vielleicht alles nur Zufall?

Cculler sprach ihre Gedanken aus: „Seht Ihr das auch. Die Alpakas scheinen uns zu spüren. Dies ist doch unmöglich, oder?"

Vvlanzetti war ebenso verwundert: „Fliegen wir über sie hinweg und nähern wir uns von der anderen Seite. Sollten sie uns mit ihren Blicken weiterhin verfolgen, ist es tatsächlich kein Zufall."

In einem großen Bogen flogen Fahid und die Garrujaner über die Alpakas hinweg und landeten dann in einiger Entfernung von den Tieren. Während der ganzen Zeit folgten die Alpakas mit ihren Blicken dem Flugmanöver. Irgendwie unheimlich. Denn die Tarnvorrichtung war immer noch in Funktion. Und dann setzten sich die Tiere auch noch in Bewegung und kamen auf die gelandeten Garrujaner zu.

Als erster reagierte Xyllopph und schaltete das Tarnfeld aus. Sofort umringten ihn die Alpakas und fingen an, ihn freundlich zu beschnuppern. Fahid, Cculler und Vvlanzetti folgten Xyllopphs Beispiel und wurden mit einem Mal auch wieder sichtbar.

Allerdings nahmen die Alpakas von Fahid wenig Notiz. Nur die drei Garrujaner waren für die Alpakas interessant. Immer dichter drängten sie sich um die Außerirdischen. Cculler fing an, die Tiere zu streicheln. Die Alpakas ließen sich das gerne gefallen und schmiegten sich eng an die Garrujaner.

Vvlanzetti war überwältigt: „Ich habe das Gefühl, die Alpakas sehen in uns tatsächlich so etwas wie Verwandte. Ich spüre auch deutlich einfache Gedanken und sogar erste Spuren von kausalen Überlegungen. Irgendwie denken sie in anderen, mir noch unverständlichen Kategorien."

Cculler bestätigte den Eindruck: „Stimmt. Die Alpakas wundern sich zwar über unser Aussehen und unsere Kleidung. Aber ganz eindeutig ordnen sie uns zu ihrer Art und ihrer Gemeinschaft ein. Ich versuche es einmal, gedanklich mit ihnen zu kommunizieren."

Cculler konzentrierte sich auf das erkennbar stärkste Tier und dachte an so etwas wie *ich grüße Euch*. Sofort antwortete das betreffende Alpaka gedanklich: „Wir grüßen Euch auch, Wer seid Ihr und wo kommt Ihr her? Wir haben Euch hier noch nie gesehen! Ihr seid doch nicht etwa Außerirdische, oder doch?" Cculler war baff. Hatte sie das richtig verstanden? Die Garrujaner mussten sich erst noch an die fremde *Sprache* gewöhnen. Wahrscheinlich hatte sie etwas falsch verstanden.

Woher sollten Tiere auf der Erde auch intelligenzmäßig in der Lage sein, etwas von Außerirdischen zu wissen.

Cculler versuchte mit einfachen Worten bzw. Gedanken zu erklären, woher sie kamen. Verdutzt und fast sprachlos musste sie erkennen, dass für die Alpakas die Schilderungen von anderen Sonnensystemen und Reisen durch das Universum durchaus nichts Unfassbares oder gar Unbegreifliches war. Im Gegenteil. Nachfragen nach Sternenkonstellationen und astrophysikalischen Zusammenhängen verblüffte die Garrujanerin vollends.

Ebenso erging es den anderen drei. Vvlanzetti versuchte, trotz ihrer eigenen Verblüffung, so gut es ging, das auf Gedankenebene geführte Gespräch an Fahid weiterzuvermitteln.

Xyllopph schaltete sich schließlich auch in die Unterhaltung ein: „Woher wisst Ihr das alles? Wir haben Euch für eine noch recht wenig entwickelte Lebensform gehalten. Wieso lebt Ihr in Eurem sozialen Zusammenleben noch auf dieser – ich sag einmal – unteren Entwicklungsstufe, obwohl Ihr Euch geistig offensichtlich auf einer weitaus höheren Stufe befindet?“

Das klar durch seine aufrechte und Respekt einflößende Haltung als Anführer der kleinen Gruppe erkennbare Leitalpaka setzte gerade zu einer Erwiderung an, da übernahm plötzlich eines der vielen weiblichen Alpakas der Herde das Wort: „Bevor unser Anführer, zumindest er glaubt daran, dass er es ist, sich noch weiter in den Vordergrund drängt, möchte ich mich auch in Vertretung der gesamten Gruppe an dem Gespräch beteiligen. Zu der Frage des Zusammenlebens. Uns reicht diese Form des einfachen Lebens. Mehr benötigen wir nicht. Auch eine Bewertung unterschiedlicher Lebensfähigkeiten ist uns fremd. Wir haben recht früh erkannt, dass jede soziale persönliche Weiterentwicklung unweigerlich zu einer Zerstörung unserer Umwelt und zu einer Verdrängung anderer Lebensformen führen würde. Insofern beschränken wir uns fast vollständig auf unsere geistige Fortentwicklung. Dazu nutzen wir das Wissen anderer Lebensformen in unserer Nähe, indem wir uns in deren Geist und Gedanken einklinken. Zusätzlich versuchen wir uns, mit einer Art Meditation bzw. Konzentration, dem allumfassenden Geist des Universums anzunähern. Außerdem gab und gibt es – so wie Ihr – immer wieder Reisende, die diesen Planeten besuchen. So profitieren wir auch von deren Wissen. Und letztendlich: solange man uns für dumm und niedlich hält, desto mehr lässt uns der Mensch in Ruhe. Ihr seht ja an Euch selber, wie wirksam unsere Methode funktioniert."

Vvlanzetti hatte sich als erste von ihrer Sprachlosigkeit erholt: „Und Ihr habt wirklich kein Interesse, jemals Euer enormes Wissen mit anderen zu teilen und in praktische Entwicklungen umzusetzen?"

Das zweite Alpaka antwortete wieder. Inzwischen hatten die Garrujaner begriffen, dass die Alpakas keine Namen hatten. Dies war für ihr Zusammenleben nicht notwendig: „Doch, natürlich. Wir würden uns freuen, wenn wir uns mit Euch noch länger unterhalten könnten. Insbesondere interessiert uns nun auch, wie Euch, warum diese Ähnlichkeit zwischen Euch und uns besteht. Ebenso die verblüffenden Übereinstimmungen zwischen Eurem Planeten und der Erde. Und natürlich die vielen noch unerklärlichen Ungereimtheiten in Eurem und unserem Sonnensystem. Wir hoffen, Ihr habt nichts dagegen, dass wir Eure Gedanken erforscht haben?"

Cculler erwiderte: „In unserer Gesellschaft ist das Eindringen in die Gedanken anderer, ohne deren Erlaubnis, nicht gestattet. Aber dies konntet Ihr nicht wissen. Grundsätzlich haben wir aber damit keine Probleme.“

Während sie dies sagte, bemerkte Cculler, wie unsinnig eigentlich ihre Bemerkung war. Da die Alpakas in ihre Gedanken eingedrungen waren, hätten sie in den Gedanken der Garrujaner auch erkennen müssen, dass auf Garruja eben diese Regeln galten und somit ein weiteres Vordringen verboten gewesen wäre. Warum hatten sich die Alpakas daran nicht gestört? Trotz aller positiven Gefühle für diese Lebensform sagte nun doch eine innere Stimme *pass' auf*. Zukünftig wollte Cculler das Verhalten der Alpakas sehr genau beobachten.

Xyllopph unterbrach Ccullers Überlegungen: „Du sprichst von Ungereimtheiten. In Eurem und vor allem in unserem Sonnensystem? Woher kennt Ihr unser Sonnensystem?“ „Wir haben immer mal wieder Kontakt zu einer außerirdischen Lebensform. Diese hat uns bereits viel von Euch erzählt. Auch davon, dass Ihr uns sicherlich irgendwann einmal besuchen werdet.“

Die Garrujaner waren schon wieder kurzzeitig sprachlos. Das dauerte aber nicht sehr lange und die Neugier setzte sich gegen die Überraschung durch.

Vvlanzetti hakte nach: „Um welche Lebensform handelt es sich? Von wo kommt diese?“ „Von woher sie kommt, wissen wir auch nicht so genau. Sie scheint aber eng sowohl mit Garruja als auch der Erde verbunden zu sein. Grundsätzlich handelt es sich in erster Linie um ein Geistwesen. Einen biologischen Körper, sowie wie wir ihn kennen, hat es nicht. Der Körper dient nur mit seiner Materieansammlung als Hort für den Geist.“ „Kannst Du diese Lebensform in etwa beschreiben?" „Das muss ich gar nicht, denn Ihr kennt diese Lebensform auch. In Euren Gedanken haben wir gesehen, dass Ihr auch bereits mit diesen Geistwesen Kontakt hattet." „Macht es nicht so spannend. Um welche Lebensform handelt es sich?" „Ihr nennt diese Wesen wohl Vaddder."

Jetzt war die Verblüffung bei den Garrujanern perfekt. Cculler, Vvlanzetti und Xyllopph schauten sich ungläubig an. Nur Fahid konnte die schwerwiegende Bedeutung dieses Gesprächsinhalts nicht ganz einschätzen, trotz phasenweise guter Parallelinformation durch Cculler.

Xyllopph wirkte überrascht: „Die Vaddder? Wieso haben denn die Vaddder ausgerechnet Euch und sonst niemanden anderen auf der Erde besucht? Und von welchen Ungereimtheiten sprichst Du?" „Die erste Frage kann ich Dir oder können wir auch nicht beantworten. Da müsst Ihr die Vaddder schon direkt fragen. Und zur zweiten Frage. In beiden Sonnensystemen gibt es wohl einige offene Fragen zur Entstehungsgeschichte, die wohl irgendwie miteinander in Verbindung stehen könnten." „Das kann doch nicht möglich sein. Die beiden Systeme sind doch viel zu weit voneinander entfernt, als dass sie sich in irgendeiner Form hätten beeinflussen können. Die Erde und Garruja befinden sich immerhin in weit voneinander entfernten Galaxien." „Wir gehen davon aus, dass die Vaddder, aufgrund ihrer immensen Weisheit, schon sehr genau wissen, wovon sie reden. Immerhin rätseln die irdischen Wissenschaftler auch schon immer über Dinge, die sie nicht erklären können. So gibt es in unserem Sonnensystem viele offene Fragen, die eigentlich nur durch frühe Einflüsse durch einen weiteren Planeten oder eine zweite oder andere Sonne erklärt werden können. So z.B. die verschobene Neigung der Äquatorialebene der Sonne im Vergleich zu der der anderen Planeten. Oder die Verteilung des Drehimpuls auf die Planeten und die des Zentralgestirns. Oder die Entstehung des Mondes. Oder die taumelnde Erde. Oder die geneigte Rotationsachse des Uranus. Usw. usw. usw. Ebenso passen die Masseverhältnisse und Umlaufbahnen der Sonnen Raja, Raya und des Planeten Garruja astrophysikalisch auch nicht so recht zusammen. Alles ließe sich jedoch erklären, wenn sich beide Sonnensysteme in der Vergangenheit extrem nahegekommen wären. Die Sonnen hätten sich mit ihren Massen gegenseitig beeinflußt. Und Garruja wäre in der frühen Entstehungsgeschichte der Sonnensysteme ein Schwesterplanet der Erde gewesen.“

Vvlanzetti blieb ungläubig: „Noch einmal. Das alles ist doch völlig unmöglich. Wie sollen denn so weit entfernte Sonnensysteme sich gegenseitig beeinflussen können?“

Die Alpakas schwiegen kurz und schauten sich gegenseitig an. Dann begann ein Alpaka wieder mit der Gedankenübertragung: „Eure Ungläubigkeit amüsiert uns. Die Vaddder hatten schon so eine Eigenart von Euch angedeutet. Aber zurück zur Frage. Das wissen wir auch nicht. Aber immerhin pulsiert das Universum und es gibt regelmäßige immer wiederkehrende Raumkrümmungseffekte, die ihr z.B. ja auch für intergalaktische Reisen ausnutzt. Außerdem existieren parallel verschränkte Quantenblasen, die auch für die zeitlose Fortbewegung im Universum genutzt werden. Wir gehen davon aus, dass unser beschränkter Geist bei weitem nicht alles erfassen kann und somit vieles möglich ist, was wir uns alle noch nicht im Entferntesten vorstellen können.“ „Da hast Du wohl recht. Trotzdem bedarf es doch unfassbar hoher Energieleistungen, um solche

Vorgänge zu ermöglichen. Woher soll denn die enorm große Energie herkommen?" „Ein Energieproblem sehen wir nicht. Auch wenn viele Lebewesen mangels gedanklicher Vorstellung von einer allgemeinen Endlichkeit ausgehen, sehen wir das Universum und alle noch existierenden Universen als unendlich an. Ebenso nehmen wir an bzw. vermuten wir, dass sich die Energie ähnlich verhält. Energie dürfte dann ebenso unendlich vorhanden sein. Nur räumlich oder zeitlich kann sie eventuell hier und da begrenzt sein. Aber die Unumstößlichkeit eines fest definierten Raumes oder einer absoluten Zeit gibt es nun mal nicht, wie Ihr selber sicher wisst."

Das Gespräch war an einem Punkt angelangt, an dem die Garrujaner erst einmal durchatmen mussten. Eine deutlich höher entwickelte, als erwartete, Lebensform wäre ja noch kein Problem gewesen. Aber wie sich jetzt herausstellte, waren Alpakas in ihrer geistigen Entwicklung Garrujanern deutlich überlegen. Zusätzlich bewegten sich diese Alpakas mit ihren philosophischen Gedanken offensichtlich in Vorstellungssphären, von denen Vvlanzetti, Cculler und Xyllopph noch weit entfernt waren. Von den geistigen Möglichkeiten eines Menschen wie Fahid natürlich ganz zu schweigen.

Grundsätzlich hatten Garrujaner natürlich kein Problem damit, andere, geistig höher entwickelte Lebewesen, zu akzeptieren. Immerhin wussten sie aufgrund ihrer Intelligenz und ihrer relativ kurzen Entwicklungsgeschichte genau, welchen Stellenwert sie ungefähr bzw. unzweifelhaft im Universum einnahmen. Doch bei den Alpakas gingen die Garrujaner zunächst von völlig anderen Voraussetzungen aus. Umso mehr waren sie von der Erkenntnis ihrer Fehleinschätzung überwältigt und in ihrem Innersten erschüttert. Es dauerte eine

Weile, bis sich die Gemüter der Garrujaner wieder beruhigt hatten. Die Alpakas schienen die emotionalen Probleme zu spüren. Auf jeden Fall schwiegen auch sie und ließen die drei Außerirdischen und den Jordanier Fahid erst einmal zur Ruhe kommen.

Als erste hatte sich Cculler wieder gefangen: „Wir müssen zugeben, Ihr habt uns mit Eurem Wissen völlig überrascht. Auf der Erde gibt es dafür eine Bezeichnung: auf dem falschen Fuß erwischt. Jetzt haben wir uns aber wieder gefangen. Wir haben zwar nicht alles verstanden, was Ihr versucht habt uns mitzuteilen. Doch fühlen wir nach wie vor eine tiefe innere Verbundenheit zu Euch. Warum dies so ist, wissen wir nicht. Könnt Ihr aufgrund Eurer Weisheit uns hier vielleicht weiterhelfen?" „Wir wissen leider auch nicht mehr. Aber so wie wir Eure Gedanken verstanden haben, wollt Ihr uns wissenschaftlich untersuchen, um dadurch eventuell die Ursachen und Gründe erkennen zu können. Das könnt Ihr gerne tun. Wir wollten schon immer einmal Objekt von Forschungen sein. Als Versuchskaninchen taugen wir zwar aufgrund unserer Größe wohl nicht so sehr. Aber gemeinsam finden wir bestimmt die Lösung, warum dies alles so ist."

Cculler war erneut unangenehm davon berührt, dass die Alpakas augenscheinlich weiter ungehemmt in ihren Gedanken herumwanderten: „In unserer Kultur empfinden wir es als unangemessen, ohne vorherige Zustimmung in die Gedanken eines anderen einzudringen. Könnt Ihr Euch bitte daranhalten." „Natürlich, selbstverständlich. Tut uns leid, dass wir Eure Privatsphäre verletzt haben. Das liegt daran, dass wir so etwas nicht kennen. Für uns zählt immer nur das Ganze, das Wissen der Gemeinschaft. Nur dies sichert unser Überleben und Wohlergehen. Auch sehen wir in Euch eine

Art Verwandtschaft. Das hat uns wohl verleitet, Euch wie ein Teil unserer Gemeinschaft zu behandeln. Wir werden versuchen, Eure anderen Verhaltensnormen zukünftig zu respektieren. Auch wenn wir deren Sinnhaftigkeit anzweifeln."

Cculler wusste mal wieder nicht, was sie darauf antworten sollte. So unterließ sie eine Antwort. Garrujasei-Dank hatte sich auch Vvlanzetti wieder in das Gespräch eingeschaltet: „Um auf die Untersuchung wieder zurückzukommen. Wir haben in unseren Flugsphären alle technischen Möglichkeiten. Wir würden gerne mit einer Flugsphäre zu Euch kommen, damit wir Euch entsprechend untersuchen können. Ist das Euch recht?"

„Grundsätzlich ja," antwortete mal wieder das erste Alpaka. „Es geht aber auch einfacher. Wir können uns geistig mit Eurer ZI in Verbindung setzen und ihr alle Daten über unseren Körperbau und die chemischen und physikalischen Abläufe im Körper, die Organe, Kreisläufe, das Blutbild, DNA usw. geistig übertragen. Wir müssen dann nur wissen, in welcher Form ihr die Daten abspeichern wollt. Dann können wir die Daten bereits entsprechend formatieren. Wäre das für Euch o.k.? Oder wollt Ihr uns lieber selber sezieren?" Den Abschluss der Frage bildete ein komisches Geräusch. Es klang fast so wie ein Glucksen oder ein unterdrücktes Lachen.

Wieder war die Verblüffung auf Seiten der Garrujaner perfekt. Vvlanzetti, Cculler und Xyllopph schauten sich mit großen Augen verwundert an. Das würde ja bedeuten, dass die Alpakas und die ZI sich geistig auf einem ähnlichen Niveau befanden. Der Gedanke drängte sich auf, dass vielleicht die Funktionsweise der ZI und der Zusammenschluss der Alpakagehirne auf gleichen Prozessen und ähnlichen Grundlagen beruhten. Das würde ja auch bedeuten, dass die ZI eventuell auch gar kein eigenständiges Geistwesen ist. Vielmehr auch eine Art der Zusammenschaltung der geistigen Kapazitäten und Gedanken aller Garrujaner. Oder sogar doch noch mehr. Mit einem Mal wurde den Garrujanern wieder einmal bewusst, wie wenig sie doch über die eigene ZI wussten. Und sie wussten auch nicht, warum das so war. Für alle sehr beunruhigend.

Doch bevor Cculler, Vvlanzetti und Xyllopph noch weitere Überlegungen bezüglich dieses Themas anstellen konnten, geschah etwas völlig Unerwartetes. Die Alpakas wedelten plötzlich heftig und wild mit ihren Schwänzen, wackelten nervös mit den Ohren und sprangen aufgeregt hin und her. Nur kurze Zeit später reagierten die Schwerkraftgürtel der Garrujaner. Ohne Vorwarnung beförderten die Gürtel ihre Träger einige Meter über den Erdboden und ließen sie dort schweben. Im gleichen Moment hörten sie die Stimme der ZI: „Keine Aufregung, es handelt sich nur um eine Sicherheitsmaßnahme. Unsere Sensoren – und anscheinend auch die Sinne der Alpakas – haben ein in Kürze stattfindendes Erdbeben vorhergesagt. Deshalb habe ich auch die Flugsphären gestartet und hier in kurzer Entfernung über Euch stationiert."

Cculler dachte sofort an die Alpakas. Sie wandte sich auch gleich an die ZI: „Kannst Du die Alpakas auch in Sicherheit bringen? Befinden sie sich in direkter Gefahr?" „Nein, keine Sorge. Erstens haben sie das Erdbeben erstaunlicherweise vor unseren Sensoren festgestellt. Deshalb kennen sie sich zweitens wohl mit solchen Ereignissen aufgrund ihrer Erfahrung wesentlich besser aus als wir und können entsprechend angepasst reagieren. Außerdem ist der Entstehungsort des Bebens sehr weit entfernt. Wir werden also nur die Ausläufer des Erdbebens zu spüren bekommen."

So war es auch. Alle Alpakas legten sich wie auf Kommando breit auf den Boden und spreizten ihre Beine nach allen Seiten. Kurz darauf wurde es plötzlich ungewöhnlich still. Dann hörte man ein leises Grollen oder Knirschen. Die Alpakas schienen ein wenig zu wackeln. Einige Sekunden später war schon wieder alles vorbei. Die Alpakas erhoben sich gemächlich und schüttelten sich ein paar mal.

Das zweite Alpaka meldete sich wieder: „Vielen Dank dafür, dass Ihr Euch Sorgen um uns gemacht habt. Aber wie Eure ZI es gesagt hat, stellen solche Erdbeben für uns kein Problem dar. Es war ja auch nur ein sehr leichtes Beben. Vermutlich liegt das Epizentrum nördlich von uns irgendwo in Ecuador. Dort gibt es genügend Vulkane und Erdaktivitäten, die solche Erdbeben auslösen können."

Sie war zwar nicht direkt angesprochen, doch fühlte sich die ZI bemüßigt, zu antworten: „Völlig richtig. Der Cotopaxi in Ecuador ist, begleitet von einem starken Erdbeben, gerade mit einer gewaltigen Eruption ausgebrochen. In der Hauptstadt Ecuadors, Quito, hat es auch einige Schäden an den Häusern gegeben. Es scheint auch einige Verletzte zu geben. Da zur Zeit der Wind aus nordwestlicher Richtung kommt, stellt die Aschewolke des Vulkans im Augenblick aber für die Hauptstadt Quito keine akute Gefahr dar."

Xyllopph ganz begeistert zu Cculler, Vvlanzetti und der ZI: „So etwas haben wir noch nie gesehen. Lasst uns doch zu diesem Vulkan hinfliegen? Dann können wir uns dieses ungewöhnliche Naturereignis anschauen. Für unsere wissenschaftlichen Forschungen hier auf der

Erde wäre dies doch ein wichtiger Baustein der Erkenntnis.“

Das zweite Alpaka hatte natürlich wie immer alles gedanklich mitverfolgt: „Macht dies. Das ist für Euch sicherlich sehr interessant. Und die Daten zu unserem Körperbau, DNA usw. haben wir bereits an Eure ZI übermittelt. Ihr könnt parallel zu Eurer Besichtigung des Cotopaxi die Forschung hinsichtlich der Ähnlichkeit unserer Arten vielleicht schon anfangen. Und nach Eurem Ausflug kommt Ihr bitte bald wieder zu uns zurück, damit wir uns weiter austauschen können.“

Cculler konnte sich nach wie vor nicht daran gewöhnen, dass sich die Alpakas immer wieder in den Gedanken der Garrujaner tummelten. Selbst die ZI schien für sie nicht tabu zu sein. Was wäre, wenn die Alpakas nicht nur in die Gedanken eindringen, sondern diese auch beeinflussen könnten? Beunruhigende Gedanken für Cculler. Trotzdem wischte sie erst einmal diese Bedenken zur Seite: „Xyllopphs Vorschlag halte ich für sehr gut. Die biologischen Daten der Alpakas kann die ZI zur weiteren Forschung nach Garruja übermitteln. Dann können sich die besten Garrujanischen Wissenschaftler dieses Themas annehmen. Bis ein Ergebnis vorliegt, hätten wir für einen kurzen Flug nach Ecuador zum Cotopaxi genügend Zeit. Ich bin dafür.“

Fahid wurde über den Stand der Überlegungen informiert. Und nachdem alle mit der Vorgehensweise einverstanden waren, bereiteten sie sich gemäß den verteilten Aufgaben auf den Ausflug vor. Es war ja nicht viel zu tun, es sollte nur eine kurze Exkursion sein. Dass es sich letztendlich doch nicht nur um einen kurzen Ausflug handeln sollte, dieser in einer Katastrophe enden würde, wobei der Ausgang und die Entscheidung über Leben und Tod noch völlig offen war, konnte zu diesem Zeitpunkt noch keiner wissen.

So verabschiedeten sich nach abgeschlossener Vorbereitung die Garrujaner und Fahid von den Alpakas. Dabei überraschten die Alpakas erneut. Denn sie verabschiedeten sich mit den Worten *bleibt gesund und glücklich*, also mit dem typischen Gruß der Garrujaner. Wieder ein erneutes Rätsel. Wieso benutzten die Alpakas auch die eigentlich nur auf Garruja übliche Grußformel? Abermals sehr nachdenklich geworden, bestiegen Vvlanzetti, Xyllopph, Cculler und Fahid ihre jeweiligen Flugsphären. Dann winkten sie beim Start den Alpakas noch einmal zu, bevor die Tarnvorrichtung aktiviert wurde. Die Flugsphären flogen in einem großen Bogen noch einmal über die inzwischen mit Touristen sehr belebte Ruinenstadt Machu Picchu. Frohen Mutes machte sich die Expedition nun auf in Richtung Norden, Richtung Cotopaxi. Die ZI schickte gleichzeitig über die Verbindungen der antarktischen Station alle Daten bezüglich der Alpakas nach Garruja. Vielleicht schafften die Wissenschaftler auf Garruja mit ihrer umfassenden technischen Ausstattung herauszufinden, wer oder was für die ähnliche Entwicklung von Garrujanern und Alpakas verantwortlich war.

Schnell gewannen die Flugsphären an Höhe. Die gebirgige Landschaft unter ihnen verlor immer mehr an Konturen. Die Eindrücke und Gespräche mit den Alpakas hatten die drei Garrujaner außergewöhnlich stark bewegt. Als erster löste sich Xyllopph aus seinen Grübeleien und fragte auf Arabisch, um Fahid mit einzubinden: „Was sagt Ihr zu den Alpakas? Diese, dem ersten Anschein nach, unscheinbare Lebensform hat mich mit ihrer anspruchslosen Lebenseinstellung, ihrer hohen Intelligenz und dem auf Gemeinsamkeit ausgerichteten, sozialen Zusammenleben tief bewegt."

Vvlanzetti: „Mir geht es genauso. In der kurzen Zeit mit den Alpakas entstand in mir ein starkes Gefühl einer sehr engen Verbundenheit mit dieser, zumindest für uns, ungewöhnlichen Lebensform. Wenn es nicht aufgrund der Entfernung unser beider Galaxien unmöglich wäre, würde ich sagen, wir haben ähnliche Vorfahren. Auch wenn wir uns auf zwei Gliedern fortbewegen und die Alpakas auf vier, so sind die sonstigen äußeren Ähnlichkeiten doch frappierend."

Unerwartet beteiligte sich Fahid am Gespräch: „Für mich als Außenstehendem habt ihr alle so viele Gemeinsamkeiten, dass eine, einmal von Eurem äußeren Körperbau abgesehen, zufällig so gleiche Entwicklung in meinen Augen unmöglich erscheint. Aber wartet die Untersuchungen auf Eurem Planeten ab. Dann wisst ihr hoffentlich bald mehr. Und vielleicht stellt sich dann auch noch heraus, dass wir Menschen und ihr Garrujaner eventuell auch irgendwie zusammenhängen. Denn dies habe ich inzwischen, während ich mit Euch zusammen bin, verstanden: Alles hängt irgendwie zusammen, der gesamte Kosmos bzw. das Universum mit aller Materie und den treibenden Energien ist eigentlich nur EIN zusammengehörendes Gebilde."

Cculler bekräftigte: „Fahid hat recht. Warten wir das Ergebnis der Untersuchungen auf Garruja ab. Übrigens sehe ich seit einiger Zeit bereits vor uns eine dunkle Wolke. Dort scheint der Vulkan Cotopaxi zu sein."

Alle Blicke richteten sich nach vorne. Tatsächlich konnte man jetzt schon sehr deutlich den Vulkankegel sehen, aus dessen oberem Ende unaufhörlich grau-schwarze Asche ausgestoßen wurde. Aus der Ferne sah die Aschewolke wie eine unbewegliche Skulptur aus. Nun, schnell näherkommend, konnte man das Dynamische des Prozesses deutlich erkennen. Aus der Spitze des Berges schossen immer wieder mit ungeheurer Wucht dunkle Rauchwolken nach oben. In den oberen Schichten der Atmosphäre weitete sich die Wolke und bedeckte bereits einen großen Teil des Himmels.

Die Flugsphären kreisten einmal in sicherer Entfernung um den Vulkan. Alle Messsensoren arbeiteten unaufhörlich, um so viele Daten wie möglich über dieses für Garrujaner ungewöhnliche Naturschauspiel zu sammeln. Größere Städte in der Nähe des Vulkans gab es nicht bzw. lagen im Augenblick wohl nicht in der Gefahrenzone. Nur eine kleine Siedlung, wenige kleine Häuser am Fuße des Berges waren zu erkennen. Aufgrund der bestehenden irdischen Überwachungssysteme der Vulkane in dieser Region war davon auszugehen, dass die Siedlung bereits evakuiert worden war. Sicherheitshalber flogen die Flugsphären jedoch näher an die Gebäude, um dies zu überprüfen.

Während sie dies taten, erreichte zur gleichen Zeit eine Nachricht von Ramma den OR und die ZI auf Garruja. Es handelte sich um die Nachricht von Ccassor und Palloxx. Eine Katastrophe stand unmittelbar bevor. Ccassor und Palloxx hatten mit ihren Fähigkeiten, Ereignisse in der Zukunft vorherzusehen, ein schlimmes Unglück vorausgesagt, das die Garrujaner auf der Erde in Kürze betreffen sollte. Ohne größere Verzögerungen wurde diese Nachricht auf dem schnellsten Weg an die ZI auf der Erde weitergeleitet.

Unterdessen sah Xyllopph plötzlich zwischen den Gebäuden und auf einem nahen Feld Menschen, die aufgeregt hin und her liefen. Gleichzeitig meldete sich die ZI: „Ich muss Euch ja nicht noch einmal darauf hin-

weisen, dass Eure und meine Aufgabe hier auf der Erde
nur daraus bestehen darf, wissenschaftlich zu beobachten. Ein Eingreifen in die Belange der Menschen ist
nur zum Schutz der galaktischen Gemeinschaft gestattet. Dabei muss ausgeschlossen sein, dass die Menschheit irgendwie Kenntnis von unserer Anwesenheit er-
hält.“

Cculler fühlte sich angesprochen: „Das wissen
wir auch. Wie Du aber auch weißt, müssen wir, soweit
möglich, jedes Leben vor Schaden schützen und bewahren. Solange wir natürlich nicht unser eigenes Leben gefährden. Aber im Augenblick sehe ich jedoch keine Gefahr, dass wir hier in irgendeiner Weise eingreifen
müssten und unsere Grundsätze damit verletzen sollten.“

Cculler hatte noch nicht zu Ende gesprochen, da
änderte sich die Situation schlagartig. Am Vulkangipfel
öffnete sich plötzlich ein Nebenkrater mit eine gewaltigen Explosion. Unmengen von Asche und Gestein wurden mit einem Mal hoch in die Luft geschleudert.
Gleichzeitig entstand eine dunkle Aschewolke, die sich
mit hoher Geschwindigkeit an der Bergflanke in das Tal
bewegte. Ein Pyroklastischer Strom schoss mit rasender
Geschwindigkeit nach unten. Und das Ziel dieser sehr
heißen und zerstörerischen Naturgewalt stand auch ohne größere Berechnungen augenscheinlich fest. Nämlich die kleine Siedlung mit ihren Bewohnern. Ein Entrinnen vor diesem teilweise mehrere hundert Kilometer
in der Stunde schnellen Pyroklastischen Strom gab es
für die Menschen in der Siedlung jetzt nicht mehr. Ihr
Schicksal war besiegelt.

Xyllopph sah zwischen den panisch umherren-
nenden Menschen auch kleine Kinder. Ohne zu zögern
übernahm er die Steuerung der Flugsphäre und raste im

Sturzflug auf die Menschengruppe zu. Fast gleichzeitig reagierte Cculler und folgte Xyllopph. Sofort erkannte Cculler, dass Xyllopph der Gruppe auf dem Feld entgegenflog. So steuerte sie direkt auf die Siedlung zu.

Die ZI schaltete sich ein: „Meinen Berechnungen nach werden wir es nicht schaffen. Der Pyroklastische Strom wird uns dann erreichen, wenn wir bei den Menschen ankommen. Zusätzlich werden uns die durch den Ausbruch hochgeschleuderten Gesteinsbrocken verschütten. Sie werden in Kürze auf uns niederprasseln."

Xyllopph blieb unbeirrt: „Schalte die Tarnvorrichtung aus und errichte um uns und die Menschen ein Schutzfeld. Dies wird uns solange schützen, bis die Menschen in unserer Flugsphäre in Sicherheit sind."

Xyllopph wollte die Einstiegszeit verkürzen, indem er mit ausgeschalteter Tarnvorrichtung die Siedler bereits von weitem auf sich und die Rettungsmöglichkeit aufmerksam machte. So sollten sie selbst auch auf die Flugsphären zulaufen und damit die Distanz verkürzen. Damit hätte man ein wenig Zeit gewonnen. Zeit, die für das Überleben von ihnen allen unbedingt notwendig war. Allerdings hatte Xyllopph nicht mit der unlogischen Schreck- und Panikreaktion der Menschen gerechnet. Und so war die Katastrophe unausweichlich. Seltsamerweise griff die ZI nicht ein, obwohl sie dies in der jetzigen Phase durchaus noch hätte tun können. Umso unverständlicher war dies, weil in diesem Augenblick eine Nachricht von Garruja eintraf. Nämlich die von Ramma stammende ursprüngliche Nachricht von Ccassor und Palloxx über eine bevorstehende Katastrophe auf der Erde.

Cculler rief Xyllopph über die Kommunikationsverbindung zu: „Ich kümmere mich um die Personen, die sich noch bei den Häusern aufhalten. Versuche, zumindest die Kinder mit Deinen Gedankenkräften in die Flugsphäre zu befördern. Das spart wertvolle Zeit."

Cculler erreichte mit ihrer Flugsphäre die Häuser und noch während des Landvorgangs entschloss sie sich zu einem eigentlich verbotenen Vorgehen. Sie griff in die Gedanken der Bewohner massiv ein. Sie sah darin die einzige Möglichkeit, die Menschen zu retten. Mit diesem Argument rechtfertigte Cculler vor sich selbst den Eingriff in das jedem Lebewesen zustehende Recht auf Selbstbestimmtheit.

Und so drang Cculler in die Gedanken der fliehenden Menschen ein: Seht das unbekannte fliegende Objekt. Rennt darauf zu, so schnell es geht. Es ist die einzige Rettung. Habt keine Angst. Es sind friedliche Außerirdische.

Es wirkte. Ohne zu zögern drehten sich die Menschen um und rannten der Flugsphäre entgegen.

Zur gleichen Zeit landete Xyllopph. Er war so auf seine Aufgabe konzentriert, dass er Ccullers Methode nicht mitbekommen hatte. Die Folge war, er verlor wichtige Zeit. Er hatte zwar über die Außenkommunikationseinrichtungen der Flugsphäre auf Spanisch die sich ursprünglich abwendenden Menschen zur Umkehr bewegen können. Offensichtlich wirkte die bekannte Sprache beruhigend auf die Menschen ein. Auch hatte er den Rat von Cculler befolgt. Nacheinander konnte er bereits zwei kleine Kinder in die Flugsphäre mit Hilfe seiner geistigen Kräfte transportieren. Aber dies alles reichte nicht mehr.

Die ZI hatte die Schutzfelder aufgebaut. So waren zwar die Menschen und die Flugsphäre vor den unmittelbaren Einwirkungen äußerer Einflüsse geschützt. Folglich wurde der Pyroklastische Strom sicher um den kleinen geschützten Bereich herumgeleitet. Auch die von oben herabfallenden Gesteinsbrocken konnten ihnen nichts anhaben. Sie legten sich wie ein Kuppeldach auf das Schutzfeld der Flugsphäre. Noch hätte die Flugsphäre beim derzeitigen Stand trotz des bereits auf ihr lastenden Gewichts – wenn auch mit Problemen- starten können.

Cculler hatte ihr Ziel schneller erreicht. Bedingt durch die Staub- und Aschewolken des Pyroklastischen Stroms war zwar außerhalb des Schutzfeldes nichts mehr zu sehen. Alles war rundherum dunkel. Trotzdem befanden sich bereits alle Menschen in der Sphäre oder befanden sich mit Unterstützung von Fahid gerade beim Einsteigen. Der letzte Mensch hatte zwar noch seine Beine außerhalb der Flugsphäre, trotzdem startete die Flugsphäre. Die ZI leitete alle mögliche Energie auf die Schutzfelder der Flugsphäre. Diese Energie fehlte jedoch zur Kompensation der Beschleunigungskräfte. Deshalb waren selbst die Garrujaner vom Auftreten dieser Kräfte völlig überrascht. Die Menschen versuchten sich irgendwie und irgendwo festzuhalten, teilweise auch an den Garrujanern. Alle schrien durcheinander. Auch Cculler war äußerst irritiert. Sie hatte nicht damit gerechnet, dass die ZI plötzlich ohne Vorwarnung das Kommando wieder übernahm. Später erfuhr sie, dass es zeitlich die letzte Möglichkeit gewesen war, dem Inferno zu entkommen.

Ähnlich wie bei der Flugsphäre von Xyllopph hatte sich bereits eine Art Felsendom aus den vom Vulkan ausgestoßenen Gesteinsbrocken um das Schutzfeld der Sphäre gelegt. Die ganze Landschaft war bedeckt von einer dicken Asche- und Gesteinsschicht. Die ZI hatte die schwächste Stelle in der Gesteinsaufschichtung über der Sphäre berechnet. Durch diese steuerte sie nun die Flugsphäre. Mit höchster Energieleistung gelang es der Flugsphäre, das steinige Gefängnis zu durchbrechen. Rasch schoss sie heraus aus der Aschewolke und dem Gesteinsbombardement. Von Xyllopphs Flugsphäre war jedoch noch nichts zu sehen. Die Menschen waren zwischenzeitlich ruhiger geworden. Gebannt verfolgten sie das Flugmanöver und beobachteten durch die transparente Kuppel die Umgebung.

Derweil waren Xyllopph und Vvlanzetti noch immer damit beschäftigt, die letzten Menschen in die Sicherheit der Flugsphäre zu befördern. Doch dann passierte es. In unmittelbarer Nähe tat sich plötzlich ein Nebenkrater des Vulkans auf. Zähflüssige Lavamassen ergossen sich in die nähre Umgebung und wurden in die Luft geschleudert. In kürzester Zeit legte sich zusätzlich zu der bereits auf dem Schutzfeld der Flugsphäre lastenden Gesteinsschicht ein zweiter zusätzlicher Panzer aus einer dicken, schweren und zähen Magmaschicht.

Die ZI schaltete sich ein: „Das war es. Hier kommen wir aus eigener Kraft nicht mehr weg.“

Während der letzte Mensch sicher in die Flugsphäre bugsiert werden konnte, antwortete Vvlanzetti: „Was soll das heißen? Auch wenn unsere Schubkraft für ein Ausbrechen nicht ausreichend sein sollte, könnten wir uns doch vielleicht mit einer Fokussierung des Schutzfeldes den Weg nach außen bahnen?“ „Habe ich schon berechnet. Dies funktioniert nicht.“ „Wir sollten zu Cculler Kontakt aufnehmen. Vielleicht hat sie eine Idee. Notfalls müssen wir über Garruja Hilfe anfordern. Wie lange reicht denn unsere Energie, um dem äußeren Druck standzuhalten?“ „Energie haben wir genügend. Wir können mehrere Monate aushalten. Wie Du weißt, sind diese Flugsphären aber nicht auf einen langfristigen Einsatz ausgelegt. Das bedeutet, dass uns bald die

Flüssigkeiten und die Atemluft ausgehen wird. Erschwert wird das Ganze, dass durch die Hitze des Pyroklastischen Stroms und der ausgebrochenen Lava kaum noch Flüssigkeit in unsrer Umgebung existiert. Alles ist verdampft. Dadurch sind auch die Fähigkeiten zur chemischen Umwandlung in Wasser und Luft aus den uns umgebenden Materialien sehr begrenzt." „Mach es nicht so spannend. Wie lange können wir hier noch aushalten?" „Da Garrujaner sehr lange ohne Nahrung und Flüssigkeiten auskommen können, wären gut drei irdische Monate möglich. Mit den vielen Menschen aber jetzt hier an Bord, vor allem den Kindern, schätze ich, wird es bereits nach wenigen Tagen ausgesprochen schwierig."

Vvlanzettis Gedanken wanderten zu Cculler: „Cculler, hast Du alles verstanden. Wie sieht die Lage von außen aus?" „Der Aschestaub scheint sich langsam zu legen. Die kleine Siedlung ist zu erkennen, bzw. das, was davon noch übrig ist. Nur wenige Dächer ragen aus der mit Unmengen an Gestein verschütteten Ansiedlung. Wo Ihr gelandet seid, ist nur noch ein riesiger Lavahügel zu erkennen. Daneben sprudelt nach wie vor flüssige Lava aus dem Boden. Teilweise wird die Lava so hoch geschleudert, dass sie den Hügel, unter dem Ihr Euch anscheinend befindet, immer höher aufschichtet. Meine Idee: ich platziere mehrere Sonden an der Seite des Hügels. Sie sind mit soviel Energie aufgeladen, dass durch ihre Explosion ein ausreichend großes Loch für Eure Flucht geschaffen wird."

Die ZI verwarf Ccullers Idee: „Diese Überlegungen hatte ich natürlich auch schon. Leider ist dies keine Lösung."

Cculler gab nicht auf: „Welche Probleme siehst Du? Nach meinen Berechnungen könnte man den Explosionsdruck so ableiten, dass keine Gefahr für Euch und Eure Schutzsphäre besteht." „Das wäre sicherlich möglich. Hast Du aber auch berücksichtigt, dass wir uns hier direkt über einer gewaltigen Magmakammer befinden. Die kleine Erdspalte mit den Eruptionen neben uns verringert zwar ein wenig den Druck. Das genügt aber bei weitem nicht. Unter uns wölbt sich bereits der Erdboden. Der Druck nimmt immer mehr zu. Jede Erschütterung der Erde könnte dazu führen, dass die Gesteinsschichten unter uns instabil werden und der Vulkan, auf dem wir zurzeit sitzen, mit einer gewaltigen Eruption ausbricht. Die Schutzsphären würden diesen Kräften nicht standhalten können. Aufgrund der Gesteinskuppel über uns hätten wir keine Überlebenschance." „Was wäre, wenn wir die Kuppel oben wegsprengen würden und Ihr gleichzeitig mit Höchstbeschleunigung nach oben wegstartet?" „Nach meinen Berechnungen hätte dies eine sehr geringe Erfolgswahrscheinlichkeit. Zum jetzigen Zeitpunkt wäre dies nicht zu verantworten. Ich werde aber für den absoluten Notfall vorsorgen. Einige Sonden werden für alle Fälle bereits jetzt entsprechend platziert. Hoffentlich werden wir sie nicht benötigen."

Während sich aufgrund der anscheinend relativ hoffnungslosen Situation bei Vvlanzetti und Xyllopph ein für Garrujaner eigentlich ungewöhnliches Gefühl von Mut- und Aussichtslosigkeit breit machte, schickte die ZI bereits mit höchster Dringlichkeit die Nachricht von der verfahrenen Situation Richtung Garruja.

Cculler überlegte: „Wie Ihr wisst, hatte ich doch vor einiger Zeit in Palmyra unser neues Masserekonstruktionsgerät MRG erfolgreich getestet. Wäre dies nicht eine Möglichkeit?"

Xyllopph fragte: „Wie meinst Du das? Was nützt es uns zu wissen, wie sich die einzelnen Gesteinsschichten aufgebaut haben und von woher sie vorher gekommen sind?“

Vvlanzetti schaltete sich ein: „Ich glaube zu ahnen, was Cculler gedacht hat. Wenn wir wissen, wie sich der Berg über uns aufgebaut hat, kann das MRG genau berechnen, wie der Berg unter Berücksichtigung der Statik einzeln abzutragen ist. Ohne Gefährdung der Stabilität und ohne gefährliche Erschütterungen. Um den Berg schnell abzutragen benötigen wir allerdings eine riesige Zahl von Schwarmflüglern. Diese müssten so schnell wie möglich von Garruja hierher transportiert werden.“

Die ZI bestätigte: „Die Informationen zu unseren Überlegungen und eine Anforderung der benötigten Schwarmflügler habe ich bereits an den Obersten Rat auf Garruja übermittelt. Sobald der Zeitpunkt feststeht, wann ein Rettungsteam bei uns eintreffen wird, bekommen wir wieder Bescheid. Bis dahin sollten wir dafür sorgen, dass die Lavaeruption neben uns nicht noch mehr Lava über uns auftürmt.“

„Darum kümmere ich mich gleich“ erwiderte Cculler.

Garruja-sei-Dank hatte Fahid fürsorglich für die Menschen gesorgt und sie soweit beruhigt, sodass Cculler genügend Freiraum bekam. Fahid konnte aufgrund seiner früheren Reiseleitertätigkeit auch Spanisch fast fließend. So war es für ihn kein Problem, sich mit den Siedlern zu verständigen. Ruhig und besorgt kümmerte sich Fahid um seine Artgenossen. Er erzählte ihnen, woher sie kamen und was die Aufgabe der Garrujaner war. Außerdem schilderte er die Bemühungen zur Rettung der zweiten Flugsphäre, in denen sich noch die Angehörigen der Menschen befanden. Und, dass diese im Augenblick wohlauf seien.

Die Tatsache, dass sich mit Fahid ein Mensch bei Ihnen befand, der ihre Sprache sprach, beruhigte die Siedler ein wenig. Auch der Umstand der Rettung durch die Außerirdischen, vermittelte ihnen ein Gefühl der Sicherheit. Es schien sich eindeutig um wirklich friedliche Außerirdische zu handeln. Warum hätten sie sie sonst gerettet. Als dann auch noch Cculler kurz mit ichnen in ihrer eigenen Sprache sprach, empfanden die Menschen neben dem Gefühl tiefer Dankbarkeit auch so etwas wie den Wunsch, sich irgendwie für ihre Rettung erkenntlich zu zeigen.

„Fahid hat Euch ja bereits darüber informiert, wie die Lage aussieht. Euren Angehörigen auf unserer anderen Flugsphäre geht es gut. Wir versuchen alles was möglich ist, Euch alle aus dieser Situation zu befreien. Vermutlich wird es aber noch etwas dauern. Wir müssen alle jetzt Geduld haben. Zuerst werden wir den Lavaausbruch an der Hügelseite so umlenken, sodass er keine direkte weitere Gefahr für die Verschütteten bedeutet. Dann setzen wir Euch an einer sicheren Stelle ab. Wir können Euch mit Nahrung, Wasser und einer Notunterkunft versorgen.“

Während Cculler zu dem Menschen sprach, betrachtete sie die kleine Gruppe. Es handelte sich um rund ein Dutzend Menschen der unterschiedlichsten Altersgruppen. Zwei kleinere Heranwachsende und einige deutlich sehr alte Menschen waren unter ihnen.

Cculler gab noch einige Sicherheitsanweisungen: „Wir fliegen jetzt zu dem kleinen Lavaausbruch. Wir werden an einer Seite mit einem gebündeltem Vereisungsstrahl die Lava sofort zum Erstarren bringen. Dadurch sollten wir den Ausbruch so kanalisieren können, um ihn von dem Hügel über der zweiten Flugsphäre ablenken zu können. Bitte haltet Euch, soweit wie möglich, irgendwo fest. Auch wenn Euch die Schutzfelder unserer Sphäre in Notfällen vor Schäden bewahren können, weiß man ja nie, was alles passieren könnte. Vor allem wissen wir nicht genau, inwieweit unsere Maßnahmen zu einem unberechenbaren weiteren Ausbruch führen können."

Die Flugsphäre nahm Kurs auf den Lavaausbruch. Die Sichtverhältnisse hatte sich deutlich verbessert. Die Aschewolken waren durch einen starken Wind von ihrer Position weggeführt worden. So konnte Cculler und die ZI auf Sicht navigieren. Die ZI hatte im Vorfeld die geeignete Stelle für ihren Eingriff berechnet. Die Flugsphäre schwebte in gebührendem Sicherheitsabstand über der Stelle. Ein starkes Flimmern der Luft zeigte an, dass der Kältestrahl in Aktion war. Deutlich konnte man erkennen, wie an der Seite, Richtung Lavahügel, die glutrote Lava sofort erstarrte und die Farbe in ein Grauschwarz umschlug. Gleichzeitig entstand eine Wand von dichten Rauchschwaden.

Es dauerte doch eine ganze Weile, bis sich der Nebel verzog. Dann erst konnte man erkennen, inwieweit die Aktion erfolgreich gewesen war.

Offensichtlich war alles planmäßig gelaufen. Die Lava floss nun weit um den Berg herum. Auch die Eruption wurde durch die erstarrte Lava, wie durch einen Trichter, zur anderen Seite abgelenkt.

Die ZI steuerte die Flugsphäre zu einer abseits und sicher gelegenen Stelle. Dort wartete bereits eine weitere Flugsphäre. Diese hatte die ZI trotz der parallel laufenden weiteren Aktionen von der Station in der Antarktis mit höchster Geschwindigkeit hierher gesteuert. Nach der Landung wurden erst einmal die Menschen mit Nahrung und Wasser versorgt. Danach wurde mit Hilfe eines Kraftfeldes und eines *intelligenten* künstlichen Baustoffes eine Notunterkunft errichtet. Die Zellstruktur dieser Baustoffe war derart gestaltet, dass sie durch Impulse von außen jede beliebige Form annehmen konnte. Weiterer Vorteil war aber auch eine Rückentwicklung dieser Baustoffstrukturen bzw. ein Auflösen dieser Baustoffe ohne nachweisbare Rückstände. Dies war gerade bei Expeditionen auf fremden Planeten von bedeutender Wichtigkeit. Denn damit vermied man Rückschlüsse auf die eigene Existenz und Technologie. So konnte man selbst bei einem, aus welchen Gründen auch immer, notwendig gewordenem überstürzten Verlassen eines Planeten sicher sein, keine Spuren zu hinterlassen. Die Baustoffe lösten sich einfach in ihre molekularen Grundstoffe auf.

Während Cculler und Fahid mit der Versorgung der kleinen menschlichen Gruppe beschäftigt waren und einigermaßen für Ordnung sorgten, war in der Flugsphäre von Xyllopph und Vvlanzetti das Chaos deutlich spürbarer.

Die beiden Garrujaner hatten alle Hände damit zu tun, eine sich beginnende Panik unter den Menschen zu verhindern. Zwar sorgten die Lichtquellen der Flugsphäre für ausreichende Beleuchtung. Sie mussten also nicht im Dunkeln sitzen. Allerdings führte das helle Licht aber auch dazu, dass man mit aller Deutlichkeit die ausweglose Lage erkennen konnte. Man konnte die dicke Gesteinsschicht, die sie umgab, klar sehen. Aus diesem steinernen Gefängnis gab es wohl kein Entrinnen mehr.

Statt sich Gedanken über eventuelle Möglichkeiten für ihre Rettung zu machen, löste der Anblick der sie umgebenden Höhle die unterschiedlichsten Reaktionen bei den Menschen aus.

Die kleinen Kinder hatten begonnen zu weinen. Einige Menschen lamentierten mit Sätzen wie: *wir werden alle sterben* oder *wir werden ersticken* oder *jetzt müssen wir für unsere Sünden büßen*. Die älteren hielten ihre Hände zusammen und murmelten mit leiser Stimme vor sich hin. Offenbar riefen sie irgendwelche Geister oder Götter zu ihrer Rettung an. Für Vvlanzetti und Xyllopph eine durch und durch fremd anmutende und bizarre Situation.

Irgendwann überwand Vvlanzetti ihre Zurückhaltung. Dieses Verhalten war absolut nicht zielführend und belastete nur das Zusammensein. Also sprach sie die Menschen in ihrer Muttersprache an. Hoffentlich konnte sie sie dadurch beruhigen: „Bitte hört Ihr mir einmal alle zu.“

Sie wartete, bis sich alle Menschen einigermaßen auf sie konzentrierten: „Ihr braucht keine Angst zu haben. Wir befinden uns zwar in einer durchaus schwierigen Lage. Aber im Augenblick droht uns keine unmittelbare Gefahr. Nahrung, Wasser und Luft ist genügend vorhanden. Wir können damit mehrere Wochen problemlos aushalten.“ Vvlanzetti wusste natürlich, dass die Menschen nicht solange durchstehen würden. Deshalb hatte sie das *wir* gedanklich auch nur auf Garrujaner bezogen. Diese kleine Notlüge war notwendig, um die Menschen nicht schon in dieser frühen Phase ihrer Notlage völlig einer Hoffnung zu berauben und eventuell dadurch eine Panik auszulösen. Besonnenheit und ruhiges Verhalten hatte jetzt absolute Priorität.

Hätte Vvlanzetti allerdings gewusst, dass die ZI auch nicht immer alle Tatsachen offenlegte, wäre sie selbst vermutlich wesentlich beunruhigter und aufgeregter gewesen. Die ZI verschwieg nämlich bewusst, dass der Druck in der Magmakammer unter ihnen stetig anstieg. Es war rechnerisch absehbar, wann der Erdboden unter ihnen dem Druck mit einer gewaltigen Explosion nachgeben würde. Und diese Berechnungen sagten auch, dass eine mögliche Rettungsaktion auf jeden Fall zu spät kommen würde. Die ZI hatte auch analysiert, dass die Offenlegung dieser Fakten für die Insassen der Flugsphäre keine Vorteile bringen würde. So unterließ sie es, die Garrujaner darüber zu informieren.

Xyllopph übernahm nun das Wort: „Ihr habt vielleicht bemerkt, dass wir nicht allein waren. Unsere zweite Flugsphäre konnte dem Asche- und Gesteinsregen entkommen. Alle anderen in Eurer Siedlung lebenden Mitbewohner konnten gerettet werden und sind in Sicherheit. Allerdings wurden Eure Häuser wohl komplett verschüttet oder zerstört. Auch wenn wir nicht damit rechnen, dass irdische Rettungskräfte sehr schnell zu dieser Stelle gelangen werden, wird für unsere Rettung alles Mögliche getan. Unsere Zentrale ist informiert. Alle Maßnahmen zu unserer Rettung sind bereits angelaufen. Wir müssen aber alle noch ein wenig Geduld haben. Bis zu unserer Rettung kann es noch einige Zeit dauern. Ich schlage deshalb vor, dass wir uns mit den Verhältnissen soweit wie möglich arrangieren. Wir sollten uns erst einmal bekannt machen. Danach können wir einzelne Aufgaben verteilen, um unser beengtes Zusammenleben für uns alle für die nächste Zeit erträglich zu gestalten.“

Einer der Menschen, offensichtlich im mittleren Alter, antwortete: „Mein Name ist Romina. Erst einmal danke, dass Ihr uns gerettet habt. Ohne Euer Eingreifen wären wir jetzt bereits tot. Die Rettung durch Euch und alles Weitere liegt in Gottes Hand. Auf ihn vertrauen wir."

Romina wirkte ausgesprochen ruhig. Sie war offensichtlich ein weiblicher Mensch. Sie hatte dunkles, fast schwarzes Haar. Von Statur war sie eher klein. Sie machte aber einen sehr tatkräftigen und entschlossenen Eindruck. Xyllopph antwortete: „Ich heiße Xyllopph und das ist Vvlanzetti." Dabei deutete er auf sie. „Wir kommen aus einer fernen Galaxie. Unseren Planeten nennen wir Garruja. Wir sind Wissenschaftler, absolut friedlich und erkunden zurzeit die Erde. Wir wollen uns eigentlich nicht in Eure Angelegenheiten mischen. Eure Notsituation zwang uns jedoch zum Eingreifen. Jetzt müssen wir sehen, wie wir alle wieder aus der unerfreulichen Situation herauskommen. Wie bereits gesagt, Rettung ist unterwegs."

Nun fuhr Romina fort: „Wie Ihr sicher gesehen habt, ist unsere Siedlung nicht sehr groß. Es leben dort nicht sehr viele Menschen. Im Grunde handelt es sich bei unserer kleinen Gemeinschaft eigentlich nur um eine größere Familie. Mehr oder weniger alle direkt verwandt. Mein Mann Pedro mit den Kindern muss sich wohl bei der zweiten Gruppe befinden, die von Euch gerettet wurde. Hier bei uns befinden sich noch zwei Tanten von mir, Maria Jose und Maricela." Dabei deutete Romina auf zwei ältere Menschen. „Weiter noch Schwager Carlos und Schwägerin Stefania mit ihren Kindern." Als letztes deutete sie auf die noch übrigbleibenden Menschen: „Dies sind noch Cousinen und Cousins mit ihren Großeltern. Deren Namen zu merken dürfte wohl im Augenblick für Euch nicht so wichtig sein."

Vvlanzetti nickte: „Wie Ihr seht, sind wir vollständig eingeschlossen. Unsere Schutzeinrichtungen bewahren uns aber davor, dass die Steinkuppel über uns einbricht. Der Schutzschirm ermöglicht uns auch ein wenig Bewegungsfreiheit außerhalb unserer Flugsphäre. Bitte bewegt Euch aber nicht zu weit von der Flugsphäre weg. Am Rand der zugänglichen Region, also in der Nähe des Schutzschirms, könntet Ihr Euch aufgrund der enormen Energiekonzentration sehr leicht Verbrennungen zuziehen. Notfalls wird Euch aber unsere Zentralintelligenz rechtzeitig warnen." „Was ist eine Zentralintelligenz?" fragte ein kleines Mädchen mit langen dunkelblonden Zöpfen. Romina flüsterte: „Sei still, Yerimar!" Doch die ZI unterbrach sie: „Lass sie doch fragen. Was ich genau bin, kann ich Euch nur sehr unwissenschaftlich erklären, da Euch das Wissen um die technischen Grundlagen fehlt. Seht in mir aber so etwas wie einen sprechenden Computer. Ich denke, das genügt vorerst für Euer Verständnis."

Doch noch bevor einer der Menschen antworten konnte, brach das Unheil völlig unerwartet über die unfreiwillige Gefahrengemeinschaft herein. Wieder einmal hatte die ZI das Unheil kommen gesehen, aber im Vorfeld nichts unternommen. Die Absichten für dieses Verhalten blieben im Augenblick das Geheimnis der ZI.

Was war passiert? Der Druck der unter ihnen liegenden Magmakammer hatte stetig zugenommen. Die unter der Flugsphäre liegenden Gesteinsschichten hielten zwar dem Druck noch nach wie vor stand. Allerdings hatte sich durch die Wölbung des Bodens eine, wenn auch kleine, doch durchaus wirkungsvolle Spalte gebildet. Durch diese schoss nun, wie bei einem Dampfkesselventil, eine heiße Gasfontäne. Das letzte in den Gesteinsschichten vorhandene Wasser verdampfte.

Panik machte sich unter den Menschen breit. Laut schreiend versuchten sie, sich so weit wie möglich von dem Gasaustritt zu entfernen. So sprangen sie fast alle aus der Flugsphäre und rannten soweit es ging an das andere Ende der durch den Schutzschirm begrenzten Fläche. Nur Yerimar und ihre beiden Geschwister blieben instinktiv in der sicheren Flugsphäre. Xyllopph und Vvlanzetti schauten sich verwundert an. Warum hatte die ZI das zugelassen? Den Gasaustritt hätte sie mit ihren Sensoren frühzeitig erkennen müssen. Warum hatte sie nicht frühzeitig gewarnt oder Gegenmaßnahmen eingeleitet? Interessant war natürlich auch die unterschiedliche Reaktion der Menschen. Wollte die ZI vielleicht diese Reaktion für ihre Forschungen sehen. Aber zu welchem Preis? Riskierte sie ihr aller Leben? Oder wusste die ZI bereits, dass es keine Rettung mehr geben könnte und nutzte die ganze Situation nur noch für eigene Forschungszwecke?

Gedanken über Gedanken schossen gleichzeitig durch Vvlanzettis und Xyllopphs Köpfe. Doch dann wurde die ZI endlich tätig. Als erstes schloss sie die Flugsphäre sowohl mit der transparenten Kuppel, als auch mit einem anliegenden Schutzschirm. Eine kleine Öffnung ließ sie zur Seite der geflohenen Menschen geöffnet. Dann rief sie den Menschen zu, sofort in die sichere Flugsphäre zurückzukehren. Gleichzeitig engte sie den Radius des äußeren Schutzschirms soweit ein, dass der Gasaustritt nun außerhalb des äußeren Schutzschirms lag. Damit hatte die ZI zwei Probleme auf einmal gelöst. Das Gas konnte nach wie vor entweichen und ein wenig für Druckentlastung sorgen. Trotzdem war der für die Flugsphäre und ihre Insassen zu schützende Bereich zwar noch etwas kleiner geworden, doch jetzt wieder sicher. Allerdings mit dem Fragezeichen im Hintergrund: Wie lange?

Während sich die Menschen langsam und noch voller Furcht wieder in die Flugsphäre begaben, neutralisierte die ZI noch die durch den unerwarteten Gasausbruch schädlichen chemischen Verbindungen. Dazu nutze sie zwei Sonden, die die Gase in ihren Inneren mit Hilfe eines Plasmastrahls zu einem ungefährlichen Gasgemisch umwandelten.

Damit die Menschen nichts mitbekamen, nahm Xyllopph geistig zur ZI Kontakt auf: „Was sollte das alles? Warum diese Dramatik? Hättest Du uns nicht vorher informieren können?" „Tut mir leid," antwortete die ZI. Allerdings tat es ihr eigentlich nicht leid, aber es war eine schöne Floskel, dachte sich die ZI in ihren nach außen verborgenen Logikstrukturen. Dann nahm sie wieder geistig zu Xyllopph und Vvlanzetti Kontakt auf: „Ich wusste, dass Ihr aufgrund Eurer Mentalität so leicht nicht aus der Ruhe gebracht werden könnt. Deshalb habe ich Euch nicht vorgewarnt. Auch hättet Ihr vermutlich mit Eurem Verhalten Einfluss auf die Reaktion der Menschen nehmen können. Dies wollte ich vermeiden. So konnte ich erkennen, wie einfach Menschen durch äußere Einflüsse beeinflusst werden können. Insbesondere war es erstaunlich, dass sich die Menschen allein durch meine Aufforderung wieder zurück zur Flugsphäre begaben, obwohl sich eigentlich an der gefährlichen Situation noch nichts geändert hatte. Es scheint also für Menschen überaus wichtig zu sein, immer eine Führung zu haben. Eigenständiges logisches Verhalten, gerade in Extremsituationen, gehört offensichtlich nicht zu den Verhaltensweisen des Menschen. Vielleicht haben wir es hier auch mit einer generellen Entwicklung auf der Erde zu tun. Auch bei vielen Tierarten gibt es diese Entwicklungen, dass immer ein Führungstier, ein Leittier vorhanden sein muss, dem die Gruppe oder Herde folgt.

Ich muss spontan an Pinguine denken. Die springen auch erst in's Wasser, wenn ein Pinguin den Anfang macht. Egal, ob Gefahr im Wasser droht. Wenn der erste springt, folgen ihm alle anderen nach. Das erklärt auch, warum es bei den Menschen in der historischen Entwicklung so viele Beispiele gab, in denen Menschenmassen einem Führer in das Verderben folgten."

Vvlanzetti wirkte fast etwas unwirsch: „Es ist ja schön, dass Du noch so viel Zeit hast, Dich im Augenblick noch um so viele existenzielle Dinge zu kümmern. Kannst Du Dir vielleicht nicht auch vorstellen, dass es für uns alle jetzt wichtigere Dinge zu tun gibt. Nämlich für unsere Rettung zu sorgen. Oder hast Du es bereits aufgrund mangelnder Erfolgsaussichten aufgegeben?" „Du hast natürlich recht. Aber wie Du weißt, bin ich durchaus in der Lage, mehrere Dinge gleichzeitig zu tun. Ich habe bereits über die Speicher der verschränkten Photonen den Kontakt nach Garruja aufgebaut. Die Verbindung findet zwar fast ohne Zeitverlust statt. Allerdings verläuft der Informationsfluss nicht nur in eine Richtung. Insofern ist eine Antwort erst dann möglich, wenn die Information auf der anderen Seite angekommen ist. Solange ist der Informationsfluss in die eine Richtung blockiert." „Schön und gut. Dies wissen wir. Aber wie ist nun die Situation? Und welche Ideen hat Garruja?" „Der OR und die besten Wissenschaftler beraten ununterbrochen. Ich möchte Euch ja nicht beunruhigen oder entmutigen. Das Hauptproblem ist aber die Zeitschiene. Es gibt aufgrund der auch Euch bekannten Entfernung zu Garruja keine Möglichkeit, rechtzeitig Hilfe zur Erde zu bringen. Eine Großraumsphäre der Schllsch könnte wegen der nötigen Raumkrümmungsvorgänge nach unseren Berechnungen erst einige Erdentage danach eintreffen, nachdem uns der

Vulkan bereits um die Ohren geflogen ist. Bevor Du wieder meckerst und Du Dich über meine blumige Sprache aufregst, entschuldige ich mich bereits jetzt dafür." „Danke, dass Du uns jetzt aller Hoffnung beraubt hast. Vielleicht wolltest Du uns auch nur mit Dienem Sarkasmus etwas aufheitern. Ist Dir leider nicht gelungen."

Die ZI konnte den Vorwurf locker verkraften. Wichtig war jetzt, dass den Garrujanern sehr drastisch vor Augen geführt wurde, in welcher hoffnungslosen Lage sie sich befanden. Der Sarkasmus sollte die beiden Garrujaner weiter reizen. Im Gegensatz zu den hauptsächlich auf Logik basierenden Denkstrukturen der ZI baute sie in dieser Notlage auf die natürlichen Überlebensinstinkte von organischen Lebewesen. Die ZI hoffte und wusste, dass die Natur immer wieder für Überraschungen gut war. Ihren Berechnungen folgend sah die ZI darin die einzige realistische Aussicht auf Erfolg. Dies war für alle nun die letzte Hoffnung und Chance.

Unterdessen hatten Cculler und Fahid für ihre Gruppe von Menschen erst einmal deren Überlebenssituation abgesichert. Die Unterkünfte waren auf einem kleinen Hügel in sicherer Entfernung eingerichtet. Ein Molekülumwandler sorgte für genügend Wasser und Nahrung. Unterstützt wurde dieser durch eine Sonde, die genügend Proteingrundbausteine aus der Umgebung herbeischaffte. Man musste eben improvisieren.

Parallel hatte Cculler immer wieder die Unterhaltung der ZI mit Vvlanzetti und Xyllopph verfolgt und auch Fahid auf dem Laufenden gehalten. Nachdem Cculler die Menschen mit allen Einrichtungen vertraut gemacht hatte, gab sie ihnen noch letzte Anweisungen: „Ihr seid jetzt vorläufig mit allem versorgt. Bitte kümmert Euch nun selber um alles weitere. Wir müssen nun zu unserer zweiten Flugsphäre aufbrechen. Die Rettung Eurer Mitmenschen und meiner Artgenossen erfordert jetzt all' unseren Einsatz. Habt keine Angst, wir schaffen das. Falls Ihr trotzdem noch Hilfe braucht, sprecht einfach die Sonde an. Bleibt gesund und glücklich."

Die Menschen bedankten sich noch einmal überschwänglich bei ihnen und wünschten ihnen viel Glück. Sie kämen schon mit allem zurecht.

Dann bestiegen Fahid und Cculler wieder ihre Flugsphäre und flogen zu dem Unglücksort. Auch wenn sie im Augenblick nichts für ihren Bruder und Vvlanzetti tun konnte, wollte Cculler doch in ihrer Nähe sein. Vielleicht mussten sie doch noch die Gesteinskuppel sprengen. Letztendlich ging es dann eventuell nur um wenige Zeiteinheiten, die den Unterschied zwischen Tod und Leben ausmachten.

Über der Gesteins- und Lavakuppel angekommen blieb die Flugsphäre in einer voraus berechneten Sicherheitsposition in einem Schwebezustand. Dann schaltete sich Cculler in die Gedankenverbindung zwischen Garruja, der ZI, Vvlanzetti und Xyllopph mit ein. Hoffentlich kam von irgendeiner Seite die rettende Idee. Im Augenblick sah es jedoch nicht danach aus. Alles lief auf die Katastrophe zu. Zumindest machte sich dieser Gedanken so langsam bei allen breit.

Ganz gemächlich versank die Sonne hinter dem Horizont. In Kürze würde sich die Dunkelheit über sie alle legen. Fahid und Cculler schauten sich an. Fahid sah in den großen Augen von Cculler eine tiefe Betrübnis. Wie gern hätte er ihr geholfen, ihr Trost zugesprochen. Aber er wusste in dieser Situation nicht, was er ihr sagen sollte. So hielt er nur ihre Hände.

Wie ein Leichentuch legte sich die Dunkelheit über die Landschaft.

Kapitel 4 – Der Rettungsversuch

„Glück zu haben ist kein Zustand,
sondern eine Sichtweise"

(Wapp Krebsminch, Staatsmann der 5. Dynastie auf
dem Planeten Anutrof)

Den Obersten Rat auf Garruja hatte die Nachricht von dem stattgefundenen Unglück auf der Erde zu einer unpassenden Zeit erreicht. Auf dem Zentralplaneten der Galaktischen Gemeinschaft, der sich in einer weit entfernten Galaxis befand, fand zurzeit ein größeres Treffen statt. Alle führenden Wissenschaftler von unzähligen Planeten hatten sich zusammengefunden, um sich über die wichtigsten technischen Neuerungen auszutauschen. Ziel war die Optimierung gegenseitiger Ressourcen für die Schaffung technischer Verbesserungen, die allen Völkern innerhalb der Galaktischen Gemeinschaft zu Gute kommen sollten.

Den Transport zu dem Zentralplaneten hatten die Schllsch mit ihren Großraumflugsphären übernommen. Somit fehlten sowohl Transportkapazitäten als auch die wissenschaftliche Expertise. Dadurch waren die Voraussetzungen und Möglichkeiten zur Analyse und Problemlösung unglücklicherweise massiv eingeschränkt. Es existierte zwar eine Nachrichtenverbindung, die auch ohne relativ geringe Zeitverzögerung funktionierte. Allerdings war der Informationsfluss aufgrund begrenzter Kapazitäten sehr beeinträchtigt.

Um keine Zeit zu verlieren, hatten Arabjan vom Obersten Rat und die ZI deshalb sofort entschieden, die Garrujanischen Wissenschaftler, insbesondere Aagutti, den erfahrensten Wissenschaftler für außergarrujanische Einsätze, nach Garruja zurückzubeordern.

Im Eiltempo hatten Aagutti und die anderen Garrujaner die Konferenz verlassen. Die Schllsch waren bereits informiert und hatten die schnellste Strecke nach Garruja berechnet. Trotzdem würden sie einige Zeit zurück nach Garruja benötigen. Eine Direktverbindung gab es nicht. Es mussten mehrere Raumkrümmungseffekte mit Zwischenstopps benutzt werden. Anders ließ sich der Rückweg leider nicht bewältigen.

Während der Zwischenstopps schalteten sich die Garrujanischen Wissenschaftler immer wieder in die Überlegungen mit ein. Noch während sie auf den ersten Raumkrümmungssprung warteten, konnte Aagutti die Lage kurz analysieren: „Die Informationen, die wir haben, lassen uns kaum Möglichkeiten. Uns fehlt die Zeit. Bis wir auf Garruja ankommen, die Schwarmflügler eingeladen haben und damit die Erde erreichen, wird es nach unseren Berechnungen zu spät für eine Rettung sein. Maldiviax hatte eine Idee. Sie schlägt vor, Ccassor und Palloxx auf Ramma mit einzubinden. Immerhin haben die beiden das Unglück vorhergesehen. Vielleicht können sie auch eine mögliche Rettungsmöglichkeit erahnen. Wir melden uns gleich wieder, der erste Raumkrümmungssprung steht an."

Sofort versuchte die ZI die Verbindung nach Ramma herzustellen.

* *

Auf Ramma wusste man von diesen Ereignissen noch nichts. Ccassor und Palloxx sprachen mit Tzsch und den Rammanern über deren Leben, während sich die Kinder immer wieder mit den verschiedenen Einrichtungen und Räumen der Station beschäftigten.

„Wie lebt Ihr auf Ramma? Da Ihr aufgrund der größtenteils unwirtlichen Planetenoberfläche in Höhlen leben müsst, ist dies auf Dauer nicht langweilig, immer in der gleichen Höhle leben zu müssen? Soviel natürliche Höhlen werdet Ihr doch gar nicht haben, damit alle darin unterkommen können. In manchen Ge-

158

genden gibt es doch auch gar keine natürlichen Höhlen?"
interessierte sich Ccassor.

Tzsch gab gerne Auskunft: „Unsere Vorfahren
hatten damit sicher ein Problem. Bei steigender Bevöl-
kerungszahl hatte man dann aber angefangen, künstliche
Höhlen zu bauen." „Wie wurde das denn bewerkstelligt?
Immerhin hat Euer Planet doch teilweise sehr feste
Gesteinsschichten?" „Das stimmt. Zuerst wurden die
Höhlen mit einfachen mechanischen Gerätschaften in
das Gestein gegraben. Dies war jedoch früher noch sehr
mühsam. Im Laufe der Zeit und mit dem Fortschritt der
technischen Entwicklung wurde es aber deutlich einfacher. Heute besitzen wir Strukturwandler, die sowohl
breit gefächert oder auch stark gebündelt, molekulare
Bindungen aufbrechen können. Im Grunde wird einfach
jedes Material in die einzelnen Bestandselemente aufgelöst. So kann man sehr gezielt für die notwendigen Zwecke angepasste Räumlichkeiten schaffen. Allerdings
bergen diese Strukturwandler technikbedingt eine große
Gefahr in sich. Jedes Material, welches von dem Strahl
erfasst wir, löst sich auf. Deshalb gibt es nur sehr wenige
Rammaner, die damit umgehen dürfen. Auch sind die
Geräte nicht für jedermann zugänglich, da sie verständlicherweise auch als tödliche Waffen eingesetzt werden
können. Zwar ist ihre Reichweite relativ gering und es
bedarf auch sehr großer Energiegeneratoren. Doch
sicher ist sicher. Bevor ich meine Gefährtin kennengelernt habe, wurde ich auch im Höhlenbau ausgebildet.
Daher kenne ich mich damit aus und arbeite auch jetzt
noch bei Bedarf in diesem Bereich."

Palloxx war überrascht: „Wir dachten, Du bist
mit Euren Tieren nur in der Landwirtschaft tätig." „Jeder
Rammaner hat mehrere Tätigkeiten und Aufgaben. Aufgrund häufiger kriegerischer Auseinandersetzungen ist

die Sterblichkeitsrate sehr hoch. Daher darf es keine Spezialisierung geben."

Ccassor und Palloxx schauten sich kurz an. Beide hatten denselben Gedanken. Diese Technik war auch für Garruja überaus interessant. Die technischen Informationen zur Funktionsweise und die Konstruktionsdetails mussten unbedingt beschafft werden.

Im gleichen Augenblick erhielten sie von der ZI auf geistigem Weg den Hinweis, dass sich die ZI bereits darum kümmere. Gleichzeitig informierte sie die beiden Garrujaner darüber, dass sich Garruja eben gemeldet hatte.

Präzise und keine Information auslassend wurden Ccassor und Palloxx umfassend auf den aktuellen Stand gebracht. Beide Garrujaner waren verständlicherweise erst einmal schockiert. Die Lage schien aufgrund des Gehörten hoffnungslos zu sein.

Bevor sich Ccassor und Palloxx jedoch weiter mit den Problemen auf der Erde gedanklich beschäftigen und sich in den intergalaktischen Gedankenaustausch einschalten konnten, wurden ihre Überlegungen abrupt unterbrochen. Die Rammaner hatten plötzlich angefangen, laut durcheinander zu zischen und zu pfeifen. Und dann sprangen sie alle wie auf Kommando in eine Richtung los. Dann sahen die Garrujaner den Grund dieser Aufregung. Bfffh kam ihnen vom Ende des Gangs entgegen. Es schien, dass die Behandlung erfolgreich abgeschlossen worden war.

Alle Rammaner sprangen wie wild um Bfffh herum. Diese Freude und Emotionen hatten Ccassor und Palloxx bei den Rammanern überhaupt nicht erwartet. Nachdem sich der erste Sturm gelegt hatte, kam die kleine Gruppe der Rammaner wieder mit Bfffh zurück zu den Garrujanern.

Tzsch konnte es kaum in Zischlaute fassen: „Trotz Eurer Zusicherung, dass Ihr Bfffh helfen könntet, haben wir nicht mit diesem Ergebnis und der vollständigen Genesung in dieser kurzen Zeit gerechnet. Für uns ist dies wie ein Wunder. Für uns ist der Tod etwas Allgegenwärtiges und somit etwas Normales. Umso überwältigender ist deshalb unsere Freude und Dankbarkeit für das, was ihr vollbracht habt. Wir werden Euch dafür immer dankbar sein. Falls wir Euch, egal wie, irgendwann auch einmal helfen können, werden wir es tun.“

Ccassor wiegelte ab: „Es freut uns, dass wir Eurer Gefährtin helfen konnten. Leben zu schützen und zu bewahren ist in unserer Kultur eines der wichtigsten Güter. Umso trauriger sind wir, wenn wir hilflos zusehen müssen, dass wir nicht helfen können.“

Dann berichtete Ccassor den Rammanern sowohl von der Krankheit ihrer Mutter und dem Unglück auf der Erde.

Während sie sprach bemerkte sie, dass die Rammaner immer wieder untereinander zischten, wobei sie aber nicht vollständig den Sinn begriff.

Plötzlich unterbrach Tzsch Ccassor: „Deiner Mutter helfen können wir wohl auch nicht. Aber den Verschütteten auf der, wie war der Name des Planeten, Erde, könnten wir theoretisch doch helfen. Unser Apparat für den Höhlenbau wäre doch das optimale Rettungsgerät. Er erzeugt keine Erschütterungen und arbeitet sehr schnell. Es gibt nur einige Probleme. Zuerst müssten wir erst einmal einen Apparat organisieren. Dann benötigen wir einen passenden Generator, der die notwendige Energie liefern muss. In der Regel sind dies nämlich sehr große technische Einrichtungen. Und zuletzt, wie bekommen wir das alles rechtzeitig zur Erde?“

Palloxx glaubte im Augenblick zwar nicht, dass dieser Weg aufgrund der vielen genannten Probleme irgendwie zur Lösung und zur Rettung führen könnte, doch Garrujaner gaben nie auf, solange noch irgendein Funke Hoffnung bestand. Und außerdem - eigene Ideen hatten offensichtlich weder er noch die Wissenschaftler auf Garruja. Deshalb fragte er nach: „Was verstehst Du unter *den Apparat organisieren*?" „Diese Strukturwandler befinden sich aufgrund ihrer Gefährlichkeit in sehr streng bewachten und gesicherten unterirdischen Höhlen. Zusätzlich können diese Apparate nur verwendet werden, sofern die Benutzung durch einen geheimen Code aus der Zentrale freigegeben wird."

Palloxx erwiderte: „Danke erst einmal für Dein Hilfsangebot und Deine Überlegungen. Wir müssen das Ganze mit unseren Wissenschaftlern besprechen. Dies wird einige Zeit dauern. Können wir Euch solange allein lassen? Ihr könnt Euch hier in dem Aufenthaltsraum ausruhen und auch Nahrung zu Euch nehmen."

Tzsch nickte: „Natürlich. Wir kommen zurecht. Wir müssen Bfffh ja auch noch darüber informieren, was sie während ihrer Behandlung nicht mitbekommen hat."

Palloxx' Stimme flüsterte: „Danke."

So verließen Ccassor und Palloxx die Rammaner und begaben sich schnell in die Zentrale der Station. Sofort stellte die ZI die Verbindung nach Garruja und der Erde her. Alle Beteiligten waren nun direkt miteinander verbunden. Nur die Wissenschaftler auf der nach Garruja zurückkehrenden Großraumsphäre der Schllsch waren, bedingt durch die Raumkrümmungssprünge, nicht immer zeitgleich dazugeschaltet.

Ccassor: „Es gibt hier auf Ramma ein Gerät, das offensichtlich schnell und ohne Erschütterungen Löcher in beliebiger Größe in jedem Material erzeugen kann.

Abgesehen davon, dass wir noch herausfinden müssen, wie wir an diesen Apparat kommen können, Frage an die Wissenschaftler: Welche Möglichkeiten gibt es, uns von Ramma zur Erde zu transportieren? Und zweitens: dieser Apparat scheint nicht so groß zu sein. Er benötigt aber sehr hohe Energiemengen. Welche Möglichkeiten gibt es dazu auf der Erdstation? Oder kann von anderer Stelle ein entsprechend leistungsfähiger Generator zur Erde geschickt werden?"

Maldiviax schaltete sich ein: „Wir kennen zwar nicht so genau die Funktionsweise dieses Apparats. Allerdings forschen wir seit einiger Zeit auch an ähnlichen Geräten. Deshalb können wir vermutlich abschätzen, wie hoch der Energiebedarf sein müsste, um den Lava- und Gesteinsdom über Xyllopph und Vvlanzetti aufzulösen. Meine ersten groben Berechnungen ergeben keine unlösbaren Probleme. Als Energielieferant könnten wir sowohl die Energiesysteme der Notfall-Rettungskapsel auf dem Jupitermond Ganymed verwenden. Auch die intergalaktischen Flugkapseln in der antarktischen Station wären dazu geeignet. Jetzt müssen wir nur noch sehen, wie wir Euch und den Apparat schnellstens zur Erde bringen."

„Und hier haben wir ein Problem," bemerkte die ZI. „Es gibt in nächster Zeit keine Raumkrümmungseffekte, die es einer Großraumsphäre der Schllsch ermöglichen könnten, einen Zwischenstopp auf Ramma einzulegen, Ccassor und Palloxx mitsamt des Geräts auf Ramma abzuholen und sie dann zur Erde zu bringen."

Völlig unerwartet schalteten sich die Schllsch in die Diskussion mit ein. Es waren die Schllsch, die gerade Aagutti und die anderen Wissenschaftler zurück nach Garruja flogen: „Jungchen, wir entschuldigen uns dafür, dass wir Teile Eures Gesprächs zufällig mitbekommen haben. Grundsätzlich mischen wir uns ja nicht in andere Angelegenheiten ein. In diesem Fall aber, da es sich um die Rettung von Euresgleichen handelt, möchten wir die Analyse Eurer ZI etwas korrigieren. Die ZI hat zwar recht damit, dass kein Zwischenstopp im Sonnensystem von Ramma erfolgen kann. Allerdings wird es in Kürze einen Raumkrümmungseffekt geben, der auch große Teile des Galaxisrandes betreffen wird, in dem das Rammanische Sonnensystem liegt. Theoretisch wäre somit ein Transfer von Objekten auf eine sich in dieser Zeit in dem Raumkrümmungsgebiet befindlichen Großraumsphäre möglich. Nach unserem Kenntnisstand wird eine unserer Sphären nämlich gerade in dieser Zeit diesen Raumkrümmungseffekt ausnutzen. Einige weitere daran anschließende Raumkrümmungsflüge könnten dann diese Sphäre relativ schnell Richtung Erde bringen."

Ccassor hinterfragte den Vorschlag: „Alles schön und gut. Aber wie sollen denn Palloxx und ich während eines Raumkrümmungseffektes, der so kurz ist, dass wir ihn mit unseren Möglichkeiten und Sinnen gar nicht mitbekommen, uns dann auch noch im richtigen Zeitpunkt in die Flugsphäre der Schllsch *zaubern*? Wie sollen wir bei einem vorbeikommenden Flugobjekt, das sich schneller als das Licht fortbewegt und das wir nicht wahrnehmen können, ganz einfach *aufspringen*? "

Aagutti nickte: „Grundsätzlich verstehe ich, was die Schllsch meinen. Die Geschwindigkeit ist kein Problem. Das ist ja der Vorteil der Raumkrümmungseffekte. Nur der Raum zieht sich zusammen und verkürzt alle räumlichen Entfernungen. Dies geschieht zwar so schnell, dass wir Garrujaner und auch andere Lebewesen davon nichts mitbekommen. Nur die Schllsch können diese Effekte wahrnehmen, berechnen und ausnutzen. Stimmt nicht ganz, denn auch die Vaddder können wohl diese Ereignisse orten. Allerdings nicht in der Genauigkeit wie die Schllsch."

Palloxx konnte es sich nicht vorstellen: „Noch einmal, was bringen uns denn diese theoretischen Überlegungen? Eine Raumkrümmung läuft doch für uns so unvorstellbar schnell ab. Wie sollen wir denn den richtigen Zeitpunkt für ein Zusteigen finden und wie soll es ablaufen?"

Maldiviax versuchte es einfach zu erklären: „In der Theorie ist dies gar nicht so schwierig und relativ einfach zu bewerkstelligen. Eine Raumkrümmung verläuft wie eine Welle. Zwar, wie Du richtig bemerkt hast, für uns unvorstellbar schnell. Aber eigentlich nichts Ungewöhnliches. Wir nutzen ja auch viele Elementarteilchen zu unserem Vorteil, obwohl wir sie nicht direkt sehen oder fühlen können. Auch deren Bahngeschwindigkeit spielt dabei keine Rolle. Also rein theoretisch ein einfach zu berechnender Vorgang. Die Flugsphäre der Schllsch bewegt sich auf dieser Raumkrümmungswelle wie auf einer Art Wellenkamm. Irgendwann ist der Raum zwischen der Flugsphäre der Schllsch und Eurem Standort so eng beisammen, dass ihr Euch praktisch am gleichen Punkt befindet. Wie bei einem Luftballon, bei dem die Luft rausgelassen wird und der sich zu einem Punkt zusammengezogen hat. Jetzt müsst ihr nur noch auf die Raum-Zeit-Ebene der Flugsphäre wechseln. Allerdings ist dies der schwierigste Moment, da den richtigen Zeitpunkt zu finden. Falls es nicht richtig klappt, besteht natürlich die Gefahr, dass ihr eventuell im Energieerzeugungsbereich der Großraumsphäre materialisiert. Die Konsequenzen muss ich Euch ja nicht näher erläutern."

Aagutti schüttelte den Kopf: „Diese hoch wissenschaftlichen Theorien bringen uns nicht weiter. Wir verlieren durch diese Diskussionen nur wertvolle Zeit. Erstens können wir die Großraumsphäre der Schllsch, die sich in diesem Raumkrümmungseffekt befindet, vermutlich nicht mehr über dieses Manöver informieren, da sie sich bereits im Flug befindet. Höchstwahrscheinlich wird sie nicht, wie wir, über einen quantenmechanisch verschränkten Photonenspeicher verfügen, mit dem wir im Augenblick kommunizieren. Diese Sondereinrichtung wurde bei uns ja auch nur aufgrund der Notsituation vor Abflug installiert. Normalerweise existiert diese Nachrichtenverbindung nicht auf den Großraumsphären der Schllsch. Zweitens gibt es auf Ramma keine mir bekannte technische Einrichtung, die den Übertritt zur Sphäre der Schllsch während des Raumkrümmungseffektes ermöglichen kann."

„Zum ersten Punkt muss ich Dir recht geben. Allerdings bei Deinem zweiten Einwand bin ich besser informiert. Auf unserer Forschungsstation im Orbit der Rammanischen Sonne befinden sich zwei Großvaddder. Diese sind in der Lage, eine Quantendimensionsblase aufzubauen, um damit den Übertritt zur Flugsphäre der Schllsch zu ermöglichen" erklärte die ZI.

„Das nenne ich Glück oder Schicksal. Das verändert ja die Situation vollständig. Dann müssen sich Ccassor und Palloxx sofort um das Gerät kümmern. Die ZI informiert die beiden Großvaddder von der bevorstehenden Aktion und über den genauen Zeitablauf. Und wir bleiben aber weiter bei dem Plan, dass wir auf Garruja die Schwarmflügler abholen" bestätigte Aagutti. „Falls bei Ccassor und Palloxx irgendetwas schiefläuft, müssen wir noch eine Rettungsalternative besitzen. Auch wenn diese vermutlich nicht mehr rechtzeitig zum Tragen kommen kann."

Arabjan vermeldete: „Die Schwarmflügler stehen bereits bereit. Sie befinden sich schon in einer Warteposition weit außerhalb des Garrujaorbits. Die genauen Koordinaten übermitteln wir Euch gerade. Ihr könnt sie praktisch direkt auf Eurer Strecke zwischen zwei Raumkrümmungssprüngen ohne Umwege und Zeitverzögerung aufnehmen."

Ccassor beschloss das Gespräch: „Dann verlassen wir jetzt erst einmal die Gesprächsverbindung. Wir müssen uns um die Beschaffung des Apparates kümmern. Sobald wir alles haben, geben wir wieder Bescheid. Wie lange haben wir denn bis zu dem Raumkrümmungssprung Zeit?"

„Nach Garrujazeit habt Ihr höchstens zwei Zeiteinheiten zur Verfügung, dann müsst Ihr spätestens bei den Großvadddern sein," meldete sich die ZI.

Palloxx und Ccassor mussten schlucken. Das wurde sehr knapp, viel Zeit hatten sie nicht.

Sofort gingen sie zu Tzsch und den anderen Rammanern. Sie setzten sie in aller Kürze mit der weiteren Vorgehensweise in Kenntnis.

„Wir benötigen dringend einen, oder besser noch zwei, Strukturwandler. Bitte zeig uns, wo wir uns diese besorgen können," bat Palloxx.

„Ganz in der Nähe, wo wir uns begegnet sind, gibt es ein Lager für diese Geräte. Bringt mich dorthin und ich zeige Euch, wo das Lager ist," entgegnete Tzsch.

Ccassor schaltete sich ein: „Nachdem Bfffh wieder gesund ist, ist es am besten, wir bringen Euch erst alle zurück zu Eurer Höhlenwohnung. Dann können wir uns mit Tzsch um die Beschaffung des oder der Strukturwandler kümmern."

Die jüngeren Rammaner waren zwar mit dieser Vorgehensweise nicht einverstanden. Für sie war die

Station der Garrujaner ein riesiger Spielplatz. Es gab noch so viel zu entdecken. Doch letztendlich mussten sie sich dem Willen der Erwachsenen beugen. Ccassor versprach jedoch, nach erfolgter Mission wieder zu den Rammanern zurückzukehren. Dann würden sie Psst und seine Freunde wieder zu ihrer Station mitnehmen. Damit waren dann alle einverstanden.

Die ZI beobachtete die Lebewesen, die nicht unterschiedlicher hätten sein können, wie sie gemeinsam und sich gegenseitig helfend, in die Flugsphäre einstiegen. Wie seltsam das Leben doch ist, dachte sich die ZI. Vor kurzer Zeit noch so etwas wie Feinde. Und nun mit einem Mal zu einer sich gegenseitig unterstützenden Gemeinschaft geworden.

Schnell schloss die ZI die Flugkapsel, stellte sicherheitshalber die Polarisationfilter so ein, dass kein Blick nach außen möglich war, und startete mit Höchstwerten. Die ZI achtete zwar sehr genau darauf, dass sie nicht geortet werden konnten. Aus Zeitgründen führte sie jedoch diesmal keine Ablenkungsmanöver durch. Es ging jetzt um jede noch so kleine Zeiteinheit.

Den, durch den mehrfach überschallschnellen Flug in der Atmosphäre normalerweise entstehenden, Überschallknall konnte die ZI immerhin noch durch vorauseilende Kraftfelder verhindern. Allerdings erzeugte der schnelle Flug in der Atmosphäre durch die Luftverwirbelungen und elektrostatischen Aufladungen, bedingt durch die ionisierenden Tarnfelder, einen deutlich sichtbaren langen Kondensstreifen mit Feuerschein. Dies nahm die ZI jedoch in Kauf. So flog sie nicht direkt auf das Ziel zu, sondern machte in den unteren Bodenschichten mit etwas gedrosselter Geschwindigkeit einen größeren Bogen. Dies war nach den Berechnungen der ZI immer noch schneller als ein langsamer Flug ohne

Kondensstreifenbildung direkt auf das Ziel zu. Mit diesem Manöver dürfte es auch für die Rammanischen Behörden keinerlei Anhaltspunkte geben, wo das unbekannte Flugobjekt eventuell auf Ramma eingeschlagen sein konnte. Für Rammaner sah es so aus, als wäre ein Gesteinsbrocken aus dem All in die Rammanische Atmosphäre eingetaucht.

Vor der Behausung der Rammaner angekommen stiegen alle Rammaner bis auf Tzsch aus. Man rief sich gegenseitig noch alles Gute zu, wobei die Garrujaner ihr übliches *bleibt gesund und glücklich* verwendeten. Dann hob die Flugsphäre auch sofort wieder ab und nahm Kurs auf das neue Ziel. Dabei versuchte die ZI, soweit wie möglich, sie alle vor Entdeckung zu schützen.

Nachdem Tzsch eindringlich versichert wurde, dass bei der geplanten Aktion niemand zu Schaden kommen sollte, beschrieb Tzsch genau, wo sich der unterirdische Standort der Strukturwandler befand. Auch über die meisten Sicherungseinrichtungen wusste Tzsch Bescheid. Allerdings gab er zu, dass er nicht alle kannte.

Das war natürlich ein Problem. Eine sichere Aufklärung über alle Sicherungen und der zu erwartenden Gefahren hätte zu lang gedauert. Nach kurzer Rücksprache mit Ccassor und Palloxx entschieden sich die ZI und die beiden Garrujaner für einen Frontalangriff. Schnell rein und so schnell wie möglich wieder raus. So schnell, damit keine Rammanischen Sicherheitskräfte genügend Zeit hatten, zu reagieren.

Schwierigkeiten ergaben sich jedoch durch die engen Gänge, da Rammaner deutlich kleiner als Garrujaner waren. So entschieden sie sich dafür, nur Palloxx mit zwei Sicherungssonden loszuschicken. Die Sonden sollten inbesondere dafür sorgen, dass es durch das gewaltsame Eindringen keine Opfer unter den Rammanern geben sollte. Ansonsten schien ein ähnliches Sicherungssystem wie bei der Kommandozentrale der Rammanischen Regierung zu bestehen. Also der Zentrale, die während der Beobachtung durch Ccassor und Palloxx von feindlichen Streitkräften angegriffen worden war.

Die ZI steuerte mit vollständig aktivierten Tarn- und Schutzeinrichtungen in eine Position etwas oberhalb des Eingangs, aber natürlich noch in gebührender Entfernung und blieb dort schweben. Palloxx hatte sich bereits vorbereitet und stieg schon aus, bevor noch die Flugsphäre die endgültige Warteposition erreicht hatte. Mit seinem Schwerkraftgürtel und mit eingeschaltetem Tarnfeld schoss er direkt auf den Eingang zu. Eine Sonde flog vorneweg, eine bildete die Nachhut.

Palloxx war klar, dass spätestens beim Durchflug der Nebelwandsicherung Alarm ausgelöst würde. Sie mussten also unwahrscheinlich schnell agieren, bevor alarmierte Hilfe von weiter weg zur Stelle sein konnte. Zusätzlich mussten sie so viel Verwirrung stiften, um die Rammanischen Wachen zu verwirren und abzulenken.

Noch vor Erreichen der Nebelwand kam es rings um den Eingang und überall an den Flanken des Bergmassivs zu kleineren und größeren Explosionen. Die ZI hatte mit Hilfe mehrerer Sonden die Verteidigungseinrichtungen der Station unter Beschuss genommen. Zusätzliche, direkt von der Flugsphäre ausgehende, gebündelte und hochenergetische Strahlen, vernichteten mit einem Schlag vollständig alle optischen, stationären und mobilen Überwachungseinrichtungen.

Jetzt waren Palloxx und seine Sonden am Zug. Die erste Sonde beschoss das schwere Eingangstor mit Plasmakugeln. Diese fraßen sich aufgrund ihrer Hitzeentwicklung sofort in die Materiestruktur ein. Dann explodierten sie. Das Eingangstor wurde vollständig zerstört. Die zweite Sonde hatte die Wachen am Eingang mit entsprechenden Schutzfeldern vor größeren Verletzungen bewahrt. Zusätzlich wurden die Rammaner mit hochfrequenten pulsierenden Feldern bestrahlt. Die Rammaner sanken sofort bewusstlos zu Boden. Für einige Zeit stellten sie nun keine Gefahr mehr dar.

Ähnlich ging man nun bei jedem Hindernis vor. Schritt für Schritt näherte man sich dem Raum für die Strukturwandler. Es ging bis jetzt alles glatt. Eigentlich zu glatt, dachte sich Palloxx.

Was Palloxx nicht wusste und auch Tzsch bei den Befragungen nicht wissen konnte, war eine geheime Einrichtung, die die Strukturwandler bei einem unbefugten Eindringen auf jeden Fall vor einem Entfernen schützen sollten. Es gab nämlich eine kompakte atomare Notvorrichtung. Beim Eindringen ohne gültige Berechtigung würde die atomare Kettenreaktion ausgelöst und die gesamte Station durch eine gewaltige Atomexplosion vernichtet werden.

Und nun näherten sich Palloxx und seine zwei Sonden bisher ohne nennenswerten Widerstand unaufhörlich dem letzten Raum, ohne genau zu wissen, was sie erwarten würde. Das massive letzte Tor lag nun direkt vor ihnen, alle Wachen waren kampfunfähig und Palloxx fühlte schon eine Art des Triumphes in sich. Die Sonde beschoss, wie bisher erfolgreich, das letzte Tor. Die Plasmabälle fraßen sich wie bislang ohne Probleme in das Material. Und dann geschah es. Eine der Plasmaentladungen traf direkt auf den Sicherungskontakt für die atomare Ladung.

In diesem Augenblick erfassten die Sensoren der ZI die gefährliche Sicherungseinrichtung. Für eine Reaktion war es jedoch jetzt zu spät. Doch anstatt der erwarteten Explosion geschah nichts. Die Plasmakugel hatte den Kontakt zur Explosion nicht kurzgeschlossen, sondern die gesamten Schaltkreise verglühten so schlagartig, dass der Auslöseimpuls unterblieb. Die atomare Kettenreaktion wurde nicht ausgelöst. Garruja-sei-Dank bekam Palloxx nichts davon mit, wie nah er dem Ende seiner augenblicklichen Existenz gewesen war.

Und so drang er nach erfolgter Zerstörung des Tores in den Raum mit den Strukturwandlern ein, während die Sonden bereits schon wieder seinen Rückzug sicherten. Wie von Tzsch beschrieben, sah er die Apparate auf Gestellen liegen. Es waren lange, eigentlich sehr unscheinbare, Röhren mit etlichen Anbauten und Ausstülpungen. Rasch griff sich Palloxx zwei der Apparate, klemmte sie sich jeweils unter seine Arme und raste mit voller Leistung durch die niedrigen Gänge zurück zum Ausgang. Dabei sah er immer wieder unter sich, ruhig vor sich hin schlummernde, Rammaner. Es beruhigte ihn, dass sie mit ihrer Aktion keinen langfristigen Schaden bei den Rammanern verursacht hatten. Die Rammaner würden vermutlich bald wieder aufwachen, ohne sich allerdings an irgendetwas erinnern zu können.

Am Ausgang angekommen, schoss er sofort auf die Flugsphäre zu. Die ZI hatte bereits signalisiert, dass auch hier draußen keine Gefahr mehr bestand. Die Flugsphäre kam ihm bereits entgegen. Schnell stieg Palloxx ein. Und schon machte sich die Flugsphäre wieder zurück auf den Weg zu Tzschs Wohnstätte. Hinter sich ließen sie eine völlig zerstörte ehemalige Festung. Trotz aller Bemühungen sollten die Rammanischen Behörden nie herausbekommen, was hier geschehen und wer hier so gewaltsam eingedrungen war. Außerdem war es absolut unerklärlich, warum es bei diesen massiven Zerstörungen überhaupt keine Opfer unter den Wachen gegeben hatte. Auch gab es keine Erklärungen für den allgemeinen und umfassenden Gedächtnisverlust.

Während des Fluges zurück sprach Palloxx sofort Tzsch an: „Schau Dir bitte die Strukturwandler an. Ist mit Ihnen alles in Ordnung. Sind sie einsatzbereit? Und dann musst Du uns nur noch beibringen, wie wir damit umgehen müssen, wie wir sie bedienen können."

Tzsch: „So wie die Strukturwandler aussehen, scheint alles einsatzbereit zu sein. Doch eine Schulung zur Bedienung wird Euch nicht viel bringen. Diese Apparate können nur von Rammanern bedient werden." „Was heißt das? Wir Garrujaner können diese Strukturwandler gar nicht bedienen?" „Ich hatte Euch ja schon gesagt, dass diese Geräte nur mit einem Code benutzt werden können. Dieser Code wird mit unserem Sensorband am oberen Ende unseres Körpers abgeglichen. Also mit unserem Wahrnehmungsorgan. Jeder Rammaner hat ein unverwechselbares Muster seiner optischen Sinneszellen, die sich jedoch auch im Laufe der Zeit verändern. Rammaner, die einen Strukturwandler bedienen dürfen, werden somit mit ihrem einzigartigen Sinneszellenmuster registriert. Mit einem hochkomplexen Programm werden dann auch alle Veränderungen der Zellstruktur, die im Laufe der Zeit stattfinden, mit dem vorhandenen Code hochgerechnet und abgeglichen. Stimmt alles überein, kann der Strukturwandler angeschaltet werden. Ansonsten nicht. Diese Freischaltung ist auch immer nur für einen Strukturwandler pro Rammaner möglich."

Ccassor und Palloxx schauten sich ungläubig an. Das war ein Schlag. Dann war der ganze bisherige Aufwand, die Zerstörung fremden Eigentums entgegen Garrujanischer Grundsätze, was auch nur einigermaßen durch die Notsituation gerechtfertigt werden konnte, völlig umsonst? Alles nur Zeitverschwendung? Denn wie sollte Tzsch den Flug zur Erde bewältigen können, wenn nicht einmal Ccassor und Palloxx sicher waren, dass sie es selber schaffen konnten. Die letzte Hoffnung auf Rettung für die in Not Geratenen auf der Erde war mit einem Mal dahin.

Ccassor hatte sich als erste wieder gefangen: „ZI, bitte stelle sofort die Verbindung nach Garruja her." „Verbindung steht dauerhaft, sprich einfach." „Garruja, *wir haben ein Problem.*"

Sofort meldete sich Arabjan: „Was ist los, wo gibt es Probleme?"

In kurzen Sätzen schilderte Ccassor die letzten Ereignisse und vor allem Tzschs Erläuterungen zu der Bedienung der Strukturwandler, danach ihre Einschätzung: „Wir hatten ja vor, zwei der Apparate zur Erde zu bringen, um zumindest für einen eventuellen Ausfall gewappnet zu sein. Dies hat sich aufgrund des Codierungsproblems erledigt. Auch können wir uns nicht vorstellen, dass Tzsch in der Lage sein wird, allein zur Erde zu gelangen. Vielleicht ist es möglich, dass ein Großvaddder Tzsch zur Sphäre transportiert und der andere der Großvaddder entweder Palloxx oder mich parallel dazu auf die Sphäre hinüberbringt. Dann könnte sich einer von uns zumindest während des Flugs um Tzsch kümmern."

Aagutti schaltete sich sofort in das Gespräch mit ein: „Welche Ausmaße hat denn dieser Apparat?"

Palloxx gab eine detaillierte Beschreibung des *organisierten* Geräts ab.

Aagutti: „Wir wissen ja nicht, inwiefern das angedachte Übersetzmanöver zu der Großraumsphäre der Schllsch klappt. Deshalb sollten wir auf Nummer sicher gehen, und auf jeden Fall sowohl Palloxx und Ccassor, Tzsch und beide Apparate versuchen zur Sphäre überzusetzen. Wie läuft denn die Codierung bzw. Decodierung der Kräftewandler ab?"

Palloxx: „Kleinen Augenblick, ich befrage kurz dazu Tzsch." Und zu Tzsch gewandt: „Wir müssen wissen, wie die Codierung abläuft. Wie wird das gemacht?" „Jeder Apparat hat einen verschlüsselten Datenspeicher. Bei einer Freischaltung werden die Daten des Bedieners einmalig von der Zentrale codiert an den Strukturwandler übermittelt. Dann ist dieses Gerät für einen Rammanischen Tag freigeschaltet. Der Strukturwandler überprüft ständig das Sensormuster des Rammaners mit den vorgegebenen Daten. Sobald es nicht mehr übereinstimmt, also falls jemand anderes das Gerät bedienen will, schaltet sich der Apparat sofort aus." „Von welcher Stelle kommt der Code für die Freischaltung?" „Der Code wird von der Zentrale auf Anforderung, per elektromagnetischer Strahlung, übermittelt."

Während Palloxx mit Tzsch sprach, hatte die ZI parallel dazu bereits den Inhalt des Gesprächs, für alle anderen übersetzt, wiedergegeben. Danach waren alle erst einmal sehr still. Offensichtlich wurde fieberhaft nachgedacht und an einer Lösung gearbeitet.

Als erste reagierte die ZI: „Grundsätzlich haben wir es hier mit mehreren Problemen zu tun. Erstens gilt die Freischaltung des Apparates nur für eine kurze Zeit. Danach muss er erneut freigeschaltet werden. In der kurzen Zeit der ersten Freischaltung gelingt es uns auf keinen Fall, zur Erde zu gelangen und die verschüttete Flugsphäre zu befreien. Deshalb müssen wir eine Lösung finden, dass wir selber dauerhaft für eine Freischaltung sorgen können. Zweitens müssen wir also auf alle Fälle Tzsch, wie auch immer, zur Erde transportieren. Und vor allem müssen wir erst einmal in den Besitz des Codes gelangen. Bzw. müssen wir wissen, wie das System funktioniert, um es für unsere Zwecke einsetzen zu können."

Ccassor nickte: „Unsere eingeschleuste Sonde befindet sich doch glücklicherweise noch in der Hauptzentrale der Rammaner. Sie könnte doch dort in den Datenspeichern das System analysieren und nach Lösungswegen suchen." Die ZI ergänzte: „Auf meine Veranlassung hat sie bereits vor einiger Zeit schon damit begonnen. Wir sollten in Kürze die Ergebnisse der Untersuchung bekommen."

Unterdessen hielt Palloxx Tzsch auf dem Laufenden: „Du siehst, es ist gar nicht so einfach. Schade auch, dass immer nur ein bestimmter Rammaner einen Strukturwandler bedienen kann. Wir hatten gehofft und geplant, dass wir zumindest zwei Geräte zur Erde mitnehmen könnten, falls ein Strukturwandler ausfallen sollte. Unglücklicherweise klappt das nun ja nicht." „Weshalb? Wir können doch auch Bfffh mitnehmen. Sie kann auch mit einem Strukturwandler umgehen und darf ihn benutzen."

Das war ja zum wiederholten Mal eine völlig neue Wendung. Sofort informierte Palloxx alle anderen Gesprächsteilnehmer.

Gleich darauf erklang Maldiviaxs Stimme: „Wie groß sind denn Tzsch und Bfffh?" Palloxx gab die Maße der Rammaner durch.

Maldiviax: „Ich kenne die Ausmaße der Großvaddder. Theoretisch wäre es möglich, dass in einem der Vaddder sowohl ein Rammaner und ein Garrujaner mitsamt eines Strukturwandlers Platz finden. Allerdings würde es sehr eng werden und es geht nur, wenn ein Garrujaner einen Rammaner über seinem Kopf hält. Vom Gewicht her dürfte es kein Problem sein und es ist ja auch nur für eine sehr kurze Zeit." Palloxx war erleichtert: „Dann probieren wir das bzw. wir machen dies auf jeden Fall. Es geht jetzt um Alles oder Nichts."

„Unsere Sonde in der Hauptzentrale meldet sich gerade. Der Vollständigkeit halber nur an alle: wir wissen jetzt genau, dass die Rammaner keinerlei Informationen bezüglich des Zwischenfalls mit den Schllsch in ihren Datenspeichern hatten. Dies Herauszufinden war ja die ursprüngliche Aufgabe der Sonde. Nun zu unserem derzeitigen Problem. Im Zuge der Durchsuchung musste die Sonde die gesamten Daten überprüfen. Dabei stieß sie auch auf die für uns wichtigen Abläufe, unser augenblickliches Problem betreffend. Grundsätzlich ist das Entschlüsseln der Codierung möglich. Dies würde jedoch einige Zeit dauern. Diese Zeit haben wir nicht. Also gehen wir anders vor. Bfffh und Tzsch fordern den Freischaltungscode bei der Zentrale an. Die Übermittlung des Codes wird von uns abgefangen, gespeichert und nicht – noch nicht – an die Strukturwandler weitergegeben. Dazu stören wir das Übertragungssignal entsprechend. Sobald wir auf der Erde sind, können wir mit dem gespeicherten Signal die Strukturwandler freischalten. Sofern es klappt. Wir haben dann nur einen Versuch. Aber das müssen wir riskieren. Anders geht es nach meinen Berechnungen aufgrund des Zeitproblems sowieso nicht" erläuterte die ZI das weitere Vorgehen.

Nach kurzem Zögern kam von allen Seiten die Zustimmung. Also konnte es losgehen. So langsam wurde auch die Zeit knapp. Denn die vorhergesagte Raumkrümmung, zu der die Großvaddder die Passagiere zur Großraumsphäre der Schllsch befördern sollten, stand unmittelbar bevor.

Mit Höchstgeschwindigkeit raste die Flugsphäre zurück zu Tzschs Höhle. Dort angekommen, informierte er Bfffh und die anderen von der Reise. Für einige Zeit mussten die auf Ramma zurückbleibenden Gefährten und Heranwachsenden jetzt ohne Bfffh und Tzsch auskommen. Dies würde schon gehen. Man sei ja auch den Garrujanern zu Dank verpflichtet. Insofern seien sie alle bereit, Opfer zu bringen. Man wünschte sich gegenseitig noch viel Glück. Vor dem Start wurden noch mit Hilfe der Sonde die Freischaltungscodes an die ZI übermittelt. Die ZI leitete diese Codes dann über Garruja zur Erde. So sollten sie dort den Rammanern zur Verfügung stehen, sobald sie auf der Erde eintrafen. Dann hob die Flugsphäre auch schon wieder ab und beschleunigte mit allen Energiereserven, die möglich waren.

Damit Zeit gespart werden konnte, riskierte die ZI bereits kurz nach dem Start einen kurzen Dimensionssprung, um zur Station im Sonnenorbit zu gelangen. Dimensionssprünge konnten wegen möglicher Dimensionsverschiebungen nur sehr ungenau durchgeführt werden. Deshalb benutzte man sie nur bei relativ weiten Strecken ohne grössere Materieansammlungen. Denn es bestand immer die Gefahr, an falscher Stelle wieder in die ursprüngliche Dimension einzutauchen. Falls sich dann an dieser Stelle Materie befand, wie z.B. in ihrem Fall eine große Sonne, konnte das Manöver jederzeit in einer Katastrophe enden. Aber die Zeit war knapp und Garruja-sei-Dank ging das Manöver gut.

Kurz vor der Station kamen sie wieder in ihrer Dimension an. Station und Großvaddder waren vorbereitet. Die Flugsphäre schoss durch die Schleuse in das Innere der Station. Schon während der Landung öffnete die ZI die Kuppel der Sphäre. Ccassor, Palloxx, Tzsch und Bfffh sprangen fast gleichzeitig aus der Flugsphäre und rannten auf die wartenden Großvaddder zu. Zuerst kamen die Rammaner aufgrund ihrer speziellen Hüpftechnik an. Dicht gefolgt von den Garrujanern, die aber auch ein wenig durch den Transport der Strukturwandler behindert waren.

Die Großvaddder hatten sich bereits geöffnet. Als Ccassor den geöffneten Raum sah, zweifelte sie an Maldiviaxs Berechnungen. Wie sollten sie durch diesen engen Raum in's Innere gelangen? Dies würde ja nie gelingen.

Die ZI reagierte auf die unausgesprochenen Gedanken von Ccassor: „Keine langen Überlegungen, nehmt die Rammaner auf Eure Köpfe und dann nichts wie rein mit Euch."

„Wenn wir drin sind, was müssen wir tun?" fragte Palloxx, „Nichts, einfach hineingehen und abwarten, um alles andere kümmern sich die Großvaddder. Und jetzt schnell, sonst verpassen wir die Schllsch."

Also hob Ccassor Bfffh auf ihren Kopf. Bfffh klammerte sich an ihren Schultern fest. Mit einem Arm klemmte sich Ccassor den Strukturwandler vor ihre Vorderseite. Dann ging sie ein wenig in die Hocke und quetschte sich durch den Eingang. Aus ihren Augenwinkeln konnte sie erkennen, dass Palloxx und Tzsch sich ähnlich artistisch in ihren Großvaddder bewegten, wobei Palloxx, da er größer als Ccassor war, bedeutend mehr Probleme beim Einstieg hatte. Tzsch stieß einmal heftig an die Umrandung des Eingangs, gab jedoch keinen Laut von sich. Unbeteiligte Beobachter würden sich vermutlich bei diesem Anblick ein Lachen nicht verkneifen können, dachte sich Ccassor. Wäre die Lage nur nicht so ernst.

Erschwerend für die Garrujaner kam jedoch etwas dazu, womit sie absolut nicht gerechnet hatten. Die Rammaner waren so aufgeregt, dass sie vor lauter Erregung mehrmals Verdauungsgase abließen. Und da sich die Köpfe der Garrujaner nun direkt unter den Ausstülpungen der Rammaner befanden, bekamen sie den Ausstoß der Gase unmittelbar mit. Das Atmen viel schwer und die Last über ihnen brachte Ccassor und Palloxx an die Grenze ihrer Belastbarkeit. Insbesondere, weil sie nicht, wie bei dem ersten Aufenthalt in den Großvadddern, zügig in eine andere Dimension und damit in einen größeren Raum wechseln konnten. Nein, diesmal schloss sich die Öffnung hinter Ihnen und sie mussten gehockt in diesem absolut dunklen Verlies in unbequemer Haltung ausharren. Und es war nicht absehbar, wie lange dies dauern sollte.

Die totale Schwärze und Enge des Raumes zehrte an den Nerven. Nur die Berührungen und Düfte von Bfffh vergegenwärtigte Ccassor, dass es sich nicht um einen schlechten Traum handelte.

Wie lange mussten sie noch in dieser Dunkelheit ausharren? War vielleicht etwas schiefgelaufen? Ccassor hatte vergessen zu fragen, wie lange die gesamte Aktion dauern sollte. Und nun kamen langsam Zweifel auf, ob alles noch nach Plan verlief.

Plötzlich spürte sie nichts mehr. Ccassor nahm den Druck der Rammanerin über ihr nicht mehr wahr. Sie selbst fühlte sich leicht, auch ihren eigenen Körper merkte sie mit einem Mal nicht mehr. Irgendwie war auch die Schwärze verschwunden. Das heißt, eigentlich war es nach wie vor dunkel und Ccassor sah nichts. Aber es war eine andere Schwärze. Irgendwie schwarz, aber dann doch nicht schwarz. Sie hatte das Gefühl, als sähe sie zugleich das gesamte elektromagnetische Wellenspektrum gleichzeitig und dann doch nicht. Zusätzlich schien die Zeit still zu stehen. Dann begriff sie. Sie nahm ihre Umgebung nicht mehr mit ihren eigenen Sinnesorganen wahr, sondern spürte dies alles nur mit ihrem Geist.

Ccassor erschrak. Dies konnte doch nur eines bedeuten. Der Wechsel bzw. der Übergang zur Sphäre der Schllsch hatte nicht funktioniert. Und jetzt trieb ihr Geist irgendwo in irgendwelchen Zwischenräumen in einer anderen Dimension. Panik machte sich breit. War sie jetzt für alle Zeit in diesem Zustand gefangen?

Schlagartig wurde es hell. Sofort spürte sie auch wieder das Gewicht auf ihrem Kopf. Von der plötzlichen Helligkeit geblendet, sah sie vor sich einen grauen Quader in der Luft schweben. Noch etwas benommen hörte sie eine Stimme: „Bleibt gesund und glücklich. Auch wenn Euer Besuch für uns sehr überraschend kommt und Ihr Euch nicht ordnungsgemäß angemeldet habt, seid trotzdem herzlich willkommen."

Ccassor glaubte, die Stimme mit diesem unverwechselbaren ironischen Unterton erkannt zu haben: „Bist Du Upps?" „Ja der bin ich. Woran hast Du mich erkannt? An meiner Frisur?" Der graue Quader vibrierte merklich.

Jetzt erst sah Ccassor neben sich Palloxx, der gerade Tzsch am Boden absetzte. Sofort fiel Ccassor ein, dass sie ja auch noch Bfffh trug. Fast hätte sie Bfffh vor lauter Aufregung und Eindrücken, die sie kurzzeitig überfordert hatten, vergessen. Schnell half sie Bfffh auf den Boden.

Palloxx ergriff das Wort: „Bitte entschuldigt unser Eindringen. Wir konnten Euch nicht vorher informieren. Aber es handelt sich um eine Notsituation. Wir benötigen Eure Hilfe. Lasst mich Euch alles erklären." „Nicht nötig. Wir wissen bereits alles. Die Großvaddder haben uns neben Euch auch einen umfassenden Datenspeicher zukommen lassen. Wir sind also bestens informiert. Kommt erst einmal zur Ruhe. Ich zeige Euch und den Rammanern zuerst Eure Aufenthaltsräume. Dort könnt Ihr Euch ein wenig ausruhen." „Das muss warten. Wir müssen die Schllsch darüber informieren, dass wir so schnell wie möglich zur Erde müssen." „Keine Aufregung, Jungchen. Wie gesagt, wir sind über alles und die Dringlichkeit bestens informiert. Die Schllsch haben bereits den schnellsten Weg zur Erde berechnet. Während wir hier reden, haben die Schllsch längst den Kurs gewechselt. Es geht so schnell wie möglich Eurem Ziel entgegen. Also, kommt zur Ruhe Jungchen, im Augenblick könnt Ihr nichts mehr machen."

Aufgrund dieser logischen Argumentation blieb Palloxx nichts Anderes übrig, als sich zu fügen. Nur noch ein erschöpftes Danke brachte er heraus. Dann führte sie Upps zu ihren Räumen. Auf den Weg dahin klärten die beiden Garrujaner Bfffh und Tzsch über den derzeitigen Stand auf. Die Rammaner machten einen erstaunlich gefassten Eindruck. Sie schienen sehr schnell mit ungewöhnlichen, fremden und außergewöhnlichen Dingen klar zu kommen. Jedenfalls sah man ihnen keine Überraschung an. Auch der Ausstoß von Gasen hielt sich in Grenzen. Nur der enge dunkle Raum in den Großvadddern und darin eingesperrt zu sein, hatte ihnen ähnlich stark zugesetzt, wie den beiden Garrujanern.

In den für sie gedachten Räumen erklärte Upps kurz die Einrichtungen. Dabei überraschte der Vaddder alle damit, dass er offensichtlich fließend Rammanisch sprach. Dann ließ Upps sie allein. Während Upps von dannen schwebte, forderte er die vier noch auf, sich nach ausgiebiger Erholung in der Zentrale zu melden. Dann war er auch schon verschwunden. Die Rammaner und Garrujaner trennten sich nun auch für eine gewisse Zeit und begaben sich in ihre jeweiligen Räume.

Auf Garruja rätselte man währenddessen, ob das Manöver mit dem Übersetzen auf die Großraumsphäre der Schllsch geklappt hatte. Nach wie vor bestand keine Verbindung. Zwar hatten die Großvaddder über die ZI übermittelt, dass der Aufbau der dimensionalen Quantenblase korrekt funktioniert hatte und die Rammaner mit den Garrujanern abgesendet worden seien, eine eindeutige Empfangsbestätigung existierte jedoch nicht.

Nachdem Berechnungen ergaben, dass man bei den Möglichkeiten der Informationsübermittlung vermutlich erst in einigen Zeiteinheiten vom Erfolg oder Misserfolg erfahren würde, konzentrierte man sich weiter auf das, was man selbst zur Rettung beitragen konnte.

Die Großraumsphäre vom Zentralplaneten der intergalaktischen Gemeinschaft mit den Wissenschaftlern an Bord musste in Kürze im Garrujanischen Planetensystem auftauchen. Alles war zur schnellen Übergabe der Schwarmflügler vorbereitet. Wobei der Begriff Schwarmflügler aber eigentlich nicht mehr zeitgerecht war und aus den Anfängen dieser Entwicklung stammte. Inzwischen hatten Schwarmflügler nichts mehr mit ihren Ursprungsmodellen überein. Insbesondere fehlten heutzutage die damaligen namensgebenden Drehflügel. Die Fortbewegung basierte mittlerweile auf dem allgemeinen Prinzip der wechselnden Kraftfelder. Dies ermöglichte den modernen Entwicklungen eine unglaubliche Manövrierfähigkeit und das Tragen früher undenkbarer Lasten. Trotzdem hatte man – warum auch immer – den Namen beibehalten.

Nun stand der riesige Schwarm dieser Schwarmflügler bereit bzw. schwebte wie eine große Wolke im

freien Raum an der Grenze des Garrujanischen Planeten-
systems. Alles wartete gespannt auf die bevorstehende
Ankunft der Flugsphäre.

Als dann das ersehnte Signal endlich eintraf, for-
mierte sich der Schwarm sofort für das Einschleusen.
Die Schllsch bzw. Vaddder hatten alle vorhandenen
Schleusen noch während des Abbremsmanövers geöffnet. So konnten die Schwarmflügler so schnell wie möglich eindringen. Die Schwarmflügler formierten sich in
kleinen Gruppen und schossen mit Höchstgeschwindigkeit in die vorbereiteten Innenräume der Sphäre. Obwohl natürlich Hochleistungsrechner den Ablauf ständig
kontrollierten, erschien es wie ein Wunder, dass es zu
keinem Zusammenstoß kam. Alles lief so rasend schnell
ab, dass der ganze Vorgang für einen externen Beobachter wie eine umgekehrte Explosion wahrgenommen worden wäre.

Noch bevor das Einschleusen endgültig abgeschlossen war, beschleunigte die Großraumsphäre der
Schllsch bereits wieder. Wer nicht wusste, was hier abgelaufen war, hätte das Ganze für einen unwirklichen
Spuk halten können.

Auf Garruja atmete man spürbar auf. Alles war
Garruja-sei-Dank glattgegangen. Sie hatten ihren Teil
der Aufgabe erledigt. Jetzt konnten sie nur noch abwarten.

Auch auf der Sphäre der Schllsch löste sich die
Anspannung ein wenig. Zwar wusste man, dass die Zeit
gegen sie war. Nach Garrujanerermessen sollten sie mit
ihrer Hilfsmission die Erde nicht mehr rechtzeitig erreichen. Man baute jedoch nach wie vor auf Ccassor und
Palloxx. Und man wusste ja nie, ob alle Berechnungen
immer korrekt waren. Manchmal änderten sich Voraussetzungen unerwartet. Vielleicht schafften sie es dann

doch noch rechtzeitig. Auf jeden Fall hatten sie alles das getan, was ihnen an Möglichkeiten zur Verfügung stand.

* *

Unterdessen hatten sich Ccassor und Palloxx ein wenig vom Reinigungssystem verwöhnen lassen. Etwas Nahrung zu sich genommen und die Welt sah schon wieder anders aus. Die Strapazen und Aufregungen der letzten Zeiteinheiten waren zwar nicht vollständig vergessen. Trotzdem hatte sich die Anspannung ein wenig gelöst.

Doch die innere Unruhe ließ sie nicht los, verhinderte ein längeres Ausruhen. Von Schlaf war sowieso keine Rede. Sie wollten mit den Schllsch sprechen. Und so machten sie sich zu den Räumen von Bfffh und Tzsch auf, um mit ihnen das weitere Vorgehen zu besprechen.

Doch schon auf halbem Weg kamen den beiden Garrujanern die Rammaner entgegen. Schon von weitem rief ihnen Bfffh zu: „Schön, dass wir Euch wiedersehen. Wir fühlten uns allein ein wenig verloren und unwohl. Das ist hier alles so fremd für uns. So unwirklich. Jetzt wird uns erst so richtig bewusst, worauf wir uns da eingelassen haben. Auch wenn Ihr für uns eigentlich auch Fremde seid, fühlen wir uns in Eurer Gegenwart trotzdem viel sicherer und besser. Bitte bleibt also in unserer Nähe."

„Gerne," nickte Ccassor. „Wir wollten sowieso auch zu Euch. Begleitet uns doch zur Zentrale. Dort möchten wir mit den Schllsch sprechen. Dies sind rein geistige Wesen, die diese Flugsphäre steuern. Außerdem treffen wir dort sicherlich die Vaddder. Der Quader, der uns empfangen hat, ist einer davon. Was die Vaddder genau sind, wissen wir allerdings auch nicht. Es scheint sich um hoch konzentrierte Materie zu handeln, die darüber hinaus über eine sehr hohe Intelligenz verfügt. Diese ist der unseren weit überlegen."

Tzsch und Bfffh stimmten dem Vorschlag zu und so machten sich die so ungleichen Lebewesen gemeinsam auf den Weg. Die Garrujaner benutzten ihre Schwerkraftgürtel und schwebten voraus, während die beiden Rammaner ihnen mit schnellen Sprüngen hüpfend folgten.

Ccassor und Palloxx kannten diese Flugsphäre. Mit ihr waren sie damals nach Ramma geflogen. Deshalb fiel es ihnen leicht, den Weg zur Zentrale zu finden. Schon vor Erreichen ihres Ziels konnten sie den unverwechselbaren Klang des Schllschen Gesangs hören: *se winner täks it ohl, se luser häs tu fohl ...*

Kurz erklärte Ccassor den beiden Rammanern, welche Bewandtnis die komischen Geräusche hatten. Sie dienten den Schllsch, sich zu konzentrieren und sich in Einklang mit den Schwingungen des Universums zu bringen. So waren die Schllsch als einzige Lebewesen in der Lage, Raumkrümmungsvorgänge zu spüren und diese für intergalaktische Reisen auszunutzen. In einer Art Symbiose mit den Vadddern, die die Großraumsphären erschaffen hatten, halfen beide Lebensformen den Zivilisationen des Universums als eine Art Transportdienst.

Am Eingang der Zentrale blieben sie stehen. Es war immer wieder faszinierend, den Schllsch, während sie, in der Mitte der Zentrale schwebend, die Sphäre steuerten, zuzusehen. Immer wieder zuckten die Lichtblitze, mit denen die Schllsch den Kontakt zur Steuerungseinheit der Sphäre hielten, von ihren Tentakeln ausgehend an den Rand des Raumes. Wobei der Raum als solcher nicht erkennbar war. Es sah aus, als schwebten die Schllsch mitten im All.

Plötzlich verstummte der Gesang der Schllsch: „Herzlich willkommen ihr Jungchen unterschiedlichster Welten. Wir freuen uns, Euch wieder bei uns zu haben. Auch Ihr Rammaner seid besonders begrüßt." Palloxx meinte Sämmis Sprachmelodie erkannt zu haben. Er wollte bereits das Gehörte für die Rammaner übersetzen, da fuhr schon Sämmi fort: „Übrigens modulieren wir die Schallwellen so, dass wir parallel mit Euch in Eurer jeweilig gewohnten Sprache kommunizieren können. Ihr müsst also nicht noch für den anderen übersetzen."

Ccassor und Palloxx schauten sich ungläubig an. Immer wieder verblüffend, über welche Fähigkeiten die Schllsch verfügten.

Nun erklang eine leicht veränderte Stimme. Anscheinend sprach jetzt Dien; „Schade, dass wir diesmal wenig Zeit für einen längeren Gedankenaustausch haben. Aber die Zeit ist knapp und wir müssen uns fast ausschließlich auf die Steuerung der Sphäre konzentrieren. Um Euch so schnell wie möglich zur Erde zu bringen, müssen wir ungewöhnlich viele, sehr knapp hintereinanderliegende Raumkrümmungssprünge durchführen. Wir bewegen uns damit zwar durch das halbe Universum, Von der benötigten Zeit her handelt es sich dabei aber um die mit Abstand schnellste Verbindung. Nur kurz vor unserem Ziel kann es noch zu Problemen kommen. Die letzte Raumkrümmung bringt uns zwar direkt an den Rand der Zielgalaxis, in der sich auch das Sonnensystem der Erde befindet. Allerdings kommen wir genau auf der gegenüberliegenden Seite der Spiralgalaxie an. Und somit ist die kürzeste Verbindung mitten durch die Galaxie. In der Mitte dieser Galaxie befindet sich, wie im Großteil aller Galaxien, aber nun ein supermassereiches schwarzes Loch. Und da müssen wir einfach durch, alles andere würde uns zu viel an Zeit kosten. Grundsätzlich dürfte dabei nichts passieren, da wir zum Durchflug mehrfach die Dimension wechseln werden. Allerdings werden die Auswirkungen bzw. Erscheinungen beim Durchflug für Euch sehr ungewohnt und vielleicht erschreckend sein. Da Eure Wahrnehmungsorgane hauptsächlich auf elektromagnetischen Prinzipien beruhen, wird es auf jeden Fall zu ungewöhnlichen optischen und akustischen Interferenzen kommen. Insbesondere bei den Rammanern, deren Wahrnehmungsspektrum deutlich umfangreicher ist. Seid also auf alles vorbereitet."

Wie soll man sich auf ALLES vorbereiten? Mal wieder so eine überaus unpräzise Aussage der Schllsch. Ccassor und Palloxx schauten sich zum wiederholten Mal skeptisch an. An der Reaktion der Rammaner konnte man jedoch nicht erkennen, wie sie den Inhalt der Ansprache aufgenommen hatten. Bei ihnen war offensichtlich keine sichtbare Reaktion zu erkennen. Abgesehen vielleicht von der Tatsache, dass die Ausdünstungen ein wenig zugenommen hatten. Aber dabei handelte es sich eben nicht um *sichtbare* Anzeichen.

In diesem Augenblick kamen Upps und drei weitere Vaddder zur Zentrale. Upps ergänzte die Aussagen von Dien: „Ihr habt gehört, was auf Euch zukommen wird. Damit Euch nichts passiert oder Ihr Euch eventuell im Schreck durch unkoordinierte Bewegungen verletzen könnt, wird je ein Vaddder auf Euch aufpassen. Insbesondere werden wir beim Durchqueren des schwarzen Lochs besondere Schutzmaßnahmen für Euch ergreifen. Seid also nicht überrascht."

Diesmal fragte als erste Bfffh nach: „Was wollt Ihr denn mit uns tun? Anbinden?" „So ähnlich. Jeder Vaddder wird sich direkt neben Euch aufhalten und mit einem speziellen Schutzfeld für Eure Sicherheit sorgen. Dies ist natürlich zwangsweise auch mit einer gewissen Einschränkung der Bewegungsfreiheit für Euch verbunden. Habt aber wirklich keine Angst, Euch kann nichts geschehen."

Während des Gesprächs mit Upps wechselten in der Zentrale sehr schnell hintereinander die Ansichten. Rasch nacheinander waren immer wieder neue Sternenkonstellationen zu erkennen, begleitet von einem ständigen Flackern und Flimmern der Umgebung. So rasche Raumkrümmungssprünge in so kurzer Folge hatten die beiden Garrujaner noch nie erlebt. Sie schienen nur so von einem Ende des Universums zum anderen zu hüpfen und umgekehrt. Sie kamen zu Galaxien, die sie vorher noch nie in ihrem Leben gesehen hatten.

Doch plötzlich war mit den schnellen Wechseln der Sternenbilder Schluss. Bewegungslos schwebte vor und halb unter ihnen mit einem Mal eine im Universum übliche spiralförmige Galaxis.

Diesmal schien wohl Fränk zu sprechen: „Wir sind bereits in der Zielgalaxis, die von den Menschen Milchstraße genannt wird, angekommen. Genau auf der anderen Seite könnte ihr am Rand das Sonnensystem der Erde erkennen." Während Fränk sprach wurde der angesprochene Bereich sofort so stark vergrößert, dass man das System mit seinen Planeten relativ deutlich erkennen konnte. „So, jetzt heißt es, fertig machen zum Höllenritt. Seid Ihr bereit?" Ein undeutliches glucksendes Geräusch war dabei zu hören.

Auch wenn weder den Garrujanern noch den Rammanern die Bedeutung des Begriffes Höllenritt im entferntesten irgendetwas sagte, bestätigten sie fast zeitgleich ihre Bereitschaft. Innerlich zweifelten sie jedoch sehr an dem, was sie da gerade bestätigt hatten. Aber allen fehlte der Mut für ein Zurück oder ein Aufhalten der Ereignisse. So ergaben sich Bfffh, Tzsch, Ccassor und Palloxx fast hilf- und kraftlos ihrem Schicksal.

Und dann war es sowieso zu spät. Die Vaddder waren dicht an sie herangerückt. Plötzlich spürten sie einen sanften Druck auf ihren Körpern. Unfähig sich zu bewegen, waren sie in den Kraftfeldern der Vaddder gefangen. Sie sahen noch, wie die Galaxie auf sie zuraste. Dann verschwammen alle Konturen. Die Eindrücke und Geräusche waren so unwirklich und wechselten so unwahrscheinlich schnell, dass die Gehirne dies alles gar nicht verarbeiten konnten. Wie in einem Rausch zogen Formen und Farben vorbei. Selbst unmöglich existierende Lebensformen tauchten kurz schemenhaft auf, um gleich wieder zu verschwinden. Ccassor hatte das Gefühl, als empfände sie alle Emotionen auf einmal. Auch Gefühle, von denen sie glaubte, dass sie bei ihr gar nicht vorhanden waren, tauchten plötzlich in ihrem Innersten auf. Hass, Wut, Ärger waren gleichzeitig vorhanden wie Liebe, Sanftmut, Milde oder Toleranz. Irgendwann war das Gehirn so überfordert, dass es sich zum Selbstschutz auf Ruhemodus schaltete. Ccassor verlor das Bewusstsein. Ähnlich erging es nach und nach Bfffh, Tzsch und Palloxx. Die Vaddder hielten ihre Schützlinge sicher und bewahrten sie vor Stürzen und Verletzungen.

Auch wenn die Erinnerungen an das Erlebte hinterher für alle nur noch bruchstückhaft waren, glaubten sowohl die Garrujaner und Rammaner, dass der Flug durch das schwarze Loch ewig gedauert haben musste. Im Grunde war es aber nur ein Bruchteil der Zeit, in der sich Licht im Universum ausbreitet. Aber es ist ja bekannt, dass die Zeit bzw. das Zeitempfinden relativ ist.

Nur mühsam wachten die vier wieder auf. Der ausklingende Gesang der Schllsch holte Bfffh, Tzsch,

Ccassor und Palloxx wieder in die Wirklichkeit zurück: *„La määhr, kohn foa donsee lelongde golfklär ... "* Auch wenn der Sinn dieses Gesangs sowohl den Garrujanern als auch den Rammanern völlig verborgen blieb, waren alle von der schönen Tonreihenfolge wie gefangen.

Sämmi mal wieder mit seiner unnachahmlichen Ironie: „Na Jungchen, alles gut überstanden? Dies ging ja diesmal besser, als wir gedacht hatten. Gut, dass während des Durchfluges keine Raumkrümmung parallel stattgefunden hat. Ansonsten hätte es uns wohl in alle Einzelteile zerlegt, sprich, wir hätten uns in unsere Elementarteilchen aufgelöst. Aber Glück muss man haben."

Da vernahmen sie die angenehm sanfte Stimme von Dien: „Wie oft muss ich Dir noch sagen, dass Du unsere Jungchen nicht so verunsichern sollst. Sie haben andere Sorgen und brauchen nicht noch Dein unwissenschaftliches Geplapper." „Aber ich wollte doch nur." „Nichts wolltest Du," unterbrach in Dien, „einfach nur gedankenlos und ohne Einfühlungsvermögen dumm daher gequasselt. Und jetzt Schluss mit dem Gerede."

Ccassor und Palloxx kannten die Schllsch. Sie wussten, dass sich hinter Sämmi, Fränk und Dien eigentlich nur eine einzige geistige Lebensform verbarg, die sich allerdings bei Gelegenheit in ihre unterschiedlichen Charaktere aufspaltete. Insofern war es immer wieder sehr amüsant, wie sich die drei, die tatsächlich nur eins waren, miteinander stritten.

Dien: „Jungchen, vor uns seht Ihr bereits unser Zielsonnensystem." Deutlich war in einem vergrößerten Bildausschnitt das Sonnensystem hervorgehoben. Die Schllsch hatten offensichtlich sogar nur für die Garrujaner und Rammaner bei den einzelnen Planeten deren Namen in die Darstellung eingeblendet. Mit einem Mal ging die Bilderfassung noch näher an einen bestimmten

Planeten heran. Ein riesiger Planet rückte in das Blickfeld, dann schwenkte der Bildausschnitt auf einen kleinen Trabanten des Planeten.

Dien zeigte auf den Bildausschnitt: „Ihr seht jetzt den Jupitermond Ganymed vor Euch. Wir haben uns gerade mit der ZI der Erdstation in Verbindung gesetzt. Aus Zeitgründen werden wir nicht näher in das Sonnensystem einfliegen. Wir müssen dringend unsere ursprüngliche Mission fortführen. Die ZI hat uns aber jetzt berichtet, dass auf Ganymed eine Notfallsonde stationiert ist. Diese bringt Euch sicher zur Erde. Da diese Sonde laut Euren Wissenschaftlern auch als Energielieferant für die Strukturwandler dienen wird, lösen wir somit gleich zwei Probleme auf einmal.“

Palloxx war voller Unruhe und wollte gleich wissen, wie ernst die Lage bei Xyllopph und Vvlanzetti war: „Hat die ZI auch gesagt, wie es um die eingeschlossene Sphäre und vor allem um ihre Insassen geht?“

Dien nickte: „Im Augenblick verschärft sich die Lage zusehends, da der Druck der Lava stetig ansteigt und der Boden unter der Sphäre sich langsam dem kritischen Punkt annähert. Und vor allem, je länger wir hier reden, desto weniger Zeit bleibt Euch für eine Rettung. Wir fliegen jetzt Ganymed an. Die Notfallkapsel kommt uns schon entgegen. Macht Euch also alle schon für ein Umsteigen bereit.“

* *

Ccassor und Palloxx waren voller Hoffnung, rechtzeitig die Eingeschlossenen befreien zu können. Immerhin war es nur noch eine verhältnismäßig kurze Strecke bis zur Erde. Sie hätten nie gedacht, so schnell die Erde erreichen zu können. Hätten sie allerdings gewußt, wie dramatisch sich die Situation inzwischen zugespitzt hatte, wären sie wohl nicht so optimistisch gewesen.

Unterdessen kämpften nämlich die ZI, Xyllopph und Cculler mit all' ihren Möglichkeiten verzweifelt darum, den Ausbruch der Lavamassen unter ihnen, so lange wie möglich hinauszuzögern. Xyllopph und Cculler versuchten mit ihren geistigen Kräften, auf den Boden unter der Flugsphäre einen Gegendruck aufzubauen. Unterstützt wurden sie, sowohl von Kraftfeldern der Sphäre, als auch einiger Sonden.

Xyllopph wurde in seinen Bemühungen immer wieder abgelenkt. Obwohl Vvlanzetti die Menschen sehr umfassend über die Gefahr informiert hatte, in der sie sich alle befanden, musste sie die Erdbewohner und insbesondere die Kinder ein ums andere Mal zur Ordnung rufen. Nachdem die Kinder mehrmals aus Panik aus der Sphäre gesprungen waren, die Eltern ihnen gefolgt und die ZI befürchtete, dass jede noch so kleine Erschütterung die Stabilität des Bodens gefährden könnte, schloss die ZI die Kuppel. Mit Kraftfeldern wurden die Beine der Menschen fixiert, so dass sie nicht mehr weglaufen konnten. Die Erdbewohner missverstanden dies und waren offensichtlich nicht in der Lage, die Situation ruhig und logisch zu erfassen. Lautes Wehklagen der Erwachsenen und dauerndes Geschrei der Kinder trug nicht dazu bei, Xyllopphs Konzentrationsfähigkeit zu unterstützen.

Die ZI hatte natürlich sofort Cculler, Xyllopph, Vvlanzetti und Fahid von der Ankunft der Sphäre der Schllsch in Kenntnis gesetzt. Sie hoffte, diese Nachricht würde das deutlich schwindende Durchhaltevermögen wiederbeleben. Aber es war jetzt schon absehbar, dass es dann sicherlich nicht von langer Dauer sein würde. So

begann die ZI bereits mit den Vorbereitungen, die eingeschlossene Sphäre, wenn nötig dann doch durch die ge-
fährlichere und in ihren Auswirkungen unkalkulierbare
Methode der Sprengung zu befreien. Aber noch bestand
zumindest Hoffnung auf eine ungefährlichere Rettung.
Wenn auch, und das zeigten alle Berechnungen der ZI,
dieser Weg immer unwahrscheinlicher wurde

* *

Während also auf der Erde nicht gerade freudiger Optimismus, eher wohl überall blankes Entsetzen
und Verzweiflung vorherrschte, verabschiedeten sich
die Garrujaner und Rammaner überaus freundlich von
den Schllsch und Vaddder. Sie wünschten sich gegenseitig alles Gute. Dann wechselten die vier, mit Hilfe von
Kraftfeldern, auf die bereitstehende, etwas beengte, Notfallkapsel.

Beim Übersetzen meinten Ccassor und Palloxx
im Geiste wieder die Musik der Schllsch zu hören: *„Kon
te io li rivivroh ,kon te partiroh, lo con teh. "* Vermutlich
hatten ihnen ihr Geist aber nur einen Streich gespielt.
Denn die Großraumsphäre der Schllsch und der Vaddder
war bereits verschwunden. Sie waren sicherlich schon
wieder unterwegs und bereits weit weg. Aber irgendwann mussten sie die Schllsch darauf ansprechen, was
es mit der Musik auf sich hat. Und wo der Ursprung dieser schönen Tonfolgen lag.

So gut es ging, richteten sich die vier für den
kurzen Flug zur Erde ein. Ohne Zeitverzögerung machte
sich die kleine Sphäre mit Höchstgeschwindigkeit auf in
Richtung Erde. Die ZI hatte sofort das Kommando übernommen: „Bleibt gesund und glücklich. Ich analysiere

gerade die Strukturwandler der Rammaner. Von Aagutti
habe ich die technischen Daten bekommen, wie man die
Strukturwandler mit einer passenden Schnittstelle der
Notfallsphäre mit Energie versorgen kann. Außerdem
habe ich den gespeicherten Code von Ramma überspielt
bekommen, mit dem man die Strukturwandler aktivieren
kann. Sobald wir bei den Verschütteten ankommen, sind
die Geräte einsatzbereit und die Rammaner können sofort mit der Arbeit beginnen. Bitte informiert Bfffh und
Tzsch."

Ccassor hakte nach: „Wie läuft die Rettung ab?
Fliegen wir mit der Kapsel direkt über die Stelle, an der
Vvlanzetti und Cculler unter den Geröll- und Lavamassen begraben sind?" „Im Prinzip ja. Allerdings gibt es
ein kleines Problem." Ccassor und Palloxx zuckten
leicht zusammen. Sie konnten das Wort Problem so
langsam nicht mehr hören. Die ZI fuhr ungerührt fort:
„Die Energiezufuhr für die Strukturwandler kann nur
durch einen gebündelten Energiestrahl erfolgen. Die Ab-
strahlvorrichtung gibt es nur an der Außenseite der
Sphäre. Die Rammaner müssen also aus der Kapsel aussteigen. Da uns in der Kürze der Zeit keine für Rammaner modifizierten Schwerkraftgürtel zur Verfügung
stehen, müsst Ihr Bfffh und Tzsch mit Hilfe Eurer Gürtel
in der Schwebe halten. Also mit Euren vorderen Gliedmaßen die Rammaner halten und in Position über dem
Lavabuckel bringen. Eine Alternative gibt es nicht."

Palloxx überlegte: „Naja, das dürfte wohl mach-
bar sein. Ich hatte schon größere Schwierigkeiten be-
fürchtet."

Palloxx informierte Bfffh und Tzsch wieder umfassend über den weiteren Ablauf. Palloxx hoffte, dass die Rammaner alles richtig verstanden hatten. Des Öfteren hatte er aber das Gefühl, dass sie mehr von den unbekannten äußeren Eindrücken abgelenkt worden waren. Hoffentlich ging das alles gut, dachte sich Palloxx. Gleichzeitig mit dem Eintritt der Sphäre in die Erdatmosphäre hatte der Garrujaner seine Aufklärung abgeschlossen.

Ohne Rücksicht darauf, dass ihr Flug durch die Atmosphäre unbemerkt blieb, raste die Notfallkapsel mit hoher Geschwindigkeit dem Ziel entgegen. Nur ein Ionisierendes Feld um die Kapsel herum simulierte mit dem entstehenden Feuerschweif einen abstürzenden Meteoriten. Relativ kurz vor dem Ziel bremste die ZI abrupt ab, schaltete das Feld aus und ließ eine Sonde explodieren. Die Vorspiegelung eines abgestürzten Meteoriten, der kurz vor der Erdoberfläche explodiert war, war perfekt. Die ZI musste nur dafür sorgen, dass die Explosion weit genug von der Stelle entfernt war, an der die Verschütteten auf Rettung warteten. Denn eine falsche Berechnung der Auswirkungen der Druckwelle hätte vermutlich mit einem, im wahrsten Sinne des Wortes, Schlag sämtliche Rettungsbemühungen vereitelt. Denn jede, noch so kleine Erschütterungen des Erdbodens würde unweigerlich zur Katastrophe führen. Das letzte Stück flog die Notfallkapsel dann nur noch so schnell wie nötig, damit weder Überschallknall noch Kondenserscheinungen in der Luft sie verraten konnten.

Ccassor und Palloxx sahen bereits den Vulkan Cotopaxi. Es war jetzt nur noch eine Frage weniger Zeiteinheiten, bis die nun absehbar sicher erscheinende Rettung erfolgreich abgeschlossen sein sollte.

Als Garrujaner konnten sie natürlich nicht alle irdischen Redensarten kennen. Insofern waren ihnen auf der Erde die bei vielen Kulturen gängigen Sprichwörter, wie *man soll den Tag nicht vor dem Abend loben* oder *man sollte sich nicht zu früh freuen* oder *das Fell des Bären nicht verteilen, bevor er erlegt ist* und viele andere, selbstverständlich nicht bekannt. Vielleicht wären sie bei deren Kenntnis etwas vorsichtiger mit ihren optimistischen Vorstellungen gewesen. Jedenfalls wussten sie zu dieser Zeit noch nicht, dass ihnen das inzwischen äußerst unbeliebte Wort *Problem* in der nächsten Zeit noch viel zu oft zu Ohren kommen sollte. Aber vielleicht war das auch besser so, dass sie im Voraus nicht alles wissen konnten.

*   *

Unterdessen war das zweite Rettungskommando auch kurz vor dem Ziel. Der letzte Raumkrümmungssprung hatte die Großraumsphäre der Schllsch, an deren Bord sich Aagutti, Maldiviax und die anderen Wissenschaftler befanden, an den Rand einer der irdischen Nachbargalaxien befördert. Die Menschen nannten diese Spiralgalaxie Andromedanebel. Jetzt war es nicht mehr weit. Das unmittelbar bevorstehende nächste Raumkrümmungsereignis sollte sie direkt an den Rand des irdischen Sonnensystems bringen. Die Wissenschaftler waren emsig damit beschäftigt, die Schwarmflügler für den Einsatz vorzubereiten.

Die ZI auf der Erde hatte das Masserekonstruktionsgerät bereits aus der antarktischen Station an den Unglücksort transportiert. Die Analyseergebnisse lagen den Wissenschaftlern vor. Sämtliche relevanten Daten über die durch den Vulkanausbruch veränderte Topographie, die aufgeschütteten Gesteinsbrocken und die Massen an Lava, waren sofort in die Steuerungssysteme sowohl der Schwarmflügler als auch des der Koordinierung dienendem Masserekonstruktionsgerätes eingespeichert. Sofort nach Ausschleusen der Schwarmflügler wären diese einsatzbereit. Sie würden dann ohne Verzögerung völlig selbständig zu arbeiten beginnen.

Die Steuerung der Schwarmflügler war so eingerichtet, dass ein Teil von ihnen die verfestigte Lava mit Plasmaschneidern in gleichgroße Brocken zerlegen würde. Gleichzeitig würde der andere Teil der Schwarmflügler diese Brocken und die vom Vulkan vorher ausgestoßenen Gesteinsbrocken zügig abtransportieren. So sollte sehr schnell über der verschütteten Flugsphäre die nötige Lücke geschaffen werden, durch die die Sphäre dem bevorstehenden Unheil entrinnen könnte. Zumindest so der Plan.

Es war aber auch allen bewusst, dass nach den Berechnungen der ZI die Hilfe nicht mehr rechtzeitig eintreffen würde. Außer es geschah noch ein Wunder. Und darauf vertrauten die Garrujaner, auf ihr Glück.

Nun galt es erst einmal, ohne Zwischenfälle, die Erde zu erreichen. Die Stimmung unter den Garrujanern war angespannt. Hoch konzentriert waren sie an der Arbeit. Es galt, das Leben von Garrujanern zu retten. Dafür war keine noch so große Anstrengung nutzlos oder umsonst. Diese Einstellung und Sichtweise zeichnete ihre Art aus.

Die Schllsch und Vaddder hielten sich bewusst im Hintergrund. Sie spürten die Anspannung bei den Garrujanern. Es war das Beste, die Garrujaner im Augenblick in Ruhe zu lassen.

*   *

Xyllopph nahm die Umgebung um ihn herum kaum noch wahr. Das Schreien und Jammern der Menschen hörte er nur noch wie aus weiter Entfernung. Hoch konzentriert versuchte er, sich mit seinen geistigen Kräften dem sich immer weiter aufwölbenden Boden entgegenzustemmen. Plötzlich spürte er einen sanften Druck an seiner Hand. Vvlanzetti hatte seine Hand ergriffen. Ein unbeschreibliches Gefühl machte sich in seinem Inneren breit. Wohlige Wärme, tiefe Entspannung und ein überwältigendes Glücksgefühl durchströhmte mit einem Mal Körper und Geist. In diesem Augenblick wusste Xyllopph: Egal, was auch immer passieren würde und wie dies alles hier ausgehen sollte. Vvlanzetti und er waren für immer verbunden. Nichts konnte sie mehr trennen. Auch nicht, wenn ihre Körper aufhören sollten zu existieren. Ihrer beider Geist war nun für immer unzertrennlich. Diese Gedanken gaben Xyllopph die Kraft, die er für seine Aufgabe benötigte. Sehr leise und sanft spürte er Vvlanzettis Geist: „Xyllopph, halte durch. Rettung ist angekommen. Ccassor und Palloxx sind da. Ich spüre bereits ihre Gedanken. Gedanken, die eine sehr enge Bindung zu Dir und Cculler offenbaren. Es sind Eure

199

Geschwister. Nur noch kurze Zeit, dann haben wir es überstanden."

Aber nicht nur Vvlanzetti, sondern auch Cculler hatte sofort die Bedeutung der überaus engen gedanklichen Verbindung zu Ccassor und Palloxx erkannt. Die Überraschung war riesig. Was für ein Zufall. Ausgerechnet ihre Geschwister sollten die Rettung herbeiführen?

Doch so leicht wollte sich das Schicksal nicht geschlagen geben. Der Druck in der Magmakammer unter der eingeschlossenen Flugsphäre war kontinuierlich angewachsen. Der Boden hatte sich schon stark gewölbt und deutlich sichtbar angehoben. Die Dichte und Festigkeit des Bodens nahm massiv ab. Risse hatten sich bereits gebildet. Durch diese drang inzwischen schon seit geraumer Zeit sehr dünnflüssige und heiße Lava in die Höhle. Da die Flugsphäre durch Gestein und Lava vollständig eingeschlossen war, gelang es den technischen Einrichtungen der Sphäre nicht mehr, die unaufhörlich ansteigenden Temperaturen zu neutralisieren. Eine Wärmeableitung war nicht mehr vollständig möglich. Die Hitze hatte inzwischen unerträgliche Werte erreicht. Besonders die Menschen und da wiederum die Kinder, litten sehr darunter. Unter den Menschen machte sich eine aggressive Stimmung breit. Sie schrien: „Tut doch endlich etwas. Wir müssen hier alle verbrennen." Vvlanzettis Hinweise auf die Rettungsmaßnahmen verhallten ungehört.

Vvlanzetti nahm Kontakt zu Palloxx auf: „Wo seid Ihr? Bitte beeilt Euch. Wir halten hier nicht mehr lange durch." Dann schilderte sie mit wenigen Worten die deutlich verschlechterte Lage.

Palloxx signalisierte: „Wir sind bereits angekommen. Unsere Flugkapsel schwebt etwas versetzt
über Eurer Position. Wir bereiten uns gerade zum Ausstieg vor. Gleicht habt Ihr es geschafft. Wir machen so
schnell, wie es geht."

Während er mit Vvlanzetti geistig Kontakt hielt,
öffnete die ZI die Flugkapsel. Ccassor und Palloxx über-
prüften in aller Eile noch einmal die Funktionen ihrer
Schwerkraftgürtel. Die Rammaner hielten bereits die
Strukturwandler und waren zum Ausstieg bereit. Dann
hoben die Garrujaner jeweils Bfffh und Tzsch hoch und
flogen ein Stück weg von der Kapsel.

„Ich baue jetzt die Energieverbindung zu den
Strukturwandlern auf. Passt auf, dass Ihr nicht mit Euren
Gliedmaßen oder Körpern den Energiestrahl unter-
brecht." mahnte die ZI. Zwei gleißende Strahlen entstanden sofort zwischen der Kapsel und den Apparaten.

„Ich überspiele jetzt den ersten Code zur
Freischaltung von Tzschs Gerät. Tzsch, Code wurde ge-
sendet. Bitte versuche das Gerät zu starten."

Tzsch antwortete verzweifelt: „Es funktioniert
nicht, der Strukturwandler hat den Code nicht angenom-
men, er ist falsch. Das Gerät ist nach wie vor blockiert."

Palloxx und Ccassor schauten sich wieder an.
Das war es dann. Der ganze Aufwand umsonst. Alles
verloren. Keine Aussicht auf Rettung mehr. Vielleicht
aber doch nicht ganz.

„ZI, schnell versuch den zweiten Code bei
Bfffh." rief Palloxx aufgeregt. „Nein, das geht nicht.
Dieser Code ist unsere letzte Chance. Solang wir nicht
genau wissen, woran es lag und wo der Fehler ist, kön-

nen wir nichts riskieren." „Aber wir verlieren Zeit," „Das ist mir auch klar. Wenn wir jetzt aber zu schnell und unbedacht reagieren, verlieren wir nicht nur Zeit, sondern auch das Leben von Vvlanzetti, Xyllopph und den eingeschlossenen Menschen." „Wie lange dauert denn Deine Analyse des Fehlers?" „Wenn Ihr mich nicht dauernd stört, wesentlich schneller."

Sofort verstummte Palloxx. Aber das Nichtstun und Abwarten zehrte an den Nerven.

„Wir versuchen es erneut. Ich schicke nun den Code zu Bfffhs Apparat," meldete sich die ZI. Palloxx fragte hoffnungsvoll nach: „Hast Du den Fehler gefunden?" „Das werden wir alle gleich merken."

Bfffh rief: „Es funktioniert bei mir auch nicht. Der Strukurwandler reagiert nicht."

Erneutes Entsetzen bei allen mithörenden Garrujanern. Das war es dann nun wirklich.

„Ccassor, könntest Du bitte Deinen linken Fuss aus dem Energiestrahl nehmen. Dann sollte alles funktionieren, hoffentlich," meldete sich die ZI.

Ccassor schrak zusammen. Sie war durch die andauernden negativen Meldungen so abgelenkt worden, dass sie vergessen hatte, ihre Füße ruhig zu halten. Rasch steuerte sie sofort mit Hilfe des Schwerkraftgürtels Bfffh mit ihrem Gerät in die Position, in der der Strukturwandler mit Energie versorgt werden konnte.

Und dann geschah es. Ein deutliches Flimmern baute sich vor dem vorderen Teil bei Bfffhs Apparat auf. Dieses Flimmern bewegte sich auf den Lavahügel zu, unter dem die Flugsphäre eingeschlossen war. Als das Flimmern die festgewordene Lava erreicht hatte, begann sich diese aufzulösen. Unglaublich, die Materie verschwand einfach. Es entstand ein Loch, das sich langsam aber stetig vergrößerte.

Als erste reagierte Ccassor mit einem Schrei der Erleichterung. Sofort gab sie die positiven Informationen auf geistigem Weg an Vvlanzetti weiter. Das Herstellen der Öffnung ging zwar nicht so schnell wie gedacht, da jetzt nur ein Gerät zur Verfügung stand. Aber die Hoffnung auf Rettung war nun jedoch spürbar begründeter als noch vor kurzer Zeit.

Palloxx wandte sich glücklich an die ZI: „Danke, dass Du uns gerettet hast. Wo lag der Fehler bei Tzschs Code?" „Der Code war in Ordnung. Wir, oder ich, haben einen Fehler gemacht. Durch Tzsch und unsere Sonde in der Zentrale kannten wir die Abläufe bei der Freischaltung durch den Code. Dieser gleicht ja bekanntermaßen die Sinneszellen im Sensorband der Rammaner ab. Dabei werden aber auch die zeitlichen biologischen Veränderungen dieser Sinneszellen berücksichtigt. Damit ist eine Bedienung durch einen anderen Rammaner ausgeschlossen. Selbst, wenn man eine Kopie des Sensorbandes herstellt, sind die zukünftigen Veränderungen nicht abgebildet. Dies kann nur der Code mit Hilfe verschlüsselter Rechenvorgänge. Ausgehend von einem Ursprungszustand, berechnet der Code die Veränderungen immer parallel zu den tatsächlichen Veränderungen. Dies bedeutet aber auch, dass die Zeit, sowohl beim Sensorband als auch in den Rechenvorgängen des Codes gleichförmig abläuft bzw. ablaufen muss. Und hier lag der Fehler. Wie Ihr wisst, haben wir die Codes auf einem anderen Weg zur Erde transportiert als Euch und die Rammaner. Das Übersetzen zur Großraumsphäre der Schllsch mit Hilfe der Quante-blase war zwar für Euch möglich, nicht aber für den Code. Denn dieser funktioniert ähnlich wie die Quantenblase auf Grundlage von quantenphysikalischen Vorgängen. Somit war die Gefahr einfach zu groß, dass der Code durch den Sprung irgendwie verändert werden konnte." „Aber dann ist der Code trotz des anderen Transportweges verändert worden?" „Nein, wie gesagt, der Code war völlig in Ordnung. Wir oder ich haben die Zeit übersehen. Dimensionssprünge und Fortbewegung per Raumkrümmungseffekte haben einen anderen Zeitablauf als die gewöhnliche Fortbewegung in einer festen bzw. bestimmten Dimension. Du weißt ja auch, dass der Zeitablauf abhängig von der jeweiligen Geschwindigkeit ist. Und da lag der Fehler. Der Flug von Ganymed zur Erde brachte das Problem. Da die Flugkapsel fast mit Lichtgeschwindigkeit geflogen ist, verlief die Zeit für Euch geringfügig anders. Aber eben nur in dieser Dimension. Der Code war zu diesem Zeitpunkt schon auf der Erde. Damit lief die Zeit im Code anders ab, als bei Euch, insbesondere bei den Sensorbändern der Rammaner. Auch wenn es sich nur um sehr geringe Abweichungen gehandelt hat, hat es doch dazu geführt, dass der Code nicht mehr funktionierte."

Während sich die ZI und Palloxx, von der um sie herum noch durchaus katastrophal zu nennenden Lage, völlig ungestört, unverständlicherweise hochgeistig austauschten, hatte Bfffh schon einen Großteil der benötigten Öffnung freigelegt. Die Eingeschlossenen konnten bereits Teile des Himmels sehen. Durch die Öffnung entwich auch inzwischen sehr viel der angestauten heißen Luft. Die Aggregate der Flugsphäre konnten schon wieder für eine deutliche Abkühlung innerhalb der Sphäre sorgen. Erste Jubelschreie der Menschen bewirkten auch bei Vvlanzetti erste Freudengefühle. Nur Xyllopph war nach wie vor hoch konzentriert. Er fühlte, er durfte erst nach erfolgter Rettung mit seinen Bemühungen nachlassen.

Cculler und Fahid sahen von ihrer Flugsphäre aus auch die Erfolge von Bfffh. Es konnte jetzt wirklich nicht mehr lange dauern, dann sollten die Eingeschlossenen frei sein.

Fahid hatte sich während des größten Teils der Rettungsbemühungen brav im Hintergrund gehalten. Er wusste, er konnte sowieso in der derzeitigen Phase nichts Wesentliches zur Rettung beitragen. Nun schien sich die Lage deutlich zu entspannen und die Eingeschlossenen sollten bald frei sein. So glaubte er, Cculler etwas fragen zu können: „Ich habe ja vermutlich nur die Hälfte von dem verstanden, was hier gerade abläuft. Was sind dies für komische Wesen?" Dabei deutete er auf die Rammaner. „Und was ist das für ein Gerät, das sie benutzen? Irgendwie habe ich immer den Begriff *Strukturwandler* verstanden. Was hat dies zu bedeuten?" „Lieber Fahid, noch ist nicht alles überstanden. Ich versuche nach wie vor, mit meinen Gedanken Xyllopph zu unterstützen. Doch ganz kurz zu Deinen Fragen: Diese Wesen heißen Rammaner und kommen aus einer weit entfernten Galaxis. Ccassor und Palloxx, Geschwister von mir und Xyllopph, haben sie auf deren Heimatplaneten Ramma kennengelernt. Die näheren Umstände dazu erzähle ich

Dir irgendwann später. Die Rammaner haben auch dieses Gerät, den Strukturwandler entwickelt. Elementarteile, auch Atome, Moleküle und ähnliche Teilchen werden durch Kräfte wie z.B. elektromagnetische Kräfte zusammengehalten. Der Strukturwandler löst nun, einfach gesagt, diese Strukturen und deren Bindungskräfte auf, indem er diese umwandelt. Die Materie löst sich auf und zerfällt in die Grundbausteine. Jetzt muss ich mich aber wieder konzentrieren. Wir haben es gleich geschafft.“

Doch dann geschah das völlig Unerwartete. Die ZI schaltete sich ein: „Sofort alles abbrechen. Ccassor und Palloxx, sofort von hier verschwinden. Cculler, bereit machen für die Sprengung der Kuppel.“

Cculler rief: „Was ist passiert? Wir stehen doch kurz vor dem Ziel. Was soll diese unsinnige und nicht nachvollziehbare Anweisung?“ „Ich will mich jetzt nicht mit Dir darüber streiten, ob eine ZI überhaupt unsinnig oder sonstwie unlogisch handeln kann. Fakt ist, dass in Kürze in diesem Gebiet mehrere Satellitentrümmerteile einschlagen werden. Nach meinen Berechnungen wird auf jeden Fall durch die Einschläge und die damit verbundenen Erschütterungen der Boden um uns herum so instabil, dass der Vulkan dann endgültig unter der verschütteten Sphäre ausbricht. Ist dies für Dich nun Grund genug, meine Anweisungen zu befolgen?“

Noch bevor Cculler antworten konnte, schrien fast gleichzeitig Ccassor und Palloxx: „Nein. Auf keinen Fall brechen wir ab. Wir bleiben. Unser Gefühl sagt uns, wir sollen bleiben.“Die ZI erwiderte völlig ohne Emotionen: „Wie Ihr wollt. Durch unsere unnötige Diskussion ist es sowieso zu spät.“

Während sie dies sagte, schlugen bereits die ersten Trümmerteile rings um die Unglücksstelle ein. Immer mehr Trümmer *regneten* vom Himmel. Vermutlich durch die Reibungshitze beim Eintritt in die Atmosphäre waren die Teile jedoch relativ klein und ungefährlich. Die ZI versuchte auch, mit gebündelten Kraftfeldern die Einschläge abzumildern. Bei zwei größeren Objekten gelang dies jedoch nicht. Sie schlugen zwar etwas weiter entfernt ein. Doch an der Stelle des Aufschlags kam es sofort zu heftigen Lavaeruptionen.

Als Cculler dies sah, dachte sie, das war es dann. Überzeugt, dass die ZI recht gehabt hatte, wollte sie nun zum letzten Mittel greifen, der, wenn auch vom Ergebnis her unkalkulierbaren, Sprengung.

Sie hatte den Gedanken noch nicht zu Ende gedacht, drangen fast gleichzeitig Ccassor und Palloxx in ihren Geist ein: „Nein, um Garrujas Willen, nein. Tu es nicht. Alles wird gut. Glaub es uns. *Wir schaffen das*! Die eingeschlagenen Trümmerteile helfen uns. Gleich sind Vvlanzetti und Xyllopph frei. Schau genau, was passiert.“

Cculler verstand nicht sogleich. Was sollte dies bedeuten *die Trümmerteile helfen uns*? Doch dann begriff sie. Die eingeschlagenen Satellitenteile hatten zwar zu den befürchteten Lavaeruptionen geführt. Doch diese erwiesen sich nun als unverhoffte Hilfe. Denn die Lavaausbrüche verminderten, wenn auch ganz gering, den Druck in der Magmakammer. Aber diese geringfügige Druckreduzierung entlastete kurzzeitig den Druck unter der eingeschlossenen Sphäre und verschaffte damit dem Rettungsteam wertvolle Zeit.

Das Loch über der Sphäre von Xyllopph und Vvlanzetti wurde sichtbar größer. Bfffh führte den ausgesprochen dünnen Energiestrahl sehr geschickt und erkennbar mit offensichtlich viel Erfahrung über die zu bearbeitende Stelle. Es fehlte nur noch wenig und das Loch hätte die gewünschte Durchflugsgröße erreicht.

Cculler sah die deutlichen Erfolge. Doch aufgrund der Erfahrungen aus der Vergangenheit schlich sich ein ungutes Gefühl ein. War's das schon? Sollte es jetzt wirklich so glatt gehen? Offensichtlich spürte sie im Innersten, was sich unter der eingeschlossenen Sphäre abspielte.

Die aus dem Innern der Erde aufsteigenden Lavamassen erhöhten den Druck auf den Boden stetig und unaufhaltsam. Die eingeschlagenen Trümmerteile der Satelliten hatten zwar kurzzeitig den Druck etwas abgeschwächt. Aber eben nur kurzzeitig. Der Boden unter der Sphäre hatte sich inzwischen soweit angehoben, dass es nur eine Frage der Zeit war, wann der Boden nachgeben musste. Und dieser Zeitpunkt war nun gekommen.

Ohne Vorwarnung brach sich die bisher aufgestaute Lavamasse den Weg an die Oberfläche. Eine gewaltige feurige Fontäne ergoss sich nun ungehemmt durch das bereits von Bfffh geschaffene Loch in den Himmel. Cculler und Fahid erschraken zutiefst. Da ihr Standort etwas weiter von dem Ausbruch entfernt war, waren sie im Augenblick selbst nicht so gefährdet. Durch die Entfernung war aber auch ihr Blickfeld eingeschränkt.

Erst bei genauem Hinsehen sahen sie sowohl Ccassor und Palloxx, die Rammaner auf ihren vorderen Gliedmaßen sitzend und dort festhaltend, als auch die Notfallkapsel mit Höchstgeschwindigkeit vor der Feuersäule wegjagen. Sie hatten es also noch rechtzeitig geschafft. Aber was war mit Vvlanzetti, Xyllopph und den Menschen?

Xyllopph und Vvlanzetti erlebten den Ausbruch unmittelbar. Sie waren sich sicher, ihr Ende sei gekommen. Neben der Flugsphäre schossen Feuersäulen nach oben und durch die künstliche geschaffene Öffnung. Sie sahen aber auch, dass die Öffnung für einen Start noch nicht groß genug war. Die Hitze hatte unerträgliche Werte erreicht. Die schützenden Energiefelder standen offensichtlich kurz dem Zusammenbruch. Das Geschrei der Menschen war verstummt. Einige, vor allem die Kinder, lagen bereits ohnmächtig am Boden. Die noch nicht bewusstlosen Menschen hielten die Hände zusammen und murmelten leise vor sich hin. Plötzlich wich die Anspannung bei Xyllopph und Vvlanzetti. Beide fühlten sich mit einem Mal völlig gelöst. Vvlanzetti erinnerte sich an Schilderungen von Garrujanern kurz vor deren Ableben. Und dann schauten sich Vvlanzetti uns Xyllopph tief in ihre großen Augen. Sie hielten sich gemeinsam fest. Spontan sagten beide fast gleichzeitig die für Garrujaner sehr ungewöhnlichen Worte: *Für immer werden wir verbunden sein, wir sind für immer Eins.* Menschen hätten dieses gemeinsame Gefühl vermutlich mit anderen Worten ausgedrückt: Ich liebe Dich. Aber diese Wortschöpfung existierte im Garrujanischen Wortschatz nicht, noch nicht.

Plötzlich sah Cculler ganz am oberen Ende des feurigen Lavaausbruchs die Flugkapsel wie ein Geschoss in den Himmel schießen. Offensichtlich hatte die Explosion die Sphäre in die Luft geschleudert. Doch was war mit den Insassen? Hatten sie den Ausbruch überlebt?

Mit Erleichterung spürte sie mit einem Mal die Gedanken von Vvlanzetti und Xyllopph. Anscheinend etwas erschöpft meldeten sie sich gedanklich, dass alles in Ordnung sei. Cculler atmete spürbar auf.

Die ZI ermahnte: „Bleibt bitte alle ruhig. Ich steuere Euch jetzt zu dem provisorischen Lager für die Menschen. Dort können wir dann alles Weitere besprechen. Garruja informiere ich gerade über die geglückte Rettung.“

So landeten nacheinander die zwei Flugsphären, die Notfallkapsel und Ccassor und Palloxx, die immer noch *ihre* Rammaner fest an sich hielten, bei der bereits vorher in Sicherheit gebrachten Gruppe der Menschen. Als diese sahen, wie die Kinder und die anderen Angehörigen zwar sichtlich angegriffen aber doch wohl unverletzt aus der Sphäre stiegen, rannten sie alle aufeinander zu. Sie umarmten sich und weinten vor Glück.

Die Garrujaner waren zwar etwas beherrschter, doch grundsätzlich glichen sich die Verhaltensweisen. Auch sie umarmten sich voller Glück angesichts der unerwarteten Rettung. Besonders natürlich die vier Geschwister Ccassor, Palloxx, Cculler und Xyllopph waren von ihren Gefühlen über dieses völlig überraschende Zusammentreffen übermannt. Selbst Fahid wurde in den Freudentaumel mit einbezogen. Wobei er Cculler mehrfach darauf hinweisen musste, dass sie ihn mit ihren ungestümen Kräften nicht erdrücken solle. Andererseits genoss er ihre Umarmungen und Nähe. Sehr oft hatten sich in den vergangenen Stunden trotz der ständigen Anspannungen ihre Blicke liebevoll gekreuzt. Beide spürten eine innige Zuneigung. Mehr - Fahid liebte Cculler. Sollte er es ihr sagen? War eine Liebesbeziehung zwischen ihm und einer Garrujanerin überhaupt möglich? Er war sich nicht sicher, noch nicht. Fahid hoffte auf eine gemeinsame Zukunft. Doch wie sollte sie aussehen? Die Unterschiede zwischen beiden Lebewesen waren auf den ersten Blick enorm. Hatte ihre Liebe eine Chance?. Seine Überlegungen wurden bald unterbrochen.

Cculler seufzte: „Dies war ja im wahrsten Sinne Rettung in letzter Zeiteinheit. Da haben wir ja wirklich riesiges Glück gehabt. Erst die Trümmerteile des Satelliten, die uns durch den Einschlag nötige Zeit verschafft haben. Dann die glückliche Fügung, die die Sphäre so herausgeschleudert hat, dass sie und deren Insassen keinen Schaden genommen haben. Und dass die Explosion die beiden Rammaner, Ccassor und Palloxx ebenfalls nicht verletzt hat." „Von glücklicher Fügung möchte ich nicht sprechen" warf die ZI ein. „Was meinst Du schon wieder? Wenn nicht Glück, was dann?" „Wisst Ihr eigentlich, um was für Satelliten es sich gehandelt hat, deren Trümmerteile uns mit ihrem Einschlag ein *wenig Luft* verschafft haben?" „Woher sollen wir das wissen? Mach es nicht immer so spannend!" „Könnt Ihr Euch noch an den fehlgeschlagenen Versuch der Menschen mit dem Photonenstrahlsatelliten erinnern?" Vvlanzetti erinnerte sich: „Natürlich. Aber was hat das mit dem jetzigen Ereignis zu tun?" „Ganz einfach. Die damals mit zerstörten Beobachtungssatelliten bzw. deren Überreste sind just in dem Moment in die Erdatmosphäre eingetreten und haben mit ihren Einschlägen im Erdboden uns die nötige Zeit verschafft, die wir zur Rettung gebraucht haben. Und wenn Ihr auch noch daran denkt, wer für den Abschuss des irdischen Photonenstrahlsatelliten verantwortlich war, nämlich die Vaddder, dann sollten wir an diesem Punkt nicht mehr von Glück sprechen."

Jetzt herrschte erst einmal betretenes Schweigen. Die Garrujaner schauten sich ungläubig an. „Dies würde ja bedeuten," fing Vvlanzetti an, „dass die Vaddder bereits bei unserer Ankunft auf der Erde vor Tagen das alles vorhergesehen haben." beendete Xyllopph den Satz. „Doch weitaus wichtiger ist die Frage," fuhr die ZI fort, „warum die Vaddder uns erst in diese Situation haben kommen lassen? Warum haben sie uns nicht vorgewarnt oder das Unglück im Ansatz verhindert? Immer mehr Fragen entstehen im Zusammenhang mit diesen undurchschaubaren Quadern. Ich habe es bereits des öfteren festgestellt. Wir müssen die Vaddder verstärkt beobachten. Auf der einen Seite helfen sie uns scheinbar uneigennützig. Doch dann lassen sie uns immer wieder in für sie offensichtlich lang vorher erkennbare Gefahren stolpern, nur um uns dann aus der Bredouille helfen zu können. Das ist doch nicht normal, oder?"

Abgesehen davon, dass keiner der Garrujaner den Begriff *Bredouille* kannte, mussten sie ansonsten der Analyse der ZI zustimmen.

Die ZI war aber mit ihren Ausführungen noch nicht zu Ende: „Und übrigens, die Rettung der Flugsphäre und von Ccassor und Palloxx war auch kein Glück. Die Sensoren hatten rechtzeitig den Lavaausbruch vorhergesagt. So lang wie möglich habe ich Bfffh mit dem Strukturwandler arbeiten lassen. In allerletzter Zeiteinheit habe ich sowohl bei der Notfallkapsel als auch bei den Schwerkraftgürteln von Ccassor und Palloxx die Kontrolle übernommen. Mit Höchstbeschleunigung wurden alle von der Gefahrenstelle wegbefördert und in Sicherheit gebracht. Ich musste nur mit konzentrierten Kraftfeldern sicherstellen, dass Ccassor und Palloxx die beiden Rammaner nicht verlieren konnten. Durch die hohen Beschleunigungskräfte beim Fluchtmanöver wäre es keinem der beiden möglich gewesen, Bfffh und Tzsch festzuhalten.“ Die ZI machte eine kleine Pause. Bei einem Menschen oder einem Garrujaner hätte man sicherlich vermutet, dass die ZI mit dieser Pause den Anderen Gelegenheit zum Lob für sie geben wollte. Aber eine ZI hatte auch kein Lob nötig. Sie wusste genau, wie gut sie war. Nachdem niemand reagierte, machte sie einfach weiter: „Die Flugsphäre wurde auch nicht durch den Lavaausbruch hochgeschleudert. Sondern ebenso mit Fluchtgeschwindigkeit gestartet.“ Vvlanzetti nickte: „Jetzt verstehe ich, warum es uns in der Flugsphäre kurz vor unserer Rettung noch einmal so unerträglich heiß geworden ist. Die Schutzfelder standen kurz vor dem Zusammenbruch. Da hättest Du ruhig etwas eher starten können, also schon kurz bevor die Lava ausgebrochen ist.“ „Hätte ich auch lieber getan, als Euch dieser weiteren Gefahr auszusetzen. Nur war die Fluchtöffnung leider noch nicht groß genug. Entweder hätte ich mit ausgeschalteten Schutzfeldern durch die Öffnung fliegen oder eben so lange warten müssen, bis die Lavaeruption die Öffnung entsprechend vergrößert hatte. Die Entscheidung fiel auf die, nach Wahrscheinlichkeiten am sichersten berechnete, Alternative. Aber wenn ihr mich weiter kritisiert, könnt Ihr in Zukunft auch alles allein entscheiden und machen. Ich begebe mich dann solange in Urlaub."

Die fünf Garrujaner schauten sich lachend an. Die ZI hatte es mal wieder geschafft. Noch vor wenigen Zeiteinheiten waren alle von der scheinbar ausweglosen Katastrophe gefangen und erschüttert worden. Und nun hatte die ZI mit wenigen Worten ganz leicht die Spannung gelöst. Selbst Fahid, obwohl er nicht immer alles verstand, musste grinsen.

„Wir müssen jetzt sehen, wie es weitergehen soll. Was soll mit den Menschen geschehen? Lassen wir sie mit ihren Problemen allein oder helfen wir ihnen? Und wenn ja, wie? Nachdem wir uns entgegen unserer Prinzipien bereits viel zu sehr in die Belange dieser Menschen eingemischt haben, spielt es wohl auch keine Rolle mehr, wenn wir die Hilfe noch fortsetzen. Übrigens haben die irdischen Behörden inzwischen damit angefangen, mögliche Opfer des Vulkanausbruchs zu suchen. Einige Helikopter sind bereits unterwegs. Allerdings wird es sicher noch einige Zeiteinheiten dauern, bis sie auch dieses Gebiet erreichen" fuhr die ZI fort.

Inzwischen hatte sich bei den Menschen die erste Aufregung und Freude über die geglückte Rettung gelegt. Romina und Pedro lösten sich aus der sich immer noch umarmenden Menschentraube und ging auf die, etwas abseits, stehenden Garrujaner zu. Die Rammaner hielten sich nach wie vor im Hintergrund und sprachen angeregt miteinander. Zumindest hörte man es dauernd Zischen und Pfeifen.

Romina blieb vor Cculler stehen: „Wir danken Gott und Euch für unser aller Rettung. Wir alle werden unser ganzes Leben stets tief in Eurer Schuld stehen. Was auch immer wir für Euch tun können, wir werden es tun." Cculler und die anderen Garrujaner waren sehr berührt. Diese Menschen hatten alles verloren und nur ihr Leben gerettet. Trotzdem dachten sie zuerst an sie, die Außerirdischen. Ihr bisheriges Bild von den nur an sich denkenden Menschen, die gewalttätig waren und mit dem kriegerischen Verhalten eine latente Gefahr für die Galaktische Gemeinschaft darstellten, hatte sich in kürzester Zeit gewandelt. Nicht alle Menschen schienen *schlecht* zu sein. Unter den Menschen gab es offensichtlich auch jene, die ähnlich wie Garrujaner dachten und fühlten. Spontan dachte Cculler daran, dass man diese Menschen nicht so einfach ihrem derzeitigen Schicksal überlassen könnte. Irgendwie mussten sie ihnen helfen.

Sofort spürte sie in ihrem Geist die Zustimmung der anderen Garrujaner. Bevor man aber weitere Pläne schmieden und Cculler Romina antworten konnte, unterbrach die ZI: „Ich habe gerade die Nachricht von Aagutti bekommen, dass die Großraumsphäre der Schllsch mit den Wissenschaftlern und den Schwarmflüglern am Rand des Sonnensystems angekommen ist. Sie können in wenigen Zeiteinheiten auf der Erde sein."

Cculler erklärte Romina und Pedro in einfachen Worten die veränderte Situation: „Danke für Euer Angebot. Wir haben gerade eine wichtige Nachricht bekommen. Lasst uns einen Augenblick die Sachlage klären. Vielleicht können *wir* Euch sogar noch ein wenig mehr helfen. Bitte habt etwas Geduld, wir werden uns schnell wieder bei Euch melden." Damit wandte sie sich den anderen Garrujanern zu. Romina und Pedro begaben sich wieder zu den anderen Menschen zurück.

*　　*

Die Großraumsphäre der Schllsch war mit der letzten Raumkrümmung ganz in der Nähe des Planeten Uranus angekommen. Fast direkt in der Umlaufbahn des Uranusmondes Ariel.

Sofort versuchte Aagutti mit der Erde bzw. der ZI Kontakt aufzunehmen. Erfreut hörten er und die anderen Wissenschaftler von der ZI, dass die Rettung erfolgreich abgeschlossen worden ist. Auch bei diesen Garrujanern machte sich Erleichterung breit.

„Hervorragende Nachrichten" bemerkte Aagutti. „Dann ist zwar unser Flug umsonst gewesen, aber -wie gesagt – wir hätten es uns alle nie verziehen, wenn wir es nicht getan hätten und damit eine mögliche Rettung vielleicht verhindert worden wäre. Allerdings müssen wir jetzt erst einmal auf der Erde bleiben. Die Schllsch müssen rasch weiter und ein Rückflug nach Garruja muss erst organisiert werden."

Die ZI antwortete: „Zwei Flugsphären von der antarktischen Station sind bereits auf dem Weg zu Euch. Nur bei den Schwarmflüglern sehe ich Probleme. Erstens haben wir für sie keine Verwendung mehr. Zweitens, wie sollen wir diese große Anzahl zur Erde bringen, ohne dass sie von den Menschen bemerkt werden? Solange es sich noch um einen Notfall gehandelt hätte, hätten wir darauf keine Rücksicht genommen. Da stand noch das Leben von Garrujanern und deren schnelle Rettung im Vordergrund. Jetzt müssen wir aber wieder die Grundsätze der Galaktischen Gemeinschaft berücksichtigen. Und die besagen nun einmal, dass Lebewesen auf fremden Planeten nichts von unserer Anwesenheit mitbekommen dürfen."

Die Garrujaner auf der Erde hatten die Unterhaltung mitverfolgt. Nach einem kurzen Blickkontakt mit Vvlanzetti, Xyllopph und Fahid sprach Cculler die Wissenschaftler um Aagutti direkt an: „Ich habe eine Idee, wie wir die Schwarmflügler relativ ungesehen zur Erde bringen könne. Auch wenn wir sie nicht mehr zur Rettung von Garrujanern benötigen, könnten wir doch deren Effektivität in der Praxis ausprobieren. Könntet Ihr Euch das vorstellen bzw. wäret Ihr damit einverstanden?"

Nach einer kurzen Beratungspause meldete sich Maldiviax: „Grundsätzlich wäre ein praktischer Einsatz sicherlich für das Sammeln von Daten und den daraus folgenden Erkenntnissen ein wertvoller Ansatz. Was stellst Du Dir vor?" „Das Dorf der Menschen, die von uns gerettet worden sind, wurde auch durch den Vulkanausbruch zerstört und verschüttet. Wir könnten doch mit dem Masserekonstruktionsgerät und den Schwarmflüglern das Dorf an einer sicheren Stelle wiederaufbauen." „Damit verstoßen wir doch gegen die Grundsätze für Einsätze auf fremden Planeten. Nicht nur, dass die betroffenen Menschen bereits von uns und unseren Möglichkeiten wissen. Nein, auch würden wir durch die Versetzung des Dorfes unwiderlegbare Beweise für unsere Existenz liefern." „Das sehen wir nicht so. Es gab doch schon immer auf der Erde Einflussnahmen von Außerirdischen. Sei es in Süd- oder Mittelamerika, in Afrika oder sonstwo. Selbst wenn die Beweise noch so eindeutig sein sollten, wie bei Bauwerken, Felszeichnungen oder Überlieferungen in der Bibel durch Propheten wie Hesekiel, glauben die Menschen nach wie vor daran, dass sie einmalig sind und es außerhalb der Erde keine intelligenten Lebewesen gibt. Wobei man natürlich die irdische Bedeutung des Wortes *Intelligenz* von unserer Seite aus doch anders interpretieren würde. Deshalb glauben wir, dass das Versetzen des Dorfes für die Menschen so unvorstellbar und unmöglich sein sollte, dass sie dafür eher andere Ursachen finden sollten, als die Existenz von Außerirdischen. Denkbar wären doch in erster Linie irgendwelche Vermessungsfehler bei der Kartographierung der Landschaft. Unterstützen könnten wir das auch durch Verfälschung einiger von der Luft aufgenommener Karten. Die Computertechnik der Menschen ist doch hier sehr einfach zu manipulieren."

Erneutes Schweigen. Diesmal etwas länger. Dann hörten sie die Stimme von Aagutti: „Also, gesetzt den Fall, wir sind einverstanden. Wie wollen wir die Schwarmflügler ungesehen zu Euch und Eurem Standort bringen?" „Wir müssen dies in zwei Schritten tun. Zuerst laden wir die Oberflächen aller Schwarmflügler elektrostatisch auf. Beim Eintritt in die Atmosphäre schaffen wir dadurch ein künstliches Polarlicht, das den Flug der Schwarmflügler verbergen sollte. Sicherlich sind Polarlichter in der Äquatorregion sehr ungewöhnlich, fast unmöglich. Aber auch hierbei können wir in den irdischen sozialen Medien für entsprechende, mehr oder weniger logische Begründungen sorgen. Sobald der Schwarm dann über dem Pazifik vor der Küste Ecuadors angekommen ist, nutzen wir das Phänomen El Niño aus. Zurzeit ist die Meeresströmung El Niño sehr ausgeprägt. Die Küstengewässer sind ungewöhnlich warm. Als Folge entstehen an der Westseite der Gebirge starke Wolkenschichten und Regenfälle. Mit deren Hilfe können wir die Schwarmflügler im Schutz der dichten Bewölkung bis zum Cotopaxi führen. Optisch sind sie somit größtmöglich verborgen. Bei entsprechendem Abstand der Schwarmflügler untereinander sollten sie auch im Regenradar oder bei sonstigen Radarbeobachtungen als Reflexionen größerer Hagelkörner oder -wolken erfasst und eingestuft werden. Nun, was meint Ihr?"

Diesmal dauerte das Schweigen deutlich länger. Maldiviax meldete sich zu Wort: „Wir haben Deine Überlegungen auch mit Hilfe der ZI abgeklärt. Ein gewisses Restrisiko der Entdeckung bleibt natürlich. Allerdings ist dies relativ gering und deshalb vernachlässigbar. Mit anderen Worten, wir sind einverstanden. Die zwei Flugsphären sind inzwischen bei uns eingetroffen. Wir steigen gerade um und machen uns auf den Weg zu Euch."

Während sich also Aagutti und die anderen Garrujaner bei den Schllsch und Vaddder für deren schnelle und uneigennützige Hilfe bedankten, in die bereitgestellten Flugsphären umstiegen und sich dabei herzlich verabschiedeten, informierte Cculler Fahid, die Rammaner und die Bewohner des kleinen Dorfes über die neue Entwicklung der Dinge. Xyllopph, Vvlanzetti, Ccassor und Palloxx konnten das vorherige Gespräch ja direkt verfolgen. Alle waren glücklich über die unverhoffte Wendung. Wobei *alle* vielleicht nicht ganz richtig war. Denn inwieweit die Rammaner emotional einzuschätzen waren, konnte man weder an ihrem Verhalten noch an einer Mimik ablesen. Rammaner hatten nämlich biologisch bedingt keinerlei, von außen wahrzunehmende, Gefühlsregungen. Aber im Augenblick spielte dies wohl eher eine untergeordnete Rolle.

So warteten die Garrujaner und die Menschen hoffnungsvoll auf die Ankunft der Garrujanischen Wissenschaftler. Alle Blicke waren nach Westen gerichtet. Von dort sollte die Hilfe kommen. Aber außer einer sehr dichten Bewölkung und beginnendem Regen war noch nichts zu erkennen.

Bfffh sprach unterdessen Palloxx an: „Haben wir das richtig verstanden, Ihr wollt für diese Planetenbewohner deren zerstörtes Dorf an einer anderen und damit sichereren Stelle wiederaufbauen?" „Das ist richtig. Wir warten jetzt nur noch auf die entsprechende technische Unterstützung. Dann werden wir die zerstörten Bauwerke freilegen und mit den vorhandenen und eventuell zu ergänzenden Steinen rasch an anderer Stelle wieder rekonstruieren." „Können wir Euch dazu helfen? Vermutlich existiert das Dorf autark. Außer einer Energiezufuhr haben wir keine Anschlüsse für eine externe Versorgung gesehen. Sollen wir mit dem Kräftewandler z.B. einen Brunnen für die Wasserversorgung herstellen? Mit unseren Sinnen können wir in relativ geringer Tiefe größere Grundwasservorkommen feststellen."

Palloxx war von dem Vorschlag überrascht. Nicht nur, dass die Rammaner einem völlig fremden Volk, mit dem sie eigentlich absolut nichts verband, uneigennützig helfen wollten, nein auch die Tatsache, dass diese mehr oder minder undurchschaubaren Wesen sofort die Lage und die Menschen absolut treffend analysiert hatten, beeindruckte Palloxx: „Gerne nehmen wir Eure Hilfe an. Die Idee mit dem Brunnen ist hervorragend. Vielleicht könnt Ihr auch noch ein entsprechendes und einfaches unterirdisches Reservoir für eine Abwasserreinigung anlegen. Mit den hier auf der Erde lebenden Mikroorganismen wäre eine simple, aber sehr effektive Trennung der Schadstoffe möglich." „Machen wir. Zeig uns nur die Stelle, wo wir anfangen sollen." „Sobald wir mit den Menschen den genauen Standort besprochen haben, gebe ich Dir Bescheid. Aber bereits jetzt schon einmal Danke für Euer Angebot."

In diesem Augenblick landete die erste Flugsphäre mit Aagutti und Maldiviax. Erst kurz vor der Landung wurden alle Tarnvorrichtungen deaktiviert. Wie aus dem Nichts tauchte die Sphäre für die überraschten Menschen auf. Man merkte ihnen jetzt wieder deutlich die Angst vor den unbekannten Außerirdischen an. Vvlanzetti ging daher auf die Menschen zu und versuchte sie mit Informationen über die Technik zu beruhigen. Dann gesellte sich auch noch Cculler dazu. Gemeinsam erklärten sie, was sie mit dem Dorf der Menschen vorhatten. Vvlanzetti sprach direkt Romina und Pedro an: „Damit Euer Dorf zukünftig vor den Ausbrüchen des

Cotopaxi sicher ist, wollen wir die Gebäude dort hinten auf der kleinen Anhöhe errichten. Seid Ihr damit einverstanden?" „Wir können es noch nicht fassen, dass Ihr uns noch weiter helfen wollt. Bitte wartet einen kurzen Augenblick. Ich bespreche das mit allen Familien."

Romina drehte sich zu den anderen um. Da diese bereits alles mitgehört hatten, kam ohne langes Zögern das allgemeine Einverständnis. Doch dann schrie plötzlich eines der Kinder laut auf. Mit aufgerissenen Augen und heftig winkend deutete der kleine Bub in den Himmel. Die Menschen blickten nach oben. Da sahen sie, was den Jungen erschreckt hatte. Eine riesige schwarze Wolke kam auf sie zu. Beim genauen Hinsehen konnte man erkennen, dass die Wolke aus unzähligen kleinen dunklen Objekten bestand. Es sah fast wie ein Starenschwarm aus, den man von Bildern aus dem Fernsehen kannte. Langsam näherte sich der Schwarm. In geringer Höhe blieb er einfach stehen und verharrte in einiger Höhe über ihren Köpfen. Irgendwie unheimlich und bedrohlich.

Wieder ohne Vorwarnung erschien die zweite Flugsphäre direkt neben der zuvor gelandeten. Diesmal war der Schreck bei den Menschen nur von kurzer Dauer. Die neu angekommenen Garrujaner wurden überschwänglich begrüßt. Statt der gewöhnlichen distanzierten Verbeugung umarmte Jeder Jeden. Alle waren froh und glücklich über die gelungene Rettungsaktion. Allerdings wäre einem unbeteiligten Beobachter wohl aufgefallen, dass Maldiviax und Palloxx offenkundig von der allgemeinen Freude nicht vollständig erfasst worden waren. Statt sich an den gegenseitigen Umarmungen zu beteiligen, standen beide etwas abseits. Palloxx konnte seine Augen nicht von Maldiviax lassen. Maldiviax war zwar für Garrujanische Verhältnisse recht klein und auch nicht besonders schlank gewachsen. Doch das hellgraue Fell und vor allem die ungewöhnlich großen ebenfalls hellgrauen Augen zogen Palloxx in ihren Bann. Offensichtlich erging es Maldiviax ähnlich. Denn immer wieder kreuzten sich die Blicke von Maldiviax und Palloxx.

Wieder einmal unterbrach die ZI die freudige Laune: „Ich möchte ja nicht schon wieder als steter Beender Eurer guten Stimmung erscheinen, aber die Zeit steht nicht still. Zumindest nicht hier auf der Erde. Wir müssen in Kürze mit militärischen Rettungsteams rechnen. Was das bedeutet, muss ich nicht näher ausführen. Um Zeit zu gewinnen, störe ich schon seit geraumer Zeit die Ortungs- und Navigationssysteme der Suchtrupps. Lange geht das aber nicht mehr gut. Also ran an die Arbeit. Wir sollten hier sobald wie möglich wieder verschwinden."

Aagutti nickte: „Die ZI hat wie immer recht. Lasst uns sofort anfangen. Für Gespräche haben wir später noch genügend Zeit."

Cculler übernahm die Koordination. Sie zeigte den Wissenschaftlern die verschütteten Überreste des zerstörten Dorfes. Dann den neuen Standort. Die Daten des Masserekonstruktionsgerätes lagen bereits vor. Die ZI hatte unabhängig von den parallel ablaufenden Ereignissen bereits die Lageanalyse durchgeführt. Die Daten wurden an die Schwarmflügler überspielt, es konnte losgehen.

Und wie es losging. Die Menschen, die so etwas noch nie gesehen hatten, trauten ihren Augen nicht. Vielleicht war das alles nur mit der in den Anfängen steckenden Technik von 3D-Druckern vergleichbar. Aber natürlich nicht stationär und in einem unvorstellbaren Tempo.

Auf jeden Fall teilte sich der Schwarm wie von Geisterhand in drei unterschiedlich große Gruppen. Die erste Gruppe flog wie in einer künstlerischen Choreographie ausschwärmend zum neuen Standort des Dorfes. Dort wurde mit gleißend hellen Plasmabündeln – für die Menschen sah es wie dicke Laserstrahlen aus – der Boden eingeebnet und vorbereitet.

Gruppe zwei und drei schwärmte, ebenso ästhetisch kunstvoll und elegant, zum verschütteten Dorf aus. In Windeseile befreite eine Gruppe mit ähnlichen Lichtstrahlen die Häuser bzw. deren Überreste von den Lavamassen. Dazu wurde die Lava in kleine Teile zerschnitten. Nacheinander und unaufhörlich wurden dann diese Teile von anderen dieser Flugobjekte wegtransportiert und in die flüssige Lava eines der Magmaausbrüche geworfen. Allerdings war für die Menschen nicht zu erkennen, wie diese Flugobjekte diese Lavabrocken festhielten. Es sah einfach nur so aus, als schwebten die Lavaklumpen nur ganz knapp unterhalb der schwarzen Flugobjekte. Mechanische Halterungen waren nicht zu erkennen.

Besonders für die Kinder war das alles wie Zauberei. Einige waren davon so beeindruckt, dass dieses Erlebnis für sie den ausschlaggebenden Einfluss auf ihre zukünftige Entwicklung nehmen sollte. Fast alle Kinder wurden später sehr erfolgreiche Naturwissenschaftler und Techniker. Ein kleines Mädchen sollte als junge Frau sogar eine der bedeutendsten Astrophysikerinnen ihres Landes werden. Aber davon wussten sie aber alle in diesem Augenblick noch nichts. Alle waren zu sehr damit beschäftigt, dieses unglaubliche und einzigartige Schauspiel zu bewundern und zu genießen.

Das Tempo der sich bewegenden Objekte mit den teilweise deutlich größeren Lasten war für die Menschen, hätten sie es nicht selbst mit eigenen Augen gesehen, unglaublich und unvorstellbar hoch. Manchmal bewegten sich die kleinen Flugobjekte so schnell, dass die Konturen verschwammen.

Schon während der Freilegung der Gebäude wurden deren Steine abgetragen und zum neuen Standort transportiert. Dort schienen die Oberflächen und Kanten der Steine bearbeitet zu werden. Danach wurden die Gebäude in Windeseile wiederhergestellt.

Pedro sprach Cculler an: „Was Eure Maschinen leisten, ist unglaublich. Wir fühlen uns wie in einem Zeitrafferfilm. Alles geht so unwahrscheinlich schnell. Der Aufbau der Häuser geschieht so rasant. Wir haben dazu manchmal Jahre gebraucht. Legt Ihr die Steine nur aufeinander? Braucht Ihr gar keinen Mörtel zum verbinden? Wie halten denn die Mauern?“ „Das geht ganz einfach. Die Schwarmflügler, also diese kleinen Flugobjekte, bearbeiten die Oberfläche und Kanten der Steine so, dass sie fugenlos und leicht ineinander verhakt zusammengefügt werden. Ähnlich der Bauweise Eurer Vorfahren hier in Südamerika. Zusätzlich werden die Außenmauern leicht schräg nach innen aufgebaut. Da Eure Holzbalkendächer fast vollständig zerstört worden sind, bauen wir die Dächer mit ähnlich verfugten Steinen als Rundbogendächer auf. Also so ähnlich wie bei Brückenbögen oder bei Dachkuppeln Eurer Kirchen. Mit all diesen Maßnahmen sollten Eure Häuser auch bei stärkeren Erdbeben nicht so schnell zusammenfallen. Zumindest nach unseren Berechnungen."

Während der Unterhaltung wuchs das Dorf weiter Stück für Stück. Selbst nicht zerstörte Haushaltsgegenstände wurden von den Schwarmflüglern an die vorherigen Stellen befördert. Allerdings klappte das nicht immer hundertprozentig. Funktions- und Verwendungsweise einzelner Gegenstände war für Garrujanische Logik nicht eindeutig erkennbar. So kam es schon einmal vor, dass Toiletten und Waschbecken verwechselt wurden. Aber über solche Kleinigkeiten konnte man bei Betrachtung des unglaublichen und vorher unvorstellbaren Gesamtergebnisses ohne Probleme hinwegsehen. Sogar zwei Fahrzeuge konnten zwar etwas beschädigt, aber noch fahrbereit geborgen werden.

Parallel dazu hatten die Rammaner am Rand des neu entstanden Dorfes einen Brunnen gelegt. Ebenso das Abwasserreservoir. Da die unterirdisch verlegten Zu- und Abwasserleitungen fast vollständig unzerstört geblieben waren, wurden diese von den Schwarmflüglern auch wieder eins zu eins am neuen Standort übernommen.

Nur die elektrische Leitung zum Ort war zerstört worden. Außerdem benötigte man eine Verlängerung zur neuen Stelle des Ortes. Deshalb hatte die ZI zwei Sonden in den nächsten größeren Ort losgeschickt. Dort organisierten sie entsprechendes Material von einem

Freigelände, ohne dass es bemerkt wurde. Aufgrund des Vulkanausbruches hielten sich viele Menschen noch in den Häusern auf oder waren kurzzeitig geflohen.

Und so kam es, dass nach nicht einmal einem Tag das Dorf an dem neuen Ort fast vollständig wiederhergestellt war. Sah man einmal von der Tatsache ab, dass nicht alle Anschlüsse genau passten und viele Gebrauchsgegenstände durch das vorherige Unglück vernichtet waren. Aber für die Bewohner spielte das alles keine Rolle. Sie sahen nur ihre Häuser, ihr Dorf und das, was gerettet worden konnte. Für sie war eigentlich alles bereits verloren gewesen. Alles, was wieder neu entstanden war und bewahrt werden konnte, war für sie wie ein Wunder. Und dafür waren die Menschen den Garrujanern und ihren Helfern außerordentlich dankbar. Alles andere konnten die Menschen nach und nach selber wieder aufbauen und wiederherstellen, dies war im Augenblick völlig nebensächlich. Ihr Leben und ihr Zuhause war gerettet. Und nur das zählte.

Auch Aagutti war von dem Ergebnis, das er sah, überaus zufrieden: „Dann hat sich unsere Reise doch gelohnt. Auch wenn wir mit dem, was wir hier getan haben, alle Regeln der Galaktischen Gemeinschaft gebrochen haben, können wir doch auf das Geleistete durchaus sehr stolz sein. Wir konnten die Wirksamkeit und Effektivität des Masserekonstruktionsgerätes im Zusammenspiel mit den Schwarmflüglern an einem praktischen Beispiel eindrucksvoll verfolgen. Die ZI hat alles aufgezeichnet. Damit kann das Verfahren weiter analysiert und zukünftig noch mehr verbessert werden. Also ein voller Erfolg. Bis natürlich darauf, dass die Menschen hier vor Ort jetzt wissen, dass es uns gibt. Und auch erzählen können, über welche technischen Möglichkeiten wir Außerirdische verfügen. Dies ist natürlich sehr ungünstig. Wollen wir hoffen, dass dies für die Anwesenheit unserer Kontrollstation in der Antarktis keine unmittelbar spürbaren Auswirkungen hat. Also, dass durch ein intensives Suchen nach uns die Station irgendwann einmal entdeckt werden sollte. Cculler, Vvlanzetti und Xyllopph sollten sich also noch vorsichtiger auf der Erde bewegen, um nicht aufgespürt und entdeckt zu werden."

Hätte Aagutti gewusst, dass die Menschen schon aus Eigeninteresse nichts über ihre Erlebnisse mit diesen Außerirdischen erzählen würden, wäre er sicherlich wesentlich beruhigter gewesen. Was hätten die Menschen auch berichten können? Dass irgendwelche Wesen, die wie zweibeinige große Alpakas aussahen, in unsichtbaren Flugobjekten durch die Luft flogen? Oder von kleinen kugelförmigen und furzenden Außerirdischen? Oder von kleinen schwarzen Objekten, die in riesigen Schwärmen Steine durch die Luft beförderten? Oder dass die Außerirdischen ihr zerstörtes Dorf in nicht einmal einem Tag an anderer Stelle wiederaufgebaut hatten? Dies würde ihnen sowieso niemand glauben. Eher bestand die Gefahr, dass man sie für verrückt halten würde. Verbunden wäre dies sicherlich mit unzähligen Befragungen durch die Behörden. Und natürlich der Gefahr, dass man sie womöglich einsperren würde. Deshalb schwiegen alle eisern über ihre Erlebnisse. Nur Besucher wunderten sich ab und zu über die neue Lage des Dorfes. Aber auch sie sprachen nicht darüber, um nicht selbst für verrückt erklärt zu werden. Nur die Kinder konnten nicht schweigen. Sie mussten die Erlebnisse irgendwie verarbeiten und erzählen. Und so erfuhren auch die besten Freunde und Lehrkräfte in der Schule davon. Garruja-sei-Dank nahm sie keiner ernst. Man verbuchte diese Erzählungen unter kindlicher Phantasie.

„Es wird langsam Zeit, dass wir von hier verschwinden" meldete sich wieder einmal die ZI. „Militärische Suchtrupps sind nicht mehr sehr weit entfernt. Sie werden trotz meiner Störmanöver bald hier sein. Wir müssen uns aber noch überlegen, wie wir die Schwarmflügler ungesehen von hier weg befördern können. Auch, wo wir sie verstecken können. Bis sie eine Großraumsphäre der Schllsch wieder mitnehmen kann, wird es noch einige Erdentage dauern."

Maldiviax überlegte: „Da sich Schwarmflügler nicht selbst tarnen können und die Tarnkapazitäten der Sonden und Flugspähren begrenzt sind, bleibt nur, sie in kleinen Gruppen von hier wegzubringen und an geeigneter Stelle zu verstecken."

Vvlanzetti hatte eine Idee: „Als Zwischenversteck schlage ich die pazifischen Küstengewässer vor Ecuador vor. Es wird bald dunkel und die Strecke dorthin ist relativ kurz. Die Schwarmflügler sind sehr schnell, verhältnismäßig klein und schwarz. In der Dunkelheit sollten sie einzeln nicht zu erkennen sein. Die ZI organisiert den Abflug so, dass sie einzeln in kurzen Abständen hintereinander und mit Höchstgeschwindigkeit in niedriger Höhe unterhalb der Radarüberwachung von hier sofort abfliegen und sich an einem Punkt vor der Küste in einiger Entfernung unter der Wasseroberfläche sammeln. Von dort können sie dann

problemlos in kleinen Gruppen im Tarnfeld zweier Flugsphären nach und nach zur Rückseite des Mondes
geschafft werden.“

„Sehr gut. So machen wir es. Die ZI wird sich
darum kümmern,“ stimmte Aagutti sofort zu.

Er hatte noch nicht zu Ende gesprochen, da sah
man schon die ersten Schwarmflügler davonrasen. Wie
an einer Perlenkette gereiht verschwand ein Schwarmflügler nach dem anderen in der einbrechenden Dunkelheit. Es war jetzt auch höchste Zeit, dass sie alle von hier
verschwinden sollten. Aus der Ferne war bereits das Geräusch sich annähender Hubschrauber zu hören.

Die Garrujaner gingen zu den Menschen hinüber. Erneut war es Romina, die für die Dorfbewohner
sprach: „Müsst Ihr uns wirklich schon verlassen? Wir alle würden Euch gerne hier noch länger bei uns behalten.
Wie können wir Euch jemals für alles danken, was Ihr
für uns getan habt?“

„Ihr müsst Euch bei uns nicht bedanken. Für uns
war das selbstverständlich,“ antwortete Vvlanzetti. „So
wie wir Euch kennengelernt haben, hättet Ihr uns in einer
vergleichbaren Situation sicher auch geholfen. Diese
Vorstellung reicht uns als Dank völlig. Wir müssen jetzt
leider von hier weg. Wir wollen nicht, dass uns irdische
Behörden oder Soldaten entdecken. Deshalb könnt Ihr
Euch auch in der Form dankbar zeigen, wenn Ihr Nie-
mandem von uns erzählt. Ansonsten werden wir bei
Euch sicher zu einer geeigneten Zeit wieder vorbei-
schauen. Versprochen. Bleibt gesund und glücklich. Bis
bald.“

In diesem Augenblick sahen die Garrujaner Feuchtigkeit in den Augen von Romina. Auch bei den anderen Menschen entstand dieses eigenartige Phänomen. Einige wischten sich mit Tüchern die Augen. Romina machte den Anfang. Sie ging nach kurzem Zögern auf Vvlanzetti zu und nahm sie in ihre Arme. Sofort liefen auch die anderen Menschen auf die Garrujaner zu und umarmten sie nacheinander.

Seltsam. Wieder einmal geschah etwas, was vorher unvorstellbar gewesen war. Lebewesen, wie sie nicht unterschiedlicher hätten sein können, Lebewesen, die sich auf unbegreiflich weit entfernten und unterschiedlichen Planeten entwickelt hatten, stellte mit einem Mal fest, wie nah sie sich doch standen. Eigentlich waren sie doch alle gleich. Jeder auf seine Art wichtig und als Teil des Ganzen unverzichtbar.

Mit diesen Gedanken fiel es allen schwer, sich voneinander zu trennen. Doch wieder einmal war es die ZI, die die Stimmung trüben musste und zum raschen Aufbruch aufrief.

Und so gingen alle schweren Herzens auseinander. Selbst die Rammaner, die wie immer etwas abseits standen, spürten das Einzigartige dieser Begegnung. Alle verabschiedeten sich endgültig. Die Garrujaner bestiegen die Flugsphären, die transparenten Kuppeln wurden geschlossen. Dann hoben die Flugsphären langsam ab. Während sie beschleunigten und begannen in der Dunkelheit zu verschwinden, winkten sich alle noch einmal zu. Bis zum endgültigen Verschwinden der Flugsphären hielten die Blicke von Menschen und Garrujanern Kontakt. Lange schauten die Dorfbewohner den bereits verschwundenen Garrujanern hinterher. Erst die Suchscheinwerfer der inzwischen aus der Dunkelheit aufgetauchten Helikopter löste die Menschen aus ihrer Starre.

Einer der Hubschrauber landete am Rand der kleinen Siedlung. Einige Soldaten sprangen aus der Maschine und liefen auf die Bewohner zu: „Ist bei Euch alles in Ordnung? Benötigt Ihr Hilfe?“

Pedro antwortete für alle: „Nein danke, bei uns ist alles o.k. Wir hatten unwahrscheinliches Glück.“

Die Zweideutigkeit dieser Beschreibung konnten die Soldaten verständlicherweise nicht begreifen. Für sie war wichtig, dass niemand Hilfe benötigte. Sie gingen davon aus, dass der Vulkan die hier lebenden Menschen verschont hatte und dass sich darauf das Wort Glück bezog. So verabschiedeten sie sich wieder sehr schnell und flogen dorthin, wo eventuell Hilfe nötig war. Die Dorfbewohner waren erleichtert. Jetzt konnten sie erst einmal ohne weitere Störungen damit beginnen, wieder etwas Ordnung in ihr Leben zu bringen.

Auch wenn der Cotopaxi inzwischen spürbar an Energie verloren hatte und sowohl die Heftigkeit als auch die Häufigkeit der Ausbrüche nachgelassen hatte, würde es vermutlich noch sehr lange dauern, bis die Dorfbewohner wieder ihre Ruhe finden würden. Dazu waren die Erlebnisse auch viel zu einschneidend und emotional aufwühlend gewesen.

Währenddessen flogen die Garrujaner ohne weitere Zwischenfälle zur antarktischen Station. Erleichtert, wieder in gewohnter Umgebung und in Sicherheit zu sein, stiegen sie nach der Landung zwar etwas erschöpft, aber guter Laune aus den Flugsphären aus. Die Station war ursprünglich nicht für eine so hohe Anzahl an Insassen gedacht. Trotzdem arrangierten sich alle irgendwie mit den beengten Verhältnissen. Insbesondere auf die Rammanischen Gäste und deren Bedürfnisse und Eigenarten wurde soweit wie möglich Rücksicht genommen. Immerhin verdankte man ihrem uneigennützigen Einsatz sehr viel.

Alle wollten aber zuerst zu den Reinigungseinrichtungen. Sowohl Garrujaner als auch die Rammaner hatten das dringende Bedürfnis, sich sowohl im eigentlichen als auch im übertragenen Sinne alles negativ Erlebte wieder wegzuwaschen. So dauerte es einige Zeit, bis die Reinigungsprozedur bei jedem erfolgreich beendet war.

In der Zwischenzeit kümmerte sich die ZI darum, wie sie sowohl Rammaner als auch Garrujaner artgerecht unterbringen konnte. Parallel dazu schickte sie die Notfallkapsel wieder zurück zum Jupitermond Ganymed. Weiterhin überwachte sie den zügig vorangehenden Transport der Schwarmflügler zur Rückseite des Mondes. Allerdings fehlten deshalb zwei Flugsphären in der antarktischen Station, die man als Unterbringungsmöglichkeit hätte nutzen können. Aber das Entfernen der Schwarmflügler von der Erde mit Hilfe der Flugsphären, die die einzelnen kleinen Gruppen mit ihren Tarnfeldern sicher zum Mond geleiteten, hatte absoluten Vorrang. Zusätzlich organisierte die ZI für die Garrujanischen Wissenschaftler, Ccassor und Palloxx und die beiden Rammaner wieder Rückflugmöglichkeiten. Wegen begrenzter Kapazitäten bei den Schllsch und passender Raumkrümmungsvorgänge würde es damit aber noch etwas dauern.

So musste die ZI auch dafür sorgen, dass die antarktische Station im Innern so aufgeteilt werden konnte, dass alle Bewohner Rückzugsmöglichkeiten bekamen. Wegen fehlendem Platz blieb nichts anderes übrig, als auch die Flugsphären zu Aufenthaltsräumen umzuwandeln.

Nachdem sich alle wieder erfrischt und gestärkt in der Zentrale versammelt hatten, informierte die ZI die Gemeinschaft über das Geschehene und was noch zu organisieren war: „Für Bfffh und Tzsch habe ich kurz vor dem Großraum der Flugsphären einen abgetrennten Bereich geschaffen. Die Abtrennungswände sind nur Energiefelder mit Bildprojektionen mit zusätzlichen Schallschluckeigenschaften. Bitte also daran denken und nicht dagegenlaufen. Vier von Euch muss ich in den Flugsphären unterbringen. Vvlanzetti und Xyllopph wäre das eine Paar. Für die zweite Sphäre suche ich noch jemanden."

Die ZI erkannte einen kurzen Blickkontakt zwischen Palloxx und Maldiviax. Bereits während des ersten kurzen Zusammentreffens der beiden hatte die ZI eine starke gefühlsmäßige Annäherung durch das gezeigte Verhalten bei Maldiviax und Palloxx registriert. Deshalb war die ZI auch nicht überrascht, als sich Maldiviax meldete: „Palloxx und ich können das übernehmen. Wir gehen in die zweite Flugsphäre."

Die ZI zeigte sich zufrieden: „Sehr schön, dann wäre auch dies geklärt." Dass diese Formulierung bewusst zweideutig gemeint war, bemerkte außer Ccassor niemand. Fast niemand. Aufgrund ihrer emotionalen

Bindung als Zwilling hatte Ccassor früher noch als die ZI die Gefühle zwischen Maldiviax und ihrem Bruder Palloxx wahrgenommen. Deshalb war sie als einzige weder von der Entscheidung Maldiviaxs noch von der bewusst zweideutigen Ausdrucksweise der ZI sonderlich überrascht. Dabei spielte es auch eine große Rolle, dass Ccassor in der letzten Zeit verstärkt bei sich wahrnahm, dass sie viele Ereignisse bereits bevor sie tatsächlich stattfanden, erkennen konnte. Sie musste darüber unbedingt bei Gelegenheit mit Palloxx sprechen. Vielleicht oder vermutlich erging es ihm ähnlich?

So langsam kehrte Ruhe in der antarktischen Station ein. Alle hatten ihre Plätze gefunden und hatten sich mehr oder weniger komfortabel eingerichtet bzw. mit den Umständen arrangiert. Einige unterhielten sich noch eine ganze Weile. Jeder hatte eine andere Methode, mit der Verarbeitung des Erlebten umzugehen.

Zufrieden beobachtete die ZI die ihr anvertrauten Garrujaner. Alles lief wie gewünscht und geplant. Die besonderen Fähigkeiten von Cculler, Xyllopph, Ccassor und Palloxx entwickelten sich stetig. Vvlanzetti und Xyllopph waren zu einem Paar zusammengewachsen. Auch wenn Vvlanzetti noch nicht mit der ZI gesprochen hatte, wusste die ZI bereits vom entstehendem Leben.

Die immer stärker werdenden Bindungen zwischen Fahid und Cculler waren auch nicht mehr zu übersehen. Zwischenzeitlich hatte die ZI auch die Ergebnisse der untersuchten Zell- und Gewebeproben von Fahid erhalten. Proben, die man nach der kurzen Operation Fahid entnommen und nach Garruja geschickt hatte. Das Ergebnis war durchaus sehr erstaunlich. Sicher waren die Erbinformationssysteme von Menschen und Garrujanern auf den ersten Blick zumindest optisch völlig verschieden. Menschen haben nur einen doppelläufigen, in sich verdrehten Erbinformationsstrang. Geht hier – wodurch auch immer – eine Teilinformation verloren, gibt es sofort zum Teil deutliche Veränderungen bei der Vervielfältigung der Erbinformationen in den Zellen. Demgegenüber ist das Garrujanische Erbeigenschaftenweitergabesystem EWS deutlich komplizierter, da dreifach und damit redundant aufgebaut. Nur wenn zumindest bei zwei Teilbereichen absolut die gleichen Informationen vorliegen, findet eine Weitergabe der Erbinformationen statt. Auch lagern die Erbinformationsbausteine nicht in einem doppelläufigen Erbinformationsstrang, sondern bilden eine mehrschalige Kugel. Deswegen hat sich der Garrujaner in Lauf seiner Geschichte nur sehr langsam fortentwickelt, da die Erbanlagen aufgrund äußerer Einflüsse kaum verändert werden können. Nur eine natürliche Fortpflanzung ermöglicht durch den komplexen Ablauf biologischer Prozesse und dem Zusammenspiel körpereigener Botenstoffe die Veränderung einzelner Erbanlagen. Dies hat natürlich Vor- und Nachteile. Der Hauptnachteil ist die mangelnde Anpassungsfähigkeit an veränderte äußere Einflüsse. Auf Garruja spielt das alles keine Rolle, da alle evolutionären Prozesse sehr langsam ablaufen. Doch mit der immer stärker werdenden Einbindung in die Galaktische Gemeinschaft würden die Lebewesen auf Garruja bald den damit verbundenen Anforderungen an Intellekt und Anpassungsvermögen nicht mehr genügen können. Deshalb die Suche der ZI und des OR nach einer Verbesserung der langsamen natürlichen Veränderungen hin zu einer ge-steuerten künstlichen und gezielten Optimierung einzelner Erbanlagen. Der eingeschlagene Weg mit den Nachkommen von Balduur und Arabjan sah ausgesprochen vielversprechend aus.

Unvorhergesehen ergaben sich nun durch die Ereignisse auf der Erde völlig neue Möglichkeiten, aber auch beunruhigende Fragen. Denn durch die Untersuchungen von Fahids Zellaufbau und den Erbanlagen der Alpakas waren überaus erstaunliche Ähnlichkeiten zu Tage getreten.

Das Überraschende war, die chemischen Grundkomponenten, die Zellkernmoleküle sind bis auf geringe Unterschiede fast identisch. Besonders die für die Erbinformationen wichtigen Nukleinbasen und deren Reihenfolge sind auf der Erde und Garruja fast völlig gleich. Sicherlich haben Garrujaner deutlich mehr Erbinformationen in ihrem EWS als Menschen. Aber die Tatsache, dass sich so weit voneinander entfernt zwei fast völlig identische Systeme entwickelt haben, ist nach einer ersten Wahrscheinlichkeitsüberprüfung nahezu unmöglich.

Stellt sich also die Frage, wie konnte es dazu kommen? Was aber noch verblüffender ist, ist die Ähnlichkeit der Garrujaner mit den Alpakas. Auch hier zeigt sich in den Erbanlagen eine noch deutlichere Übereinstimmung. Zumindest wiesen die Untersuchungsergebnisse darauf hin. Ein noch ungelöstes Rätsel. Und was haben die Vaddder damit zu tun? Offensichtlich hatten sie sowohl auf der Erde als auch immer wieder auf Garruja die Geschichte der unterschiedlichsten Lebensformen beeinflusst. In welcher Absicht geschah dies? Hier gab es also noch sehr viel zu forschen.

Noch wusste die ZI keine Antwort. Aber im Augenblick gab es dringendere und aktuelle Probleme zu lösen. Sie schaute noch einmal nach all ihren Schützlingen. Einige hatten sich bereits zur Ruhe begeben.

Die ZI war mit dem bisher geleisteten zufrieden. Eine Verbindung zwischen Cculler und Fahid war rein von den Erbsystemen durchaus möglich. Nun galt es nur, eine Lösung für die biologisch körperlichen Unterschiede und die Zusammenführung der Erbinformationen in den Fortpflanzungszellen zu finden. Die ZI hatte aber auch hier schon eine Vorstellung, wie sie an dieser Stelle nachhelfen konnte.

Die Entwicklung der emotionalen Bindung zwischen Vvlanzetti und Xyllopph und dem daraus bereits entstandenem neuen Leben verfolgte die ZI weiterhin mit Genugtuung.

Die zwar ungeplante, aber durchaus in das Konzept der ZI passende Entwicklung bei Maldiviax und Palloxx würde sie weiter mit Interesse verfolgen.

„Bleibt gesund und glücklich, meine Jungchen." Dann überprüfte sie alle Sicherungseinrichtungen. Alles war in Ordnung. Nirgends gab es im Augenblick Probleme oder Gefahren.

Somit hatte die ZI Zeit, sich mit ihren Teilsystemen auf Garruja und Ramma intensiv auszutauschen. Es galt, sich gegenseitig auf den neuesten Stand zu bringen. Daraus ergab sich eine sehr umfangreiche Analyse und Abwägung der vorliegenden Informationen. Wie waren die nächsten Schritte? Und vor allem, wie sollte man das Problem mit den Vadddern lösen? Der ZI war klar, die Vaddder spielten eine zentrale Rolle im Dasein vieler Lebewesen. Es war jetzt nur die Frage, würden die Vaddder die Zukunft der Garrujaner zum Guten oder zum Schlechten beeinflussen? Und ganz wichtig, taten sie dies absichtlich? Und warum taten die Vaddder dies alles? Und wer waren die Vaddder eigentlich?

Kapitel 5 – Die Vaddder

**„Der große Geist kommt in allem vor.
Im Stein schläft er, in der Pflanze träumt er,
im Tier erwacht er und
im Menschen ist er erwacht.“**

(Weisheit der Indianer, einem Naturvolk der Erde –
Verfasser unbekannt)

ES fühlte sich wohl und geborgen in der unendlichen Gemeinschaft. ES war ein unbedeutender Teil des Ganzen und doch auch gleichzeitig das Ganze. ES war unvorstellbar winzig, aber doch unendlich groß. ES war endlich und doch unendlich. ES genoss den augenblicklichen Zustand des absoluten Innehaltens. ES wusste aber auch genau, dass sich dieser Zustand sofort ändern würde. Aber dies spielte eigentlich keine Rolle. Denn dieser und der kommende Zustand waren eigentlich auch nur ein und derselbe, alles fand zur selben Zeit statt. ES hatte diese Veränderungen schon unzählige Mal erlebt und würde es immer und immer wieder erleben. Denn ES wollte es so, dies alles war der Sinn seines Daseins.

Mit einem Mal löste sich ES auf. Alles das, woraus es bestand, verflüchtigte sich in die Unendlichkeit. Teile von ES entfernten sich immer mehr von der Gemeinschaft, die allerdings auch aufgehört hatte, als Gemeinschaft zu existieren. Und doch blieb die Gemeinschaft trotz der Trennung in jeder Phase bestehen. Dies war der Zweck von ES: auflösen, verändern, neu zusammenkommen. ES war auf der Suche nach dem absoluten Zustand. Irgendwann würde es ihn erreichen. Darin war ES sich sicher.

ES verfolgte fasziniert die wieder neu entstehenden Strukturen. Alles war neu und doch wiederum bekannt. Immer mehr verästelnden sich die Teile von ES. Immer feinere Gebilde entstanden in der Unendlichkeit. Zuvor getrennte Teile von ES fanden sich wieder zusammen. Neue Formen und Welten schufen sich aus sich selbst, angetrieben von ES und seinem Geist.

Kleine Strukturen wurden größer, große wieder kleiner. Alles war in steter Bewegung. ES erfreute sich an der Schönheit und Vielfalt. Mit Neugierde verfolgte ES Entwicklungen, die die Hoffnung wachsen ließ, dass

das gewünschte Ziel schon sehr nah war. Allerdings war
es für ES auch egal. ES kannte keine Zeit. Für ES waren
sowohl die Veränderungen als auch der angestrebte absolute Zustand ein und dieselbe Erfüllung seines Beste-
hens. Bewertungen existierten für ES nicht. Alles war
gleich wichtig und sinnvoll.

Immer häufiger entwickelten sich jetzt Formen,
die selbständig von ES Entwicklungen vorantrieben. ES
gab nichts vor. Weder für sich selbst noch für Teile von
ihm. Warum auch? Nichts sollte Entwicklungen einen-
gen oder verhindern. Der absolute Zustand konnte nur in
freier Entfaltung gefunden werden. Sonst wäre er nicht
absolut.

Es passierte deshalb auch immer wieder, dass
gegenläufige Entwicklungen innerhalb von ES aufeinander stießen. Teilstrukturen von ES beeinflussten sich gegenseitig, ergänzten sich oder lösten sich auf. Doch dies
war Teil und Sinn des Ganzen. Oder es entstanden auch
plötzlich von ES völlig losgelöste eigenständige Strukturen. Für ES waren diese Entwicklungen zwar vorher-
sehbar, aber trotzdem spannend und faszinierend.

*   *

Während die Garrujaner und Rammaner auf der
Erde wieder so langsam zur Ruhe fanden, gab es an einem Ort auf der Erde ein Objekt, das den Zustand der
Ruhe nicht kannte. Und zwar war dies ein gewaltiger
grauer Monolith, der an einer der tiefsten Stellen im Titicacasee verborgen stand. Als stiller Wächter verfolgte er
von seinem Standort alles, was sich auf der Erde ereigne-
te. Niemand auf der Erde ahnte etwas von seiner Herkunft oder Anwesenheit. Nur die frühen Völker aus die-

ser Gegend hatten gesehen, wie dieser Monolith aus dem Himmel kam und im See verschwand. Es gab zwar von diesem Ereignis wenige Überlieferungen. Doch aus dem Bewusstsein der jetzt hier lebenden Menschen war dies alles schon seit langer Zeit verschwunden. Nur der Name des Sees erinnerte noch an das damalige eindrucksvolle Ereignis. Denn der Name Titicaca bedeutet in der alten Quechua Sprache so etwas wie bleierner oder bleifarbener Felsen oder Stein.

Ab und zu schwebte der graue Monolith nachts an die Wasseroberfläche. Dort verharrte er einen kurzen Augenblick. So, als wolle er die Lage prüfen. Doch das war absolut nicht nötig und der Eindruck täuschte. Denn der Monolith konnte jederzeit und überall mit seinen Sensoren alle Vorgänge in der Umgebung und auf der Erde erfassen.

Danach erhob sich der Monolith aus dem Wasser und schoss mit hoher Geschwindigkeit in den Himmel. Nur ein kleiner Wasserstrudel an der Stelle, an der er das Wasser verlassen hatte, hätte seine Anwesenheit verraten können. Denn ansonsten war der gesamte Vorgang für Menschen nicht wahrnehmbar. Ein Tarnfeld entzog den ungewöhnlichen Monolithen den Augen und den technischen Möglichkeiten der Menschen. Nur einige Alpakas auf der Sonneninsel reckten ihre Köpfe in Richtung des rätselhaften Objekts und folgten mit ihren klugen Augen dem rasch kleiner werdenden Monolith.

Der Monolith kannte die Alpakas und wusste von ihren Fähigkeiten, ihn wahrzunehmen. Doch dies störte ihn und seine Mission nicht. Bevor die Bewohner der Erde die jetzigen technischen Möglichkeiten besaßen, musste der Monolith auch noch nicht so viel Rücksicht auf seine Tarnung nehmen. Manchmal hinterließ er früher bei seinem schnellen Flug durch die Atmosphäre des Planeten, bedingt durch die Wechselwirkung der ionisierenden Schutzfelder mit den Luft- und Staubteilchen deutliche Kondensstreifen und Leuchterscheinungen am Himmel. Damals entstand der Mythos von der gefiederten Schlange im Himmel, von den frühen Bewohnern als Quetzalcoatl bezeichnet. Aber diese Zeiten waren schon lange vorbei. Nun hinterließ der bleifarbene Stein aus der Vergangenheit in der jetzigen Zeit keine von Menschen wahrnehmbaren Spuren mehr.

Sobald der Monolith die Atmosphäre verlassen hatte, nahm er Kurs in Richtung Mond. Verdeckt vom Mond blieb der Monolith auf der Rückseite des Mondes mitten im All stehen. Er hielt sich dabei in gebührender Entfernung von den inzwischen hinter dem Mond stationierten Schwarmflüglern auf. Diese konnten ihn zwar nicht orten, doch wollte er ihnen sicherheitshalber nicht zu nahekommen. Dann nahm er Verbindung zu seiner Gemeinschaft auf und gab seinen turnusmäßigen Bericht ab. Dazu nutzte der Monolith die verstärkenden Eigenschaften des Mondes. Denn unter der Oberfläche auf der Rückseite des Erdtrabanten befindet sich seit Milliarden von Jahren eine gewaltige Station der Vaddder. Diese und weitere Einrichtungen im ganzen Universum verstreut, dienten den Vadddern als eine Art Kommunikations- und Relaisstation für ihre Verständigung untereinander.

Allerdings gab es Überlegungen, den Standort auf dem Mond aufzulösen. Wissenschaftler auf der Erde rätselten schon seit langer Zeit, warum die Dichte des Mondes auf der Rückseite geringer war. Und warum die Äquatorwulst auf der erdabgewandten Seite deutlich ausgeprägter ist. Es sollte nur eine Frage der Zeit sein, bis die Menschen den Hohlraum entdecken würden Und dann natürlich auch erkennen würden, dass die Äquatorwulst nichts anderes war als die durch den Bau der Station entstandenen Abraumhalden.

Aber unabhängig von der Tatsache, dass die Station auf dem Mond so etwas wie ein Gefühl von Nähe zu seinen Artgenossen bedeutete, zog den Monolithen der Mond auch in anderer Art und Weise stark an. Eine geheimnisvolle Anziehung ging vom Erdenmond aus. Deshalb war für den Monolithen der Aufenthalt in der Nähe des Mondes immer auch so etwas wie ein Treffen mit einem Gleichgesinnten. Beide verband das Allein- und Abgetrenntsein.

„Danke Zenna für Deine umfassenden Informationen," nahm der Monolith als Antwort auf seinen Bericht wahr. „Offensichtlich ist alles wie geplant abgelaufen." „Ja, Upps," antwortete Zenna. „Die Entwicklung der Garrujaner macht immer größere Fortschritte. Ihre neuen Fähigkeiten entfalten sich wie gewünscht. Unsere kleinen Hilfestellungen auf Ramma und hier auf der Erde haben die beabsichtigten Erfolge gebracht. Sowohl Cculler und Xyllopph als auch Ccassor und Palloxx können ihre Kräfte immer besser und sicherer einsetzen. Die Berechnungen ergeben, dass die angestoßene Entwicklung bei den Garrujanern schon bald eigenständig ablaufen kann. Allerdings sollten wir die Garrujanische ZI über unsere Aktionen und deren Beweggründe informieren. Sie hat natürlich unser Eingreifen – wenn auch nicht jedes – bemerkt und analysiert. Bevor das Ergebnis dieser Analyse eventuell in eine falsche Richtung läuft und sie unsere Motivation negativ auslegt, sollten wir ihr den Grund unseres Handelns offenlegen. Im Gegensatz zu uns existieren bei einigen noch nicht so weit entwickelten Daseinsstrukturen künstlich geschaffene Wertevorstellungen. Dies könnte dazu führen, dass unsere Beweggründe missverstanden und zu unerwünschten Gegenreaktionen führen könnten." „Grundsätzlich hast Du recht. Nur halten wir den Zeitpunkt dazu noch für zu früh. Das Risiko, dass man uns sogar als feindlich eingestellt einschätzt, ist unwahrscheinlich gering. Auch wenn sich die ZI inzwischen sehr eigenständig weiterentwickelt hat, stecken in ihr doch noch sehr viel der ursprünglichen Anlagen. Immerhin ist sie – wenn ihr dies im Augenblick auch nicht bewusst ist – auch ein Teil unserer Gemeinschaft." „Schön, dann geht es weiter wie geplant. Oder habt Ihr noch neue oder geänderte Informationen bezüglich meiner Aufgaben?" „Nein, derzeit nicht. Aber wie bleiben ja wie gewohnt in Verbindung. So können wir jederzeit bei Veränderungen reagieren. Nachdem unser Vorhaben jedoch in längeren Zeitabläufen geplant wurde, müssen wir nicht auf jedes kurzfristige Ereignis Rücksicht nehmen." „Dann bleibt bis zum nächsten Mal, wie die Garrujaner sagen würden, gesund und glücklich. Wobei der Begriff *glücklich* für uns eigentlich nichtzutreffend ist. Aber dies nur als Randbemerkung."

Mit diesen Worten wurde die Verbindung zur Gemeinschaft der Vaddder beendet. Zenna machte sich wieder auf den Weg zurück. Doch Zenna wollte nicht auf direktem Weg zu seinem vorgegebenen Standort im Titicacasee fliegen.

Zenna war zwar das Alleinsein gewöhnt. In gewisser Weise genoss es der Monolith auch. Es genügte ihm. Doch ab und zu suchte Zenna den geistigen Austausch mit biologisch entstandenen Lebewesen. Die von ihm abweichende Entwicklungsform und geistige Andersartigkeit faszinierte Zenna. Insbesondere auch deshalb, weil er bzw. die Vaddder auch nicht ganz unschuldig an dieser Entwicklung waren. So fühlte sich Zenna mitverantwortlich für deren Wohlergehen. Deshalb flog der Monolith zwar in Richtung Titicacasee, tauchte aber nicht direkt in den See, sondern machte noch einen Umweg zur Sonneninsel. Dort erwarteten ihn im ersten Licht der aufgehenden Sonne bereits die Gruppe der Alpakas. Obwohl sie Zenna aufgrund der Tarnvorrichtung nicht sehen konnten, folgten ihre Augen seinem Anflug und der Landung. Der graue Monolith setzte jedoch nicht am Boden auf, sondern schwebte einige Meter über der Wiese. Zennas Masse und Gewicht war extrem hoch. Deshalb hätte eine direkte Landung auf der Erdoberfläche tiefe Spuren hinterlassen. Auch kleine Lebewesen im Boden wären durch die Landung zerstört worden. Langsam näherten sich die Alpakas Zennas Standort und ließen sich gemächlich in seiner Nähe nieder.

Wie immer warteten die Alpakas ab, dass Zenna die geistige Verständigung begann: „Schön, wieder mit Euch verbunden zu sein. Alles bei Euch in Ordnung? Kann ich etwas für Euch tun?" Zenna wusste, dass es bei den Alpakas keine Namen und feste Hierarchien gab. Daher war er nicht überrascht, als ein offensichtlich jüngeres Alpakatier die Verbindung zu ihm aufnahm: „Danke nein, bei uns ist alles in Ordnung und wir benötigen keine Hilfe. Wir freuen uns auch, dass Du uns wieder besuchst. Musstest Du bzw. Ihr mal wieder Schicksal spielen? Habt Ihr wieder die Abläufe im Universum verändert? Wir sind schon auf Deine Erzählung gespannt." Der Monolith war von dieser für Alpakas ungewöhnlich forschen Art überrascht und vibrierte ein wenig: „Ich erwarte etwas mehr Respekt, Jungchen," antwortete er deshalb streng, was jedoch scherzhaft gemeint war. „Das ist nun einmal unsere Aufgabe, die Welt zu retten. Ihr fresst dagegen nur den ganzen langen Tag und meditiert vor Euch hin. Sinnvolle Tätigkeit sieht für mich anders aus. Ich verbitte mir deshalb solche unpassenden Bemerkungen." Wieder vibrierte Zenna, diesmal jedoch deutlich stärker. Ein anderes Alpaka schaltete sich ein: „Schön, dass wir nun das förmliche Begrüßungszeremoniell abgeschlossen haben. Wie gesagt, wir sind schon alle sehr neugierig auf Deinen Bericht. Bitte, spann uns nicht unnötig auf die Folter."

Der Vaddder genoss die einfache, aber blumige und bildhafte Ausdrucksweise dieser Lebewesen. Trotz seines im Verhältnis zu den Alpakas immensen Alters lernte er von ihnen immer wieder etwas Neues dazu. Neben dem Humor und der hohen Intelligenz schätzte der Monolith gerade auch dies bei den Alpakas besonders. Um sie, wie sie sagten, nicht noch weiter auf die Folter zu spannen, berichtete Zenna von den vergangenen Ereignissen.

Er erzählte vom Planeten Ramma und Ccassor und Palloxx. Wie die Vaddder dafür gesorgt hatten, dass die beiden Garrujaner nach Ramma geschickt wurden. Wie sie vorsorglich zwei Großvaddder auf der Station zurückgelassen hatten. Wie die Vaddder immer wieder Dinge so beeinflusst hatten, dass die Garrujaner entweder so in eine bestimmte Richtung geführt wurden oder ihnen geholfen wurde. Z.B., dass eine Sonde in die Zentrale der Rammaner eindringen musste, um Hintergründe der Begegnung der Schllsch mit den Rammanern abzuklären. Die tatsächliche Aufgabe der Sonde bestand aber darin, später den wichtigen Code für die Strukturwandler zu besorgen. Deshalb mussten die Vaddder auch dafür sorgen, dass die innerrammanischen Konflikte nicht vorzeitig zur Zerstörung der Rammanischen Zentrale führen konnten. Unnötig zu erwähnen, dass es neben den eigenen Zielen auch für die Vaddder immer natürlich darum geht, Leben zu bewahren.

Eines der jüngeren Alpakas, eventuell sogar das gleiche wie von vorhin, unterbrach Zenna: „Warum macht Ihr das alles so kompliziert? Warum könnt Ihr nicht die Garrujaner über das alles informieren? Warum setzt Ihr sie immer wieder unnötigen Gefahren aus? Es sieht fast so aus, als ist dies alles nur ein Spiel für Euch, das Euch Spaß macht." „Gegenfrage. Warum steigen Menschen auf hohe Berge und gehen das Risiko ein, dass sie dort umkommen?" „Das haben wir uns auch schon immer gefragt. Auch dies erscheint uns aus unserer Sicht unvernünftig und für eine geistige Weiterentwicklung völlig unnötig." „Teils habt Ihr recht, teils aber auch nicht. Für uns ist unser Dasein und alles um uns herum der immer wiederkehrende Versuch nach Vollkommenheit. So wie das Universum um Euch herum und alle anderen Universen darüber hinaus, handelt es sich dabei nicht um ein einmaliges und einzigartiges Ereignis, sondern um immer wiederkehrende Vorgänge und Abläufe. Und wir alle sind nur ein ganz kleiner Teil dieses ewig ablaufendem, immer wieder neu beginnendem Entstehens. Der Euch ja auch bekannte und von den Erdenbewohnern so genannte Urknall war nicht der Beginn, sondern nur ein Ereignis, was davor schon unzählige Mal stattgefunden hat und in Zukunft genauso unzählige Mal stattfinden wird. Alles dient nur, wie gesagt nach unserem Dafürhalten, dazu, bis nach all' den vielen Versuchen irgendwann einmal ein vollkommener Zustand von Geist und Materie erreicht wird. Wobei eigentlich Geist und Materie eins ist und nur jeweils eine andere Zustandsform darstellt. Genauso wie Endlichkeit und Unendlichkeit."

„Das sehen wir ähnlich. Allerdings erklärt dies nicht Euer Verhalten." „Doch. Denn so wie Ihr seid, wie Ihr seid, so sind wir eben so, wie wir sind. Wir sind das, was uns aufgrund unserer Veranlagungen und unserer Vergangenheit möglich ist. Mit anderen Worten, für uns bedeutet Kompliziertheit und *über Ecken denken* – um einmal Eure Bildsprache zu benutzen – die Erfüllung unseres Daseins. So wie Ihr für Euch in der Meditation die Erfüllung gefunden habt.

Und zu Deinen bzw. Euren anderen Fragen: Ja, es macht uns auch Spaß. Und im Augenblick sind wir nicht der Auffassung, dass wir die Garrujaner über uns und unsere Aktionen informieren sollten. Immerhin dient dies alles ja auch und nur dazu, dass sich die neue Art der Garrujaner weiterentwickelt. Und am besten erreichen wir dies damit, dass wir emotionalen Druck entwickeln. Hätten wir nicht Xyllopph und Vvlanzetti durch eine von uns gesteuerte kleine Magmaeruption in diese Lage gebracht, hätten weder Xyllopph oder Cculler bzw. Ccassor und Palloxx ihre geistigen Veranlagungen verbessern können." „Aber hätte man das alles nicht auch durch ungefährlicheres Üben erreichen können?" „Theoretisch natürlich. Aber dies würde sicherlich länger dauern und würde uns auch nicht soviel Freude bereiten. Immerhin liegt es auch in unserem Wesen, dass wir uns in unserem komplizierten Denken weiterentwickeln möchten." „Aber warum konzentriert Ihr Euch so auf die Garrujaner? Ihr könntet Euch doch auch um andere Lebewesen kümmern?" „Wer sagt denn, dass wir dies nicht machen? Nehmt Euch. Was tun wir gerade?" „Aber sich gedanklich austauschen bedeutet doch noch lange nicht, dass Ihr auf unser Leben Einfluss nehmt." „Das sehen wir anders. Wir versuchen nur, uns den Eigenarten und Veranlagungen unseres jeweiligen Gegenübers anzupassen. Was würde es bringen, wenn wir Euch in Gefahrensituationen bringen sollten? Nichts. Euch können wir nur bei Eurer Suche nach geistiger

Vollkommenheit unterstützen. Und dies geht eben nur im geistigen Austausch. Auch wir können nur dort für andere zum Vorteil sein, wenn sich unsere Fähigkeiten mit denen der Anderen ergänzen. Dies ist eines der Grundsysteme im Universum. Das Magnetfeld der Erde würde einer Brieftaube auch nichts nützen, solange sie nicht über das entsprechende Organ zu dessen Ortung verfügt. So ist es überall. Alles hängt irgendwie zusammen. Und da unser eigenes Entstehen und das von Erde und Garruja eng zusammenhängen, sind wir zwar auf der einen Seite Daseinsform der universellen Gemeinschaft, aber auch ganz speziell mit diesen beiden Planeten verbunden.“ „Dies musst Du uns noch näher erläutern. Was bedeutet, Euer Entstehen hängt mit der Erde und Garruja zusammen?“

Der Monolith schwieg einen Augenblick. Wieviel seines Wissens sollte er preisgeben? Schließlich fing er an zu erzählen: „Die irdischen Wissenschaftler und auch ihr rätseln schon lange über unerklärbare Phänomene in diesem Sonnensystem. Nach den derzeitigen Erkenntnissen der Menschen über die Zusammenhänge und die gegenseitige Beeinflussung von Materie und großen Massekörpern gibt es im Verhalten von Sonne und einigen Planeten und deren Monden Auffälligkeiten, die nach den gängigen Vorstellungen unbegreiflich sind. Inzwischen geht man davon aus, dass das Sonnensystem in seiner frühen Entwicklungsphase einen weiteren größeren Planeten besessen haben muss. Außerdem könnte eine weitere Sonne oder ein schwarzes Loch damals die Entwicklung von Sonne und Planeten spürbar beeinflusst haben.“ „Das ist uns bekannt. Man geht zurzeit davon aus, dass der frühere Planet Ursache für den Asteroidengürtel im Sonnensystem ist. Dies beweist aber noch nicht die unerklärlichen Masseverteilungen im Sonnensystem. Oder die deutlichen Abweichungen im eigentlich zu erwartendem Rotationsverhalten oder Neigungswinkel einzelner Himmelskörper."

„Genau. Und dafür gibt es nur eine schlüssige Erklärung. Das Universum befindet sich – wie Ihr wisst – in einer stetigen Veränderung und Entwicklung. Die Vorstellung der Menschen vom Urknall ist natürlich falsch. Wobei schon die Bezeichnung *Urknall* völlig an den Tatsachen vorbei geht. Denn weder gab es einen Knall noch handelte es sich um ein einmaliges Ereignis, in dem Materie, Raum und Zeit erst entstanden ist. Denn alles ist immer und schon immer vorhanden. Es ist nur im steten Fluss, setzt sich immer wieder neu zusammen. Verändert die Strukturen immer wieder neu und anders. Alles findet gleichzeitig und doch hintereinander statt. Neues wird geschaffen und vergeht wieder. Wie ein Organismus, der sich aus bereits bestehenden Teilchen zusammensetzt und wieder vergeht."

Der Monolith machte wieder eine Pause. Nach kurzem Zögern fuhr er fort: „Jetzt bin ich ein wenig von dem abgekommen, was ich Euch eigentlich sagen wollte. Nun denn, schadet aber auch nichts. Also um auf die unerklärlichen Dinge des Sonnensystems zurückzukommen. Bleiben wir einfach bei dem Bild des Urknalls. Das ist für Euch vielleicht einfacher zu verstehen. Nach dem Urknall verteilte sich die Materie im Raum, es entstanden Galaxien mit den bekannten Sonnensystemen. Die supermassereichen schwarzen Löcher fungierten dabei als eine Art Kondensationskerne. Die Ausdehnung des Euch bekannten Universums läuft aber nicht linear und kontinuierlich ab. Es gibt bekanntermaßen wiederkehrende Raumkrümmungen. Und hier findet sich die Lösung der vorhin besprochenen Unregelmäßigkeiten im Sonnensystem."

„Jetzt hast Du aber weit ausgeholt. Bis jetzt ist uns nichts wesentlich Unbekanntes dabei gewesen." „Ich weiß, ab und zu geht mein Kommunikationsbedürfnis mit mir durch." Der Monolith vibrierte einmal mehr sehr deutlich. „Aber jetzt hoffe ich, Euch etwas Neues mitteilen zu können. Einer dieser Raumkrümmungseffekte hatte nämlich gravierende Auswirkungen. Früher, also kurz nach dem *berühmten Urknall*, fanden diese Effekte deutlich länger statt als in der jetzigen Periode. Und einer dieser Raumkrümmungseffekte führte dazu, dass sich das irdische und das Garrujanische Sonnensystem unglaublich nahekamen und teilweise überlappten. So konnte es geschehen, dass, als das Sonnensystem sich in den Anfängen seiner Entstehungsgeschichte befand, der ehemals im irdischen Sonnensystem befindliche Planet von den Garrujanischen Sonnen *eingefangen* wurde. Garruja ist somit der im Sonnensystem fehlende Planet. Zusätzlich können durch dieses damalige Ereignis die ganzen, den Menschen bis heute wissenschaftlich nicht erklärbaren, Besonderheiten im Sonnensystem logisch begründet werden. Unterstützt und beschleunigt wurden diese ganzen Vorgänge auch durch ein schwarzes Loch, was sich während des Geschehens in unmittelbarer Nähe befunden hatte. Übrigens, falls es Euch noch interessiert, erklärt dieses fast einmalige kosmische Ereignis auch die Besonderheiten bei den Sonnen Raya und Raja."

„Eine interessante Geschichte. Wie hängt Ihr Vaddder aber jetzt damit zusammen? Das hast Du uns noch nicht gesagt." „Das beste kommt immer am Ende. Während dieser ganzen Vorgänge kamen sich die in der Anfangsphase ihrer Entstehung befindlichen Planten Erde und Garruja sehr nahe. Dabei riss Garruja große Teile der äußeren Schichten der Erde heraus. Es entstanden der Mond und," wieder machte Zenna eine kurze Pause, „wir, die Vaddder. Allerdings kam es bei unserer Entstehung zu einer kleinen Abweichung. Ausgelöst durch die Anwesenheit des schwarzen Loches bildeten wir uns wie in einer Art Kristallisation zu dem, wie Ihr uns heute kennt. Zu einer Vielzahl von sehr massereichen Körpern mit einer ebenso hoch konzentrierten geistigen Komponente. Nachteil für uns, wir können uns wohl, was unsere Körper anbelangt, nicht weiterentwickeln. Offensichtlich können wir uns nur geistig fortentwickeln. Und dies führt vermutlich bei uns zu der von Euch vorhin leicht kritisierten Verhaltensauffälligkeit. Also dem bewusst komplizierten Denken. Jetzt wisst Ihr alles."

Lange Zeit schwiegen die Alpakas und Zenna. Jeder hing seinen eigenen Gedanken nach.

Inzwischen stand die Sonne schon hoch am Himmel. Unten am See konnte man schon einige Boote sehen, die die Touristen zur Sonneninsel gebracht hatten. Für den Monolithen war die Zeit gekommen, sich von den Alpakas zu verabschieden. Mit dem gegenseitigen Gruss *bleibt gesund und glücklich* trennten sie sich. Die Alpakas trotteten zu einer schattigen Stelle, von wo sie das Treiben der Menschen ungestört beobachten und ihrer Meditation nachgehen konnten.

Zenna erhob sich geräuschlos und verschwand nach einem kurzen Flug über die Köpfe der Touristen hinweg in den Fluten des Titicacasees. Am Grund des Sees angekommen, schaltete auch der Monolith auf eine Art Ruhemodus. Allerdings geschah dies nicht für die Überwachungssysteme. Diese befanden sich jederzeit in der höchsten Bereitschaft.

Ganz ähnlich, jedoch weit entfernt in der weißen Wüste der Antarktis, arbeiteten die Überwachungssysteme der ZI auf höchster Leistung. Doch dies hatte einen speziellen Grund. Denn die ZI hatte während der Stationierung der Schwarmflügler auf der Rückseite des Mondes durch die Sensoren der sie begleitenden Flugsphären ein ungewöhnliches Signal zufällig aufgefangen. Bei Analyse der Daten hatte die ZI etwas Erstaunliches festgestellt. Es existierte eine versteckte Station der Vaddder auf dem Mond, die dort offensichtlich schon seit sehr langer Zeit verborgen war. Aber was weitaus wichtiger war. Es gab anscheinend einen Beobachtungsposten der Vaddder auf der Erde, der ständigen Kontakt zu den anderen Vadddern hielt. Warum und wieso dies so war, musste die ZI unbedingt herausfinden. Vor allem aber, warum die Vaddder ihr oder den Garrujanern von ihrer Anwesenheit auf der Erde nichts mitgeteilt haben? Und, mit welcher Technik die intergalaktische Verständigung stattfand? Mal wieder Fragen über Fragen, wofür die ZI im Augenblick noch keine schlüssige Antwort parat hatte. Aber die ZI würde es herausfinden. Darin war sie sich sicher.

Aber alles nacheinander. Jetzt galt es erst einmal Ordnung in die überbelegte Station zu bringen. Zurzeit herrschte noch Ruhe, die meisten Bewohner befanden sich noch in ihrer Ruhephase. Aber die ZI wusste, lange würde es nicht mehr dauern. Dann würden die biologischen Lebewesen dieser Station wieder mit ihrem gefühlsgeführten Verhalten dazu beitragen, dass es zu kleinen oder größeren Problemen unweigerlich kommen musste. Aber für das Lösen der durch ihre Jungchen verursachten Probleme war die ZI nun einmal da. Und die ZI wusste auch, ohne ihre Jungchen war auch ihr eigenes Dasein ohne Sinn. Also passte sie auf die ihr Anvertrauten auf. Was auch immer geschehen sollte.

„Bleibt gesund und glücklich“